CW01431000

SENZA TE
NON SONO IO

Massimo Cassi

Youcanprint *Self-Publishing*

Titolo | Senza te non sono io
Autore | Massimo Cassi

ISBN | 978-88-91188-42-7

Youcanprint Self-Publishing
Via Roma, 73 – 73039 Tricase (LE) – Italy
www.youcanprint.it
info@youcanprint.it
Facebook: facebook.com/youcanprint.it
Twitter: twitter.com/youcanprintit

A te.

INTRODUZIONE

Se prima di quell'estate qualcuno gli avesse chiesto cosa significasse quella stagione, Martina e Christopher avrebbero risposto in maniera diversa.

Lei, molto probabilmente, si sarebbe soffermata sul significato vero e proprio del termine definendolo come quel periodo dell'anno che inizia con il solstizio del 21 giugno, data in cui il sole raggiunge il suo punto più alto sull'orizzonte, e termina con l'equinozio del 23 settembre, quando la durata del giorno è identica a quella della notte. Avrebbe poi proseguito descrivendo nei minimi particolari le trame dei libri letti durante le vacanze, scelti in diverse librerie della città con attenzione e cura maniacale prima di ogni partenza e successivamente si sarebbe impegnata ad elencare in maniera dettagliata le caratteristiche architettoniche e tecniche dei monumenti e delle opere d'arte, visitate in piazze, chiese e musei delle diverse località toccate durante il viaggio. Non si sarebbe dimenticata di raccontare gli aperitivi in riva al mare, le cene romantiche a lume di candela, i film d'essai visti all'aperto, i concerti in piazza e la sua passione per minigonne e sandali. E ancora le dolorosissime cerette, l'aria condizionata sempre accesa, le serate spensierate con le amiche di sempre, le sagre e feste di paese, le unghie pitturate, i capelli raccolti, i braccialetti colorati, le tangenziali finalmente deserte e i weekend lunghi in compagnia dei suoi due amori, quello grande e quello piccolo.

Lui, molto più semplicemente, si sarebbe limitato a parlare del sole e del mare, a ricordare campeggi e ostelli. E poi le ciambelle fritte a colazione, le creme solari al cocco e i bagni a mezzanotte, immagini indelebili che col tempo si sarebbero trasformate in frammenti eterni di vita. Come

5

cornice a queste fotografie la sabbia nei pantaloni, gli infradito ai piedi per tre mesi, i falò in spiaggia, le chitarre, le ragazze desiderose, quelle desiderate e le loro *bionde trecce occhi azzurri e poi*. I suoi racconti sarebbero stati poi impreziositi da baci rubati, da acquazzoni in moto, da sbornie, notti insonni e da migliaia di docce fredde.

E in cielo una moltitudine di stelle, alcune immobili, ferme lì ad alimentare i sogni e la speranza; altre cadenti, che con il loro movimento da sempre incoraggiano la voglia di fuggire lontano.

L'estate di quell'anno portò con sé cambiamenti radicali.

Incominciarono a ridere e piangere, a farlo anche contemporaneamente e a sentirsi così leggeri da consentire alle loro anime di volare molto in alto.

Capirono l'importanza di osservare tutto da prospettive diverse, di scoprire luoghi ed emozioni fino ad allora sconosciuti ed inesplorati.

Cambiarono il loro modo di osservare il mondo e quello di interpretare i sogni.

Insieme non avevano alcun bisogno di fingere, di sembrare diversi da ciò che in realtà erano. Si lasciarono andare, iniziando ad ascoltare il proprio corpo, come non erano mai stati in grado di fare fino ad allora.

Impararono a ricercare ovunque la bellezza, a godere in ogni istante della loro presenza, raggiungendo livelli sempre più alti di piacere. La voglia di parlare, per condividere la loro vita, aumentò vertiginosamente, così come il desiderio di essere ascoltati con attenzione. Il timore di restare in silenzio svanì del tutto.

Quell'estate fu devastante come un tornado: distrusse ogni certezza, mise in dubbio tutto quello che era stato costruito a fatica fino a quel momento.

Nessun inverno, nessun autunno o primavera avrebbe potuto più essere come negli anni precedenti.

Quell'estate mise tutto sottosopra, fu lunga e calda: durò più di sei mesi, per l'esattezza dal 10 giugno al 23 dicembre del 2013, e raggiunse temperature elevatissime.

Chissà, magari non è mai realmente finita. Probabile che sopravviva ancora oggi dentro di loro, proprio come allora, a così tanti mesi di distanza e nonostante non siano più vicini. Quel periodo lasciò segni indelebili, ma due luoghi, in particolare, cambiarono per sempre.

Il primo era grande: lo si poteva scorgere addirittura da lontano, non era necessario avvicinarsi per notarlo. Era così spazioso ed accogliente che poteva contenere tantissime persone, senza apparente fatica. Rappresentava il posto ideale dove passare il tempo. In qualunque momento era possibile incontrare qualcuno con cui trascorrere ore spensierate, leggendo un libro, sorseggiando un tè oppure scambiando quattro chiacchiere. Era un luogo magico, dove era impossibile non provare sensazioni positive, sentimenti diversi dalla gioia, dall'amore e dalla felicità. Lì si sentiva profumo di mirto, sembrava quasi il paradiso.

Purtroppo, proprio perché quasi impossibile rimanere soli, raramente si aveva la possibilità di fermarsi a riflettere sul vero significato di quelle emozioni. Il silenzio non esisteva: le parole pronunciate a fiumi, perdevano spesso il loro significato e quel particolare suono che contribuiva a renderle uniche.

Alle domande fondamentali sulla vita, così come a qualsiasi altro tipo di riflessione, veniva attribuita sempre minor importanza. Questo posto apparteneva ad una donna molto socievole e piena di interessi, brillante ed intelligente, che era solita riempirlo di persone, proprio per non percepire la solitudine; per sentire quell'affetto attorno a sé che le era necessario per stare bene, per sentirsi appagata. Da sempre le era stato sufficiente rimanere a lungo in quel luogo, aprirlo a tutte le ore, per allontanare i pensieri tristi, per non porsi domande, per trovare la forza e il coraggio di affermare che sì, era realmente felice.

Il secondo luogo, invece, era minuscolo, nascosto, difficile da raggiungere. Talmente piccolo che sembrava impossibile potesse essere anche bello, caldo e accogliente. Eppure era così, lo era decisamente. Non era mai stato molto frequentato, tutt'altro. Apparteneva ad un uomo molto solitario, un po' strano. Un tipo assolutamente stravagante, anticonformista per natura. Quel luogo era solo suo, ne era geloso e proprio per questo aveva deciso da tempo di non aprirlo più: voleva tenerlo chiuso. Per sempre. Non aveva realmente mai sentito la necessità di condividerlo con qualcuno. Gli sembrava quasi un peccato, aveva paura che potesse non piacere e, al tempo stesso, il timore, forse ancora più forte, che potesse piacere troppo, che qualcuno se ne innamorasse davvero e decidesse di restare lì, per non abbandonarlo più. Ecco, questo pensiero lo terrorizzava: l'idea che qualcuno potesse scegliere di non frequentare più altri posti, ma di dedicarsi interamente al suo. Lui era bravo a costruire muri: alti, resistenti, insormontabili. Gli riusciva decisamente bene, ne costruiva alcuni che *come lui nessuno mai*.

Per tanti anni, in quel particolare settore, aveva dimostrato a tutti di essere di gran lunga il migliore, il numero uno in assoluto. Ora però, quasi all'improvviso, sentiva il bisogno di riposarsi un po', di mettere in un angolo tutti gli attrezzi del mestiere, necessari per costruire quelle barriere. Voleva cambiare, offrire l'opportunità di farsi conoscere e al tempo stesso concedersi una possibilità: perché no? In fondo se la meritava. E successe così quello che temeva, quello che, fino ad allora, aveva sempre cercato di evitare: si innamorò.

Ne prese atto, senza tuttavia essere pienamente cosciente dei rischi che poteva correre, di come un'esperienza indimenticabile, intensa ed emozionante come quella che stava per vivere, potesse essere anche estremamente difficile e dolorosa.

Quei due posti, così profondamente diversi, erano i loro cuori. E una volta che si conobbero non poterono più fare a meno di amarsi e di stare lontani.

Perché l'amore è così: quando arriva non bussa alla porta e non chiede permesso. Non è educato. Entra prepotentemente e mette tutto sottosopra senza pensare alle conseguenze. L'amore è capace di rimanere nascosto per tutta la vita, fino al momento in cui decide di uscire all'improvviso, senza alcuna spiegazione razionale.

E quando questo accade si può essere felici o si può stare male, ma comunque vada il tumulto e il frastuono che porta con sé sono talmente forti e intensi che nessuno sarà più in grado di rimettere le cose al posto originario.

L'amore li aveva fatti incontrare il 10 giugno 2013, giorno in cui vento, pioggia e arcobaleno si erano dati appuntamento.

Quel giorno in cui Christopher, spalancando la porta senza nemmeno bussare, se l'era ritrovata davanti.

Quel giorno in cui Martina, osservandolo entrare, non aveva potuto evitare di sorridere e sentirsi bella, come non le era mai capitato.

E niente, da quel giorno per nessuno dei due, sarebbe più stato come prima.

PARTE PRIMA

SOGNO DI UNA NOTTE DI QUASI ESTATE
tra il 9 e il 10 giugno 2013

1.

Tira vento. Ma non è un vento forte, sembra più una brezza, forse destinata a crescere. Mi lascio accarezzare il viso dalle folate e respiro a pieni polmoni. È aria pulita e l' assaporo inspirando profondamente, cercando di farla arrivare ad ogni singola cellula del mio corpo. All'improvviso mi trovo davanti una donna. I suoi capelli, scompigliati dal vento, appaiono comunque perfetti. Con la mano cerca invano di sistemarli, non capisco se le diano fastidio o se quello sia un suo gesto abituale. Il modo in cui li tocca ha qualcosa di unico, delicato ed elegante. Sono lunghi fino alle spalle, di un lucente nero corvino. Mi sembra quasi di poterne sentire il profumo: mirto, odorano di mirto. Vorrei affondare le mie dita in quella folta chioma, vorrei conoscere il numero esatto di quei capelli, contarglieli uno ad uno. Sono sicuro che potrei, con i numeri me la cavo piuttosto bene e in materia di viaggi mentali non sono secondo a nessuno. Mi concentro sui suoi gesti, perdendo quasi la cognizione del tempo e dello spazio.
Respiro. Odore di salsedine.
Non riesco a staccarle gli occhi di dosso, anche se ora riesco a vedere a malapena il suo profilo. Il naso leggermente all'insù alla francese, una bocca perfetta, scolpita da chissà quale scultore, con due labbra così rosse e sottili che sembrano fatte apposta per essere baciate. A lungo. Grossi occhiali scuri le coprono la parte superiore del viso. Lasciano immaginare uno sguardo perso verso un orizzonte così lontano, che sembra poter vedere solo lei. Sulle guance due fossette pronunciate. Un orecchino semplicissimo di perla spunta lucente tra i capelli.
Respiro. Il sole scalda ma non brucia.

Continuo a guardarle il viso e le osservo la pelle. Sembra liscia e morbida. Mi avvicino quasi a sfiorarla, come per sentirne il sapore. Come sono collegati i sensi. Sembra tutto combinato, ma non potrebbe essere altrimenti: ogni suo gesto, ogni suo movimento racchiude solo e soltanto delicatezza e dolcezza.

Accanto a lei compare un uomo. Sento crescere un fuoco dentro, come se fossi geloso di ogni singolo attimo che gli è concesso trascorrere accanto a tanta bellezza. Vorrei essere io a stringerla tra le mie braccia, e mentre chiudo gli occhi per immaginare la scena, provo una sensazione strana, come se quella donna fosse già stata con me. È la nostalgia. Ma si può sentire la mancanza di qualcuno che non si conosce? Com'è possibile? Mi concentro su quel viso, è come se avesse qualcosa di familiare. Dove posso averlo già visto? Quando? In un'altra vita, mi dico. O forse in un sogno.

È un viso acqua e sapone, bello al naturale, senza bisogno di trucco, dai lineamenti fini ed eleganti, perfetto e rilassato. Mi sembra di conoscerlo alla perfezione, potrei contarne ogni piccolo neo, tutti così perfetti da sembrare quasi disegnati: minuscoli puntini messi lì, non certo a caso, ma secondo un preciso criterio estetico che vorrei poter riscoprire ogni giorno, ammirandolo per ore. E quei nei continuano sul collo, sulle braccia e sulle gambe, e chissà ancora dove, disegnando tessere perfette di un puzzle; su quel corpo lasciato parzialmente scoperto da un vestitino azzurro leggero.

Il vento smuove anche quello e, a guardarlo bene, le pieghe della gonna, che arriva appena sopra il ginocchio, sembrano cambiare tonalità ad ogni movimento. La luce si riflette rendendo luminoso quel pezzo di stoffa privo di cuciture. È un vestitino semplice: maniche corte che partono proprio sotto le spalle lasciando intravedere le spalline di un reggiseno chiaro a pois, una leggera scollatura a *V* risalta una catenina d'argento con un delfino, mentre sulla schiena, lasciata scoperta per metà dalla stoffa, noto una delicata abbronzatura. Leggermente aderente sotto il seno, si lascia poi andare morbido sui fianchi. Un pizzetto bianco lavorato a mano ne rifinisce i bordi donandogli un valore quasi regale. Sarà anche per questo che ogni suo gesto, così semplice e delicato, mi ricorda il fascino di Audrey Hepburn e l'elegante sensualità di Grace Kelly. Le manca solo la corona e potrebbe essere una principessa. *La mia principessa.*

Respiro. Le onde si infrangono sugli scogli.

Si volta, toglie gli occhiali, li mette in testa per fermare finalmente i capelli, mostrando così al mondo la lucentezza dei suoi occhi. Rimango folgorato da tanto splendore. Ha gli occhi verdi, almeno in questo momento lo sono, ma potrebbero cambiare colore, con il variare della luce, in sfumature cromatiche impossibili da dimenticare. Anche in una fotografia in bianco e nero, in quegli occhi potrei notare l'arcobaleno. Però sono inquieti: si guardano intorno continuamente, impazienti, curiosi. Io resto immobile, quello sguardo invece viaggia lontano, si perde nel vuoto alla ricerca di qualcosa: un aiuto, un appiglio, forse un motivo per sorridere.

Fissa l'orizzonte. L'uomo che le è accanto sembra non accorgersi di tutta quella bellezza e delicatezza. Le parla con fervore, ma non sembra esserci passione in lui. I suoi occhi sono scuri, non hanno l'ombra della luce di quelli nei quali cercano di riflettersi.

Chissà di cosa stanno parlando. Quali misteri si nascondono dietro alle parole? Quali verità dette e quali mascherate da finte illusioni? Quante aspettative non soddisfatte o desideri inespressi? Quante cose non dette e quante, forse, è meglio non dire?

Le parole hanno un peso, possono cambiare il corso di una conversazione, di un avvenimento, di una giornata, di una storia. A volte di una vita intera.

Respiro. Il volo di un gabbiano mi porta lontano.

Continuano a parlare. Percepisco a malapena il brusio delle loro voci, coperto sempre più da un vento che aumenta col passare dei minuti.

Mi prende ancora una forte nostalgia. È lei che mi prende, mentre in passato è capitato spesso la prendessi io. Tra di noi è così: non riusciamo a stare troppo lontani. Guardo ancora attentamente quella donna e nei suoi occhi ora intuisco malinconia. Come se sentisse la mancanza di qualcuno, di qualcosa che fino a poco tempo prima c'era e rappresentava il fulcro della sua vita, l'unica ragione sensata per affrontare le giornate. Cosa le manca? Forse intuisce che cerca qualcosa che è lì vicino, nascosto da qualche parte. Non troppo lontano. Vorrei poterla tranquillizzare. Vorrei poterle dire che quello che le manca è proprio dietro di lei, a meno di un centimetro; se si girasse all'improvviso potrebbe quasi sentirne il profumo, lo stesso che ha avuto sulla pelle e che le è entrato dentro e non se ne andrà più. Respiro e resto immobile. Almeno tento di farlo, respiro forte perché è l'unico modo che ho per vivere. Per sopravvivere. Fatico, ma ci provo. Cerco di scacciare via questi pensieri che iniziano a farmi male; continuo a guardarle gli occhi. Me ne intendo troppo per sbagliare. Sono uno che ha sempre preferito parlare con gli occhi e negli ultimi anni mi sono allenato talmente che adesso mi riesce impossibile non farlo. Sono convinto infatti che certe cose non dovrebbero essere dette a voce e nemmeno a tutti. Già, sarebbe come sminuirle. Andrebbero dette a pochi, forse addirittura ad una persona sola. Ho sempre parlato poco, non ho mai voluto problemi, non ho mai voluto correre il rischio di non farmi capire, di sentirmi chiedere: «Cosa? Non ho capito!». Non mi è mai piaciuto commettere errori grammaticali e neppure ripetermi. Così come ho sempre odiato sentirmi dire che parlo poco, che sono un solitario. Uno troppo silenzioso perché non ho niente da dire. Io parlo, eccome! Proprio ora i miei occhi lo stanno facendo, come sempre con la speranza che ci sia qualcuno disposto ad ascoltarli. Respiro. La sabbia, portata dal vento, mi entra sotto le palpebre.

Cerco i suoi occhi e per un istante ho quasi l'impressione di incontrarli, prima però che fuggano via togliendomi ogni illusione. D'altro canto è impossibile, non può vedermi. Ma dove sono esattamente, in quale luogo mi trovo? Da quale prospettiva la sto guardando? Forse sono il regista di questo film; ma per quale assurdo motivo sto vivendo così tutto intensamente come se ne fossi il protagonista? Probabilmente, in un tempo di cui non ho memoria, ho scritto la sceneggiatura dimenticando però sia l'inizio che la fine della storia. Ma la conosco bene, ne sono sicuro, perché ho la chiara sensazione di averla già vissuta in prima persona.

Mi distrae il rumore delle onde, mentre si ritraggono con il loro monotono mormorio sulla battigia. Chissà quante frasi d'amore scritte sulla sabbia l'acqua di questo mare avrà cancellato negli anni; chissà quanti messaggi rinchiusi in bottiglie di vetro avrà mai fatto navigare. La linea dell'orizzonte è bassa e lascia troppo spazio ad un cielo azzurro, carico di nuvole che disegnano forme stravaganti. In ognuna di queste si può davvero vedere qualcosa. Ricordo quando ero bambino e la sera in spiaggia, dopo l'ultimo bagno della giornata, mio padre mi faceva guardare il cielo, cercando di convincermi che assegnare un'immagine alle nuvole, fosse l'unico modo per tenere in vita la fantasia e non smettere di sognare. In particolare mi piaceva ascoltare la storia della nuvola che non capiva quali forme avessero le sue compagne e che, proprio per questo motivo, temeva di non imparare mai a comprenderle rimanendo sempre, così, incapace di sognare. Mi sono sempre rispecchiato in quella nuvola, insicura e timorosa, che sperava inutilmente potesse bastare capire le altre nuvole per avere una vita migliore.

Ricordando quelle parole di mio padre, mi concentro nuovamente su quella donna e provo a guardare nella sua stessa direzione. Spero di poter individuare le sue nuvole e capire cosa porta nel cuore di così pesante da volerlo caricare sulla prima che passa.

Scende il crepuscolo, il sole cala velocemente anche se è estate piena. Le giornate iniziano timidamente ad accorciarsi e portano con sé una malinconia facile da percepire. Il cielo è una moltitudine di sfumature gialle, rosa, rosse e viola: un'esplosione di colori che lasciano a bocca aperta. La brezza aumenta e allontana le nuvole sparse. Peccato: stavo iniziando a leggere le più interessanti. Respiro e mi godo lo spettacolo che mi si presenta di fronte. Le luci dei lampioni sul lungomare si accendono improvvisamente e la strada riflette la sua ombra sinuosa. È inutile, lei attira ancora la mia attenzione: le braccia sottili, i sandali di cuoio, semplici e senza tacco, ricamati con dei fiori e un laccio talmente essenziale che sembra impossibile possa tenere fermo quell'esile piede dalle unghie pitturate di una tonalità rosso fuoco. Si muove con passi lenti e regolari sul cemento scaldato dal sole. La gonna lascia intravedere le gambe e la tracolla della borsa, che passa in mezzo al petto, fa risaltare due seni perfetti. Le mani si muovono nervosamente sulla ringhiera del lungomare come se stessero suonando una melodia al pianoforte.

Ed io, che non ho mai studiato musica e non so leggere un pentagramma, mi sento un compositore che nemmeno Beethoven con il suo *Inno alla gioia...*

Mi sembra di vederla sorridere (ma potrei sbagliarmi).

Una donna così non te la scordi. Difficile darle un'età. Ha un viso da ragazza, ma sembra avere l'anima di una bambina. Con la mano destra ora si accarezza la pancia, decisamente rotonda e perfetta, troppo rotonda e perfetta...

Movimenti non casuali, ma di protezione, come per prendere coscienza della realtà. Come per convincersi del fatto che è tutto vero, che è capitato proprio a lei. Proprio quando non ci pensava più, proprio quando aveva deciso di mettersi al centro di tutto, di riprendere in mano la sua vita.

La voce un po' stridula di una bambina chiama continuamente: «Mamma, mamma», ma lei sembra distratta, lontana. Non risponde. Continua ad accarezzarsi il ventre. Ora con entrambe le mani.

Apre la borsa, controlla velocemente il cellulare e lo ripone subito. C'è qualcosa di familiare, di unico in ogni suo piccolo gesto. Anche in questo. Mentre osserva quella bambina che gioca a palla con un uomo identico a lei, si rimette gli occhiali e si gira nuovamente verso il mare. Una lacrima scorre sulla guancia. Ci pensa il vento a farla volare via lontano mescolandola con quella massa enorme d'acqua di fronte a lei. È una lacrima di gioia? Non può essere, dal suo viso non traspare felicità. Quale triste pensiero la tormenta così?

L'uomo e la bambina si allontanano. Lei saluta con la mano, tira un lungo respiro e scende la scaletta per arrivare sulla spiaggia. I suoi passi sono lenti, quasi faticasse a camminare; avrebbe voluto restare lì, immobile a guardare il mare e l'orizzonte, godere del tramonto per sempre. Mentre i suoi pensieri vorrebbero trattenerla, i suoi piedi si incamminano e un passo dopo l'altro raggiunge la piccola che, correndo, si butta sulle sue gambe, affondando il viso sorridente nella gonna azzurra, per lei soffice come un cuscino. Anche l'uomo le si avvicina, ma c'è qualcosa di freddo in questa scena: nessun gesto affettuoso tra i due. Non vedo carezze, né sguardi, né baci. Come se ci fosse un muro sottile e invisibile, impossibile da oltrepassare.

Respiro, mi accorgo che la vista inizia a farsi nebulosa. Cerco ancora i suoi occhi, il colore del suo vestito.

D'un tratto rieccola, seduta al tavolo di un ristorante poco distante dal punto dove i miei occhi l'avevano vista poco prima. Di fronte a lei sempre l'uomo, probabilmente il marito: alto, sulla quarantina, capelli brizzolati, mani lunghe e dita sottili. Ha una faccia pulita, occhi scuri, profondi, ma poco espressivi. Sembra un uomo sicuro di sé, convinto, persino orgoglioso. Molto paziente nei confronti di quella bambina che proprio non ne vuole sapere di stare seduta. Sono tutti e tre accomodati ad un tavolo elegante e rotondo, sulla terrazza panoramica oltre quell'enorme vetrata, la più grande del ristorante. Le immagini che riesco ad individuare non sono più nitide: lei dà le spalle al mare, ha lo sguardo assente, continua ad avere pensieri lontani, come se non riuscisse a percepire ciò che le accade intorno. È come rinchiusa in una grande bolla di sapone; come se aspettasse il momento giusto per dire o fare qualcosa di importante, a cui ha pensato troppo tempo.

I suoi gesti ora sembrano automatici, privi di emozione: osserva il cameriere, ringrazia, svita il tappo della bottiglia dell'acqua, apre la lattina di Coca Cola, ne versa il contenuto nel bicchiere della bambina, prende la bottiglia, si versa l'acqua e beve. Lo sguardo rimane a lungo fisso su un punto imprecisato di quella tovaglia bianca e blu che s'intona perfettamente con il suo vestitino. Finalmente la bambina si tranquillizza, concentrandosi sul suo amico orsacchiotto. Gioca sul tavolo, mentre l'uomo prende la lista dei vini per scegliere con cura la bottiglia migliore per l'occasione. Il cameriere, un ragazzo alto e magro, con i capelli rasati e un piccolo piercing nel lobo sinistro, resta immobile in attesa dell'ordinazione. Anche il suo sguardo si perde oltre il mare: scruta l'orizzonte e si legge nei suoi occhi una chiara voglia di essere altrove, magari a cavalcare le onde su una tavola da surf, qualcosa che quel suo lavoro da cameriere non gli potrà mai permettere.

Una voce decisa interrompe il suo breve sogno e lo riporta alla realtà. Scrive velocemente e tenta di accennare un sorriso di falso compiacimento per l'ottima scelta del vino. Fatte le ordinazioni, l'uomo continua a parlare, ma la donna non sembra ascoltarlo. Risponde a malapena e fa lievi cenni con il capo, senza mostrarsi interessata a ciò che le viene detto. Gioca nervosamente con le posate, si morde il labbro, sta per dire finalmente qualcosa, ma il tempo pare rallentato. Poco dopo il cameriere giunge con i piatti: gnocchetti al pomodoro e basilico per la bambina, aspic millecolori con gelatina alla birra per l'uomo e blinis con salmone affumicato e panna acida aromatizzata all'aneto per lei. Lei che ringrazia con un sorriso mentre invita la figlia a stare ben seduta e comportarsi educatamente a tavola. Con tutta la dolcezza che possiede, le accarezza il capo arrotolando con il dito un paio di riccioli dietro il suo piccolo orecchio. L'uomo continua a parlare come un fiume in piena: non la guarda nemmeno, ma racconta del suo lavoro e dell'idea di cambiare casa. Vorrebbe prenderne una più grande, ora che la famiglia si sta allargando, magari anche con un giardino dove poter tenere un cane. Le spiega l'importanza di una casa più spaziosa, per migliorare la qualità della loro vita; parla della metratura del garage, del colore delle pareti. Lei ascolta in silenzio, osserva la figlia, le sistema il tovagliolo, mangia il suo blinis lentamente, quasi volesse concentrarsi soltanto sul sapore di ciò che sta gustando. Chiude gli occhi per qualche secondo. È sempre più lontana, lo vedo, lo percepisco e vorrei correre da lei, prenderla per mano, portamela via. Ma mi sento bloccato, i piedi non si muovono, sono ancorati al suolo. Lei d'un tratto si volta verso la figlia e sorride. Anche l'uomo si sofferma ad osservare quella marmocchia riccioluta e sembra compiacersi, soddisfatto di quel quadro perfetto. Poi riprende immediatamente il discorso interrotto con la sua parlantina veloce.

Nel frattempo, la bambina ha finito il suo piatto, alza lo sguardo verso la madre e sorride. Lei ricambia, ma questa volta è un sorriso vero, la guarda con quel musetto sporco di pomodoro sulle guance, gli occhioni che sprizzano allegria e uno sguardo soddisfatto. E non può fare a meno di sorridere. Ogni muscolo del suo viso si rilassa, gli angoli delle labbra si allungano, le guance si ammorbidiscono. È un'esplosione di amore incondizionato, compiacimento, ricordi, soddisfazione: tutto in un solo semplice gesto. Sembra aver acquistato la forza che le serve, il coraggio che le è mancato fino ad ora: finalmente è pronta a parlare.

La bambina riprende in mano l'orsacchiotto, ma per pochi minuti, finché si gira verso il mare e chiede con insistenza di poter lasciare il tavolo per andare a giocare sulla spiaggia. In quel momento l'uomo guarda per la prima volta la donna negli occhi. Nemmeno confondendosi con il suo sguardo i suoi occhi riescono a prendere luce. Il viso dell'uomo si incupisce, come preoccupato: «Cos'hai, devi dirmi qualcosa?».

Lei si rivolge alla figlia, acconsentendo alla sua richiesta di allontanarsi un po' per andare a giocare. Poche semplici raccomandazioni che la bambina non sembra nemmeno ascoltare.

L'uomo incalza, le ripete un'altra volta la stessa domanda, ma resta ancora senza risposta. La donna, dando le spalle al compagno, segue sua figlia con lo sguardo fino alla spiaggia. Il mare è mosso ma, nonostante l'ora, le luci del ristorante illuminano a giorno quella porzione di spiaggia. Respiro. Osservo la scena, ma il mio sguardo non regge: non posso staccare gli occhi da lei. L'uomo non appare affatto rilassato e guarda la donna con sguardo cupo e accigliato. Il viso di lei ha ormai perso la serenità di pochi istanti prima. Ora è triste, affaticato ma mantiene un'espressione decisa. Abbandona per qualche istante il controllo della bambina voltandosi verso il tavolo. È immobile: si muovono solo le labbra. I suoi occhi fermi sull'uomo che non riesce a reggere il suo sguardo. Non riesco a capire cosa stia per dirgli, ma dev'essere qualcosa di importante.

D'un tratto mi manca l'aria, un grigio scuro ha sostituito il rosso del tramonto. Il vento si fa più teso, sento la sabbia finissima sulla pelle. Cosa mi sta succedendo? Sto sognando? Dove sono? È tutto solo un ricordo?

Un solo istante. Non vedo più nulla, sento solo un grido, il mare mosso si sta trasformando. Sembra impazzito, le onde si scagliano sempre più impetuose contro gli scogli. Io cerco disperatamente di capire dove sono, ma non riesco a vedere niente. Poi mi sento soffocare. Le urla si moltiplicano, ma io riconosco la sua voce tra mille. Mi rimbomba in testa. È lei che piange, è lei che urla, la vedo correre giù dalla scaletta preceduta dall'uomo. Si dirigono velocemente verso il mare e sento il suo pianto angosciato che le si strozza in gola. E spezza il mio cuore.

La musica suona forte e in modo fastidioso. Mi sveglio di soprassalto. Dove cazzo sono?

Allungo la mano per cercare il comodino, urto la radiosveglia che, cadendo, si spegne. Cerco di aprire gli occhi, ho il respiro affannato, non riesco a vedere, sento

delle urla nelle orecchie. Dalla persiana chiusa male, entra un filo di sole. Cerco di alzarmi e di accendere la luce, ma i miei movimenti non sono coordinati. Sono fradicio di sudore e sento freddo. Mi tocco il viso e mi accorgo che è bagnato. Con gli occhi socchiusi, mi accorgo di aver dormito dalla parte dei piedi; seguo a tentoni il muro, urto la spalla contro lo spigolo della porta, barcollo come se fossi ubriaco. Arrivo in bagno. Mi appoggio al lavandino e apro il rubinetto: mi rinfresco il viso con l'acqua gelida e mi guardo allo specchio. Nel mio riflesso rivedo quegli occhi verdi e luminosi. Quel grido di dolore mi rimbomba dentro. Tremo. Sto tremando.
Il mio cuore batte ancora troppo forte.

PARTE SECONDA

L'INCONTRO
16 luglio 2013

1.

È notte fonda.
Solo qualche ora mi separa da te, da questo giorno che abbiamo aspettato e sognato tanto. Quante volte abbiamo immaginato come sarebbe stato rivederci, abbracciarci, trascorrere un po' di tempo insieme? Il nostro incontro non poteva essere banale, per questo abbiamo scelto un momento e un luogo speciali: l'alba in piazza Duomo.
L'appuntamento è fissato da tempo: ore 05.00 del 16 luglio, per fotografare le prime luci del giorno e immortalare la nostra città al suo risveglio.
Avevi proprio ragione: quando tutti dormono il mondo è più bello e lo è anche Milano.
Come accade spesso ultimamente, non riesco a dormire. Del resto, come potrei farlo sapendo che tra poche ore arriverai da me?
Tu, proprio tu. Non mi sembra vero. Non ti vedo da quanto tempo? Quattro, cinque anni? Facciamo cinque, suona meglio. Come suonano meglio le sveglie nel cuore della notte. La mia, poi, è puntata anche nel mio cuore.
Oggi è il nostro giorno, ma in realtà è ancora *ieri*. Mi piace chiamarlo così, perché è il ricordo più bello, anche se potrei chiamarlo tranquillamente *domani* oppure *sempre* perché non si cancellerà mai dalla mia mente.
Sono le 03.15, prendo la penna e ti scrivo:

«La carta ha tutto un altro effetto e il biglietto che accompagna un regalo dovrebbe essere scritto a mano, me ne accorgo solo ora dopo tutti i messaggi e le e-mail che ci siamo scambiati. Questo non è un regalo normale. Non l'ho comprato in un negozio, non l'ho pagato. Ho semplicemente cercato qualcosa che mi ha emozionato; prendendo dallo scaffale della mia libreria un romanzo, letto per la prima volta molti anni fa. Mi piacerebbe lo leggessi anche tu. Tra le mie mani migliaia di lettere, centinaia di parole, un titolo: *Follia*. Mi fa pensare a te, a noi, alla nostra storia. Guardo e riguardo la sua copertina grigio scuro, con quel ritratto di donna nuda, sdraiata sul fianco. Osservo le sue curve, la amo con gli occhi e invidio il pittore che ha rivelato tutta quella bellezza. Penso a te, a come potrei darti vita e colore su una tela bianca. Sfoglio velocemente le pagine ormai rovinate, ingiallite, vissute, ma così belle. Proprio come te.

Sì, perché penso che tu sia il mio libro bello, quello scelto con attenzione e cura, voluto, desiderato con pazienza. Sei il libro che non vedo l'ora di finire, ma che allo stesso tempo spero non finisca mai: sei in tutte le righe, in tutte le parole, quelle che leggo e rileggo e nelle quali scorgo sempre un significato diverso. Sei una pagina speciale, quella in cui ci si mette un segno perché merita di essere ricordata.

Sei da sempre la mia immaginazione. Anzi, no: sei di più, decisamente di più.

Mentre leggerai queste righe, io ti avrò già vista, abbracciata, avremo già parlato. Sarà ancora notte, sarà l'inizio di un nuovo giorno. E tu sarai con me. So che mi sentirò felice, semplicemente perché ti avrò al mio fianco.

Ti voglio bene.

Io».

Fa caldo. Sto sudando, ma non voglio aprire la finestra e scoprire qualcuno sveglio insieme a me a quest'ora. Voglio stare solo, come fossi solo al mondo. A dire la verità vorrei solo te vicino a me. Vorrei guardarti mentre dormi, immaginare i tuoi sogni.

Guardo il cellulare: 03.27. Guardo l'orologio: 03.34. Spero che l'orologio batta sul tempo il cellulare. Se avesse ragione lui, sette minuti in meno mi separerebbero da te.

Mi siedo sul letto. Mi sembra di vedere qualcosa nel buio: un'ombra. Impossibile. Sei tu? Ti riconosco, potrei riuscirci ovunque. Mi strofino gli occhi, mi accarezzo la testa per cercare di placare i mille pensieri che fanno rumore. So che soltanto una doccia mi può aiutare.

Mi spoglio, entro in bagno. L'acqua la voglio fredda, anzi, ghiacciata. Trattengo per un attimo il respiro ma devo resistere per anestetizzare il corpo, per azzerare qualsiasi emozione. Dopo pochi secondi riesco finalmente a rilassarmi; le mie mani sono ormai insensibili come lo sarebbero a contatto con il tuo viso. Perché insieme a te il sangue non circola, serve solo a scaldare il cuore. Esco, ma non ho voglia di asciugarmi. Sgocciolo ovunque, lascio il segno, così come tu lo stai lasciando dentro me. Ho sete: apro il frigorifero e bevo direttamente dalla bottiglia. In quell'istante il cellulare vibra e un tuo messaggio mi dice che stai sfrecciando veloce da me. Mi scrivi che stai andando a 160 km/h e ti sembra di volare e io penso che tu sia una principiante: i miei pensieri e le mie emozioni viaggiano a 300 km/h e tu vai così piano?

Immerso in mille pensieri, riesco a risponderti soltanto di rallentare, perché ti aspetto, ti aspetterei sempre. Non voglio metterti fretta, anche se vorrei che tu fossi già qui.

Indosso un paio di jeans non stirati e metto una maglietta, mi infilo le All Star gialle e il mio pensiero va alle scarpe che indosserai tu: scommetto che avrai quelle trendy.

Prendo le chiavi, mi chiudo la porta alle spalle e mi precipito giù dalle scale.

Come al solito a metà percorso, penso di essermi dimenticato qualcosa, ma questa volta non salgo a controllare.

Nel mio mondo non esistono più *ieri, oggi, domani* e *sempre*: esisti solo tu e stai arrivando da me. Apro il portone, mi cade il libro vicino ad una pozzanghera. Strano, considerato che è da un bel po' che non piove. In qualsiasi altro momento mi sarei sicuramente messo a fare ricerche per capire le ragioni di quell'acqua, ma ora non ho tempo.

Inizio a contare i passi che percorro nervosamente, conto i minuti e i secondi. Manca pochissimo. Il battito del mio cuore accelera.

È buio, in fondo alla strada ancora deserta intravedo i fari di una macchina che si sta avvicinando. È la tua.

Mi sembra tu stia sorridendo o forse no. Eccoti: non riesco a staccarti gli occhi di dosso. La tua macchina è elegante, bella, grintosa. Ti si addice. Chi l'avrebbe mai detto che da lì a qualche ora l'avrei odiata? *Maledetta!*

Mi sorridi facendomi cenno di salire, apro la portiera: un'ondata di profumo mi assale. È il tuo, sei tu. E si mischia alla perfezione con il mio. Ci salutiamo, nessun imbarazzo. Sei bella, lo sei da sempre. Ti abbraccio: lo faccio in modo semplice, naturale, come se ci fossimo visti qualche ora prima. Invece non ci vediamo da quattro anni, forse cinque. È tutto così spontaneo che mi sembra quasi impossibile, come l'ombra nel buio della mia stanza, ma è tutto incredibilmente vero.

Restiamo abbracciati per qualche secondo, che a me sembra un'eternità per quanto è profondo e intenso.

Mi chiedi dove andare, mentre ingrani la marcia.

«Vado dritto?».

«No, devi andare di là».

«A destra?».

«No! Altrimenti avrei detto a destra. Devi andare di là».

«Ah, ok».

Eccoci insieme, ed ecco i nostri dialoghi assurdi.

È quasi l'alba, ma potrebbe essere il crepuscolo o la mezzanotte: non capisco più niente quando ti guardo.

Milano potrebbe essere Londra, New York, Rio de Janeiro, Atene o qualsiasi altra città del mondo. Siamo finalmente insieme, io e te, sono sicuro che potrebbe accadere qualsiasi cosa. Non mi sorprenderei nemmeno di vedere una slitta trainata da husky in piazza Duomo.

Arriviamo in centro, parcheggi senza fatica. Scendiamo dall'auto e ci incamminiamo senza dire niente; incantati dalle emozioni, arriviamo a destinazione. Mi siedo sotto l'imponente statua in bronzo di Vittorio Emanuele II proprio al centro della piazza, rapito come sempre dalla maestosità della cattedrale, mentre tu ti allontani per cercare la luce migliore: vuoi una foto con l'inquadratura perfetta.

Per un attimo non ti vedo.

Anch'io scatto, ma a me basta chiudere gli occhi per fissare le immagini: i tuoi vestiti, i tuoi occhi luminosi, il tuo sorriso raggiante, la tua anima (quei tuoi bellissimi 21 grammi). È tutto così dannatamente nitido nelle mie fotografie.

Sento l'animo leggero, ma la testa pesante. Il cuore batte forte, mentre ti osservo tornare da me. Respiro e vorrei che fossi *la mia principessa*. Restiamo in silenzio, seduti vicini, le nostre gambe si sfiorano mentre osserviamo il mondo svegliarsi davanti a noi.

I nostri piedi si toccano, in quelle scarpe identiche che creano quasi una perfezione cromatica. Ci siamo messi in cammino senza conoscere la meta. Non sappiamo come sarà la strada, quali ostacoli incontreremo, quale cielo avremo sopra di noi. Le nostre mani si cercano fino ad intrecciarsi.

Eccoci qui, una mattina tra il 15 e il 19 luglio proprio come ci eravamo detti tempo fa: io e te. Piccadilly Circus è imponente davanti a noi, la Fifth Avenue ancora terribilmente silenziosa alle nostre spalle.

Fa caldo. Mi manca l'aria.

Mi giro e ti guardo: vorrei darti forza e tu lo capisci. Tu sai tutto di me, da sempre. Le nostre labbra si sfiorano, ci respiriamo.

Ti accarezzo le mani e vorrei farlo così a lungo da consumarle. I nostri sguardi si incrociano, avvicino il mio viso al tuo e ti bacio, delicatamente, come piace a noi. Sì, perché lo capiamo subito: questa è alchimia. Quei baci che abbiamo immaginato a lungo, sognato e desiderato ora sono qui, a farci compagnia. Li sentiamo ovunque. Sulle labbra, sul viso, sulle mani e nel cuore.

So perfettamente che tutto questo rimarrà soltanto un ricordo indelebile, sarà il mio *domani*, il mio *sempre*.

Inizio a pensare all'insulto migliore per la tua macchina che tra poco ti porterà via, quando entrambi torneremo alle nostre vite. *Maledetta* è l'ipotesi più scontata: i bookmakers non accettano più scommesse.

Ci alziamo per cambiare prospettiva, ti prendo la mano e attraversiamo il mondo per sederci sul sagrato del Duomo.

Potremmo essere ovunque: in lontananza ammiriamo il Cristo Redentore, godendo del vento piacevole che arriva dal Partenone.

Io ti guardo, dentro, in profondità. Che tu fossi bella me lo ricordavo, ma non potevo immaginare così tanto: non sei cambiata, da qualsiasi angolazione io ti guardi, sei un incanto. I tuoi capelli neri, gli occhi verdi e quel naso leggermente insù alla francese: mi piaci da impazzire. Mi concentro sul tuo viso, lo studio in ogni dettaglio. Lo conosco bene. Potrei chiudere gli occhi e disegnarne una copia perfettamente identica. È di una bellezza disarmante. Non sono affatto geloso del tuo passato: so di non essere il primo a guardarlo, ammirarlo, desiderarlo e accarezzarlo. Nemmeno sapere che qualcuno l'ha baciato mi infastidisce. Ciò che vorrei però, d'ora in poi, è che nessuno lo guardasse, lo ammirasse più così come lo faccio io. Che nessuno lo desiderasse o accarezzasse nel modo in cui piace farlo a me. Il tuo splendido viso, sì, ora è anche un po' il mio.

Ti spoglio con gli occhi fino a guardarti dentro, e tu, senza fatica, abbatti quei muri che con il tempo mi sono costruito per proteggermi: siamo nudi, io e te, uno di fronte all'altro. Guardo l'orologio continuamente, con la paura che il tempo possa rubarmi qualcosa di te. Non succederà. Non oggi. Per quel che mi riguarda, in questo preciso istante il mio cellulare e il mio orologio potrebbero anche essere sincronizzati.

Andiamo a far colazione: finalmente insieme, io e te.

Mi sembra strano fare cose normali in una vita che non è reale e te lo dico:

«Sai cosa penso?».

«Lo so, ma tu dimmelo lo stesso».

«Che è bello vivere così, ma è anche difficile. Alla lunga è proprio impossibile, non ha senso. Da oggi custodirò con gelosia nel mio cuore tutti i momenti unici ed indimenticabili vissuti con te. Speciali, come lo sono state le nostre parole, i nostri pensieri, le nostre emozioni. E come lo è questa nostra mattina insieme.

Mi faccio da parte, ma non ti dimenticherò mai. Farò sempre il tifo per te, per il tuo sorriso Martina. Te lo prometto».

Mentre mi perdo nei tuoi occhi lucidi, le sveglie di tutto il mondo, proprio quelle che suonano meglio nel cuore della notte, iniziano a squillare, ma le udiamo solo noi. Il tempo è scaduto e dobbiamo andare. Restiamo ancorati al recente passato o viviamo il presente? So che i nostri pensieri e le nostre paure si somigliano. Entrambi temiamo di dover affrontare il futuro. Una vita che, purtroppo, non ci può permettere di stare insieme e amarci. A pochi passi da noi un ragazzo e una ragazza si tengono per mano; sorridono e si baciano senza vergogna, senza quell'assurda necessità di nascondersi. Lui, con un abbraccio, la solleva da terra. Sono felici.

La tristezza ci assale. Riprendiamo l'auto e tu mi riaccompagni al mio ufficio.

Giunge il momento di consegnare il mio biglietto vincente: eccolo. *Maledetta!*

Ho vinto, ma non sono mai stato così dispiaciuto, incasso e scendo. Dobbiamo rivestirci, dobbiamo aiutarci a ricostruire quei muri abbattuti insieme. Tu hai gli occhi tristi, ma non possiamo più restare scoperti: dobbiamo chiudere qui. Lo sappiamo entrambi che andare avanti sarebbe troppo pericoloso.

Mi allontano da te. È soltanto una lontananza fisica, ma non per questo fa meno male. Tento di essere forte. Lo sono, ma non abbastanza per negarmi, quando, soltanto poche ore dopo, con un messaggio, mi chiedi di rivederci: *One more time.*

Ci ritroviamo nel tardo pomeriggio proprio nello stesso luogo in cui ci siamo salutati la mattina. All'esterno della stazione della metropolitana Lanza.

Arrivo alle tue spalle e ho il tempo di guardarti.

Sei seduta sul marciapiede e sulle ginocchia tieni dei fogli. Ti tiri indietro i capelli con un gesto semplice e naturale e mi chiedo come sia possibile che tu riesca a trasformare tutto in qualcosa di speciale. Scrivi velocemente come se stessi copiando qualcosa o mettendo nero su bianco una poesia che conosci a memoria.

Mi avvicino, ti poso una mano sulla spalla e tu volti la testa sorridendo.

Raccogli i tuoi fogli ed entriamo in macchina, come se dovessimo iniziare un viaggio lunghissimo. In realtà percorri i pochi metri necessari ad attraversare l'incrocio e parcheggiare.

Mi guardi e sorridi. Ti abbraccio e ti bacio sulla guancia prima di leggere quello che hai scritto: di te, di me, di noi. Vorrei farlo a voce alta, ma so che non ce la farei perché sono parole che spaccano, che urlano, parole che nessuno aveva mai scritto per me. Alcune felici che fanno piangere, altre tristi che fanno sorridere. Parole che hai tatuato sulla pelle e che ho sempre tentato di capire. Mi scrivi quello che non mi hai mai detto prima e che forse non mi dirai mai più. *You will never know* di Imany suona in sottofondo. Ora lo so: mi hai amato, in un modo non convenzionale, come in un romanzo scritto a quattro mani. Come una ragazzina, in un modo che nessuno potrà mai comprendere, ma a te non interessa. A te, bella come sei, interessa solo sapere che l'abbia capito io.

Ho voglia di baciarti: te lo chiedo, anche se so che lo farò indipendentemente dalla risposta. La mia mano ti accarezza il viso mentre le nostre labbra si sfiorano.

La tua pelle è liscia e profumata. Sei bella, così come lo sono i nostri baci, ricchi di imbarazzo, ma carichi di desiderio. Timidi ed impacciati poi subito attenti, premurosi, dolci e intensi. E ancora impetuosi, travolgenti. Dal primo, di questa mattina, all'ultimo adesso, stiamo scoprendo di non poterne fare a meno. Le mani sul viso, tra i capelli, sul collo alla ricerca di quella sensazione unica, di quel benessere, quella gioia che temiamo di non potere più provare se non continuando a baciarci.

Vorrei essere talmente forte per dirti di accendere il motore della macchina, senza pensarci troppo, e correre insieme a casa mia, per amarci, per lasciarti amare. Vorrei essere così deciso da farti realmente capire che oggi, per me, il mondo non esiste e che in questo giorno esistiamo solo noi.

Invece non faccio nulla. L'unica forza che trovo è quella che mi fa scendere dalla macchina. Scappo. La mia voglia di te si trasforma in rabbia.

Mi sento sottosopra, una sensazione che purtroppo conosco molto bene, che so come gestire. Uno stato d'animo con cui sono cresciuto, ma che mai come ora mi destabilizza in modo così sconvolgente.

Non è semplice da spiegare. Si può paragonare al desiderio di rallentare, di fermarsi, proprio quando tutti, intorno a te, corrono e si affannano. Oppure al bisogno di camminare con la testa inclinata e gli occhi rivolti al cielo per scoprire i terrazzi delle case, mentre la gente si limita ad osservare il marciapiede dove cammina per non rischiare di cadere. È sudare sempre, anche quando le temperature sono sotto lo zero, è sentirsi continuamente inadeguati e fuori luogo come se si indossassero mocassini in spiaggia o infradito al ballo delle debuttanti. Sentirsi soli in una metropoli o felici su un'isola deserta.

Ecco la sensazione che ho adesso. Un mix di tutto questo. Ti guardo per l'ultima volta e ti sussurro che ti amo. Non ho la forza per rimanere, per portarti via con me, la trovo solo per voltarmi e scendere.

Ora ho solo voglia di urlare, come temevo ho in mano il biglietto vincente. *Maledetta!*

2.

È notte fonda.

Mi agito nel letto, non riesco a dormire, proprio come mi succedeva tanti anni fa alla vigilia di un esame all'università. Eppure questa volta mi sento veramente preparata. Ho studiato tanto, è più di un mese che non faccio altro dalla mattina alla sera. Nonostante questo, però, faccio fatica lo stesso a prendere sonno. Guardo l'orologio: 02.52. Mi giro dall'altra parte. Giorgio russa, gli do un calcio e cerco di rilassarmi, di non pensare. Mi riesce difficile, credo sia praticamente impossibile riuscirci. Vorrei provare a riposare un po', perché queste due ore che mi dividono da te, passino il più velocemente possibile. E poi perché vorrei prima incontrarti nei miei sogni. I nostri, quelli di sempre, quelli colorati e più eccitanti.

Ho puntato la sveglia alle 04.10 ma credo non ce ne sia proprio bisogno.

Ed è così infatti: mi alzo dal letto alle 03.35, mi butto sotto la doccia. Ho bisogno di sentire il getto dell'acqua bollente, per allontanare la tensione dell'attesa. Faccio tutto con molta calma, mi prendo il tempo necessario e anche qualcosa in più cercando di cancellare ogni singolo pensiero, proprio quelli che fino a mezz'ora fa sembrava impossibile anche solo allontanare. E invece, adesso, il bagnoschiuma alla camomilla, massaggiato delicatamente sul corpo, riesce nell'impresa: mi rilassa. Il bagno di casa viene saturato da una nuvola di vapore e io non riesco a vedere più niente.

Con gli occhi chiusi, ripercorro a memoria lo spazio che mi divide dall'accappatoio: apro il box doccia e allungo il braccio per prenderlo. Impiego qualche secondo per trovarlo mentre la mia mano a tentoni tasta le piastrelle umide. Lo indosso e stringo la cintura in vita mentre con i lati del cappuccio mi asciugo prima il viso e poi mi friziono i capelli. Sgocciolo ancora mentre mi dirigo verso il lavandino. Lo specchio è tutto appannato. Non riesco a vedermi, dovrei aprire la finestra per far uscire il vapore. Non faccio nulla. In fin dei conti non mi dispiace affatto questa situazione; mi sembra di non sapere dove e chi sono. Mi avvicino allo specchio e con il dito indice scrivo:

«You will never know».

Indietreggio di qualche passo per vedere meglio la mia calligrafia sullo specchio. Mi tolgo l'accappatoio e rimango nuda a guardare il mio corpo, che piano piano inizia ad intravedersi dentro quelle lettere. Mi sento bella, sto bene. Sorrido e mi avvicino di nuovo per cambiare la scritta che un secondo dopo diventa:

«Io e te will never know».

Mi spalmo la crema accarezzando ogni centimetro del mio corpo, poi indosso mutandine e reggiseno e vado in salotto a vestirmi. Trovo i jeans e la maglietta, lasciati sul divano la sera precedente quando, prima di andare a letto, avevo avvisato Giorgio che sarei uscita presto per fotografare le prime luci dell'alba. Mi lego una felpa in vita anche se so che non avrò freddo. Prendo lo zaino e la macchina fotografica. Mi infilo le mie All Star gialle sull'uscio cercando di fare meno rumore possibile, ed esco chiudendomi alle spalle la porta di casa. E forse molto altro.

Decido di non prendere l'ascensore, mentre scendo velocemente le scale una domanda mi tormenta e mi rimbomba dentro: «Cosa sto facendo?». La scaccio via ripetendomi che ho bisogno di vivere.

La felicità a volte va rosicchiata in attimi rubati, in momenti proibiti. Non per questo è meno bella. Salgo in macchina, mi sa che sono in ritardo.

È ancora buio e ci sono pochissime auto in giro. Proprio adesso che ho voglia di contarle come fai tu.

Corro. Corro veloce in autostrada scivolando sull'asfalto, come se volassi, come se avessi le ali. Tutto intorno a me sembra morbido, ovattato. Sono su una nuvola.

Tengo la musica molto alta. I miei pensieri scalciano, litigano, si affollano uno sopra l'altro, uno accanto all'altro. Il cuore cambia posto con il cervello ed inizia a pensare. Sensazioni che tolgono il fiato. Il ticchettìo dei pensieri se la gioca con il battito accelerato del cuore. Dovrebbero stare distanti cuore e mente, ma non ce la fanno, non ora. Perché i pensieri richiamano le emozioni e le sensazioni si confondono con i ricordi. È un tutt'uno di colori, sfumature chiare e scure, colori tenui e delicati che inondano il mio mondo e spruzzi di colori intensi prendono il sopravvento.

Succede che finalmente so quello che voglio, ma so esattamente che non potrò averlo, non come vorrei almeno. Che tutto mi sembra chiaro, limpido, definito e poi invece, visto da un altro punto di vista, è nebuloso e ingarbugliato. Aspetto sempre che succeda qualcosa che mi faccia capire che sto percorrendo la strada giusta, ma poi incontro solo ostacoli da superare. E faccio fatica.

Incontro qualcuno in grado di farmi volare ma devo avere i piedi saldati a terra.

Succede che tutto gira troppo in fretta. Non riesco a salire sulla giostra ma nemmeno a scendere. Succede che mi guardo intorno e non capisco dove sono, non lo capisco perché qualcuno mi ha messo al centro e io non ne sono abituata.

Succede che vorrei placare questa inquietudine. Succede che vorrei solo essere felice.

Ho voglia di arrivare, di correre, di ridere, di baciare.

Finalmente giungo a destinazione. Tu sei lì che mi guardi. È passato tanto tempo, quattro anni, forse cinque, ma lo ricordo perfettamente quello sguardo.

È difficile da raccontare, quasi impossibile.

È lo sguardo di qualcuno che mi vede e non aspetta altri che me. È lo sguardo di chi sta leggendo e alza gli occhi dal libro ad ogni movimento per poi rimanere deluso se non vede quello che si aspetta. È uno sguardo che cerca di nascondere il battito del cuore che impazzisce quando mi vede. Accenna un sorriso, ma vorrebbe dirmi: «Ehi finalmente, era ora, ti stavo aspettando». È lo sguardo di chi vorrebbe baciarmi, subito, in quell'istante; di chi guarda oltre, di chi cerca di fissare ogni dettaglio e imprimerlo nella memoria, per ricordarsi i miei vestiti, i miei capelli. È lo sguardo di chi cerca l'emozione nei miei occhi, per capire se provo la stessa sensazione. È lo sguardo di chi cerca di mettere a fuoco quella che realmente sono. Lo sguardo semplice, intenso, di chi mi ama. Non lo avevo mai visto prima, è solo tuo, ed è tutto per me.

È questo ciò che mi fa sentire unica, il modo in cui mi guardi. E per me non esistono altri occhi se non i tuoi, quelli che mi cercano ovunque, quelli che mi trovano al buio, quelli che mi guardano dentro. E allora mi chiedo: riuscirò mai più a farne a meno?

Sali in macchina. Nessun imbarazzo, nemmeno nascosto. Ci abbracciamo e non so dire più nulla, perdo per un attimo la cognizione del tempo e dello spazio. Potrei essere ovunque e non ci penso: ovunque io sia, sono con te. Ingrano la marcia e guidando, sento i tuoi occhi che mi guardano, mi osservano. Non li vedo ma sento che sorridono, quasi increduli del fatto che siamo lì. Insieme finalmente. Seguo le tue indicazioni per andare a scoprire un posto che tutti conoscono ma che nessuno vedrà mai così come stiamo per incontrarlo noi.

Il cielo inizia a schiarirsi. Il sole sta spuntando da qualche parte sopra la linea di un orizzonte immaginario che a Milano è impossibile da scorgere: palazzi troppo alti e persone troppo piccole per potersi incontrare.

Invece il mio orizzonte è lì vicino, a meno di un centimetro. Se allungo la mano posso toccarlo.

Sorrido. Quanto è facile sorridere con te accanto.

Arriviamo a destinazione, parcheggio senza fatica.

Passeggiamo come due turisti: piazza San Babila deserta, corso Vittorio Emanuele, bello come non mai.

Ammiriamo la nostra città in tutto il suo splendore. È nostra, la sentiamo sulla pelle. Eccoci in piazza Duomo, una mattina qualunque tra il 15 e il 19 luglio.

Tu ti siedi sui gradini mentre io mi allontano e inizio a fotografare tutto ciò che mi circonda.

Mi accorgo che la luce non è esattamente quella che speravo e la testa non è concentrata su ciò che sto facendo. L'obiettivo è un altro, la mia messa a fuoco non funziona. Tutto gira. C'è uno strano silenzio. Mi siedo accanto a te e inizio ad osservare una piazza grandissima e vuota, ma viva. La vita che ci stiamo mettendo noi. Ci sono pochissime persone in giro, tre o quattro. Mi chiedo cosa ci facciano così presto in piazza Duomo. Dove vivono, cosa fanno? Saranno tormentate o tranquille? Io, in questo momento, sono veramente felice. È merito tuo Christopher, mi trasmetti un senso di serenità che difficilmente riesco a trovare con me stessa, nemmeno quando sono da sola. Noi qui seduti, mentre la statua di Vittorio Emanuele II sembra controllare sopra di noi che tutto sia in ordine. Io e te siamo sempre più vicini. Lo sono i nostri 21 grammi che non sono molti, ma per noi sono tutto. Rappresentano la nostra essenza, la parte più vera, quella che non ci abbandona mai.

Ai più fortunati, a volte, capita che i grammi diventino 42, perché si fondono con l'essenza di un incastro perfetto e ogni grammo si arricchisce del peso di quello dell'altro.

Forse l'amore è proprio questo: scambiare i propri 21 grammi con quelli di qualcun altro e fonderli a tal punto da non riconoscere più i propri.

Ed è esattamente quello che sta succedendo a noi.

Restiamo in silenzio. Le parole non sono più capaci di uscire da sole, le cerchiamo, ma sono troppo in fondo e non riusciamo a farle salire. Abbiamo paura di pronunciarle, la vita ci sta lasciando a bocca aperta, e la mia testa inizia ad urlare, a porre domande a cui non so proprio rispondere.

Sono in apnea da troppi minuti e sento soltanto il bisogno di respirare, ma da sola non ce la faccio. Mi aiuti tu, avvicinandoti ancora di più.

Respiri leggeri, poi più veloci. Sempre sincronizzati. La mia testa sulla tua spalla a guardare insieme la vita immobile, a vivere insieme un momento magico, lontano da tutto e da tutti. Il tempo trascorre lento, permettendoci di godere di ogni momento, di ogni secondo perché non vogliamo perderne nessuno. E io non voglio nemmeno perdere le tue mani fredde che mi sfiorano il viso, la tua bocca che impaurita cerca la mia, la sfiora e poi si allontana. I nostri baci, quelli immaginati non sono nulla in confronto a questi. Splendidi, indimenticabili. È alchimia. Le nostre teste che si toccano, i nostri occhi che si guardano nel profondo.

«A cosa pensi? A cosa pensi Christopher quando non pensi a niente?».

«A te».

La realtà prova a farsi spazio in alcuni dei miei pensieri. So che non dovrei essere qui, che dovrei essere altrove, ma ora questo è tutto quello che voglio. Lo desidero fortemente.

Nessuno può capire cosa è successo realmente in questo mese e nessuno sarà mai in grado di spiegarmi come tutto questo è potuto accadere. Per la prima volta in vita mia, finalmente, mi sento me stessa e ora voglio essere libera insieme a te. Io e te, noi due. Ho voglia dei tuoi baci, li voglio tutti, uno ad uno. Voglio scartarli come se fossero un regalo, un'emozione in più, il pegno di un ricordo che non potrà mai essere cancellato.

La piazza inizia a mettersi in movimento. In lontananza scorgo i camerieri dei bar che iniziano ad aprire le serrande e a sistemare i tavoli. Milano inizia a svegliarsi e perde un po' della sua bellezza.

D'altronde noi lo sappiamo: le cose sono molto più belle quando gli altri dormono.

Facciamo colazione; l'abbiamo già fatta tante volte insieme a distanza, in tanti posti diversi. Questa volta è molto più bello: siamo seduti allo stesso tavolo.

Mi sembra di essere in vacanza e invece tra poco più di un'ora ognuno di noi sarà dietro lo schermo del proprio PC, in ufficio. Lontani, ma sempre insieme.

È ora di andare. Vorremmo rimandare all'infinito il momento dei saluti per regalarci ancora qualche minuto, ma la riserva si esaurisce ed è davvero ora di andare.

E fa male. Fa male per la consapevolezza che non si potrà più ripetere.

«Dobbiamo rivestirci Martina. Dobbiamo farlo, solo un po'
dai. Vedrai, ce la faremo».

«Dobbiamo rivestirci». Queste parole mi rimbombano
dentro, mi fanno soffrire anche se so che è necessario.
Christopher, Dio mio, io non ne sono capace, non ne sono in
grado e non voglio nemmeno farlo. Questo vorrei dirti ma
non lo faccio.

Ci baciamo, tanto. Ed è bellissimo, e mi accarezzi il viso, le
lacrime scendono senza volerlo, frutto di troppe sensazioni.

Nella mia testa ormai mi ripeto in loop: «Accendi questa
cazzo di fottuta macchina, fallo scendere, e vattene».

Quanto è difficile dover lasciare andare qualcuno che ormai
è parte di te.

Mi avvio verso l'ufficio ancora piena della forza che tu mi
trasmetti. Ce la posso fare a rivestirmi un po'. Giusto quel
po' che serve a non prendere freddo. Ce la devo fare.

Arrivo in ufficio e non riesco a non scriverti appena varcata
la porta d'ingresso.

«Ehi».

«Ehi, sei arrivata? Tutto bene?».

«Sì, tutto bene e tu come stai?».

«Sto bene anch'io».

«Christopher, mi manchi già. Parlami, ti prego».

«Mi sto vestendo Martina, parlami tu».

«Non puoi iniziare a vestirti da domani? In fondo oggi è
ancora *ieri*».

«Di cosa vuoi che ti parli?».

«Raccontami di oggi».

«Oggi ti ho visto finalmente. Oggi è quel giorno tra il 15 e il
19 luglio che tanto abbiamo aspettato e sognato. E sono stato
bene con te, molto, decisamente di più di quanto potessi
immaginare. Ti ho regalato tante cose: il mio tempo, i miei
sorrisi, i miei pensieri, le mie mani, i miei occhi, il mio viso,
le mie labbra, i miei 21 grammi. E sono davvero felice di
questo».

«... poi?».

«Poi non avrei mai voluto scendere da quella macchina, non avrei mai smesso di sfiorarti e di accarezzarti. Avrei voluto fermare quegli attimi e mandarli in loop come una canzone, quella che non smetterei mai di ascoltare e cantare. Non ti avrei più tolto gli occhi di dosso; sai che potrei chiuderli ora e ridisegnarti? Ho tentato di guardarti da mille posizioni, ti ho respirato e ora mi manca l'aria. Cosa devo dirti? Non ho voglia di vestirmi e non voglio che tu ti vesta. Vuoi sentirti dire questo? Che la vita reale non fa per me? Che so già che mi mancherà tutto di te? Che ti voglio?».

«Se è quello che pensi, sì devi dirmelo. Sei dolce Christopher, sai di buono».

«E tu sei bella Martina. È difficile, lo è davvero tanto. E tu, mi racconti il tuo oggi?».

«Certo che te lo racconto, speravo me lo chiedessi. Ho vissuto tante cose belle.

I sorrisi, le risate, i silenzi, la testa appoggiata alla tua spalla, la tua dolcezza, i tuoi abbracci, le domande guardando il cielo, il tuo profumo».

«...e poi?».

«Poi i baci, naturali come se ci fossimo sempre baciati. Il mio sentirmi felice e leggera. Penso sia davvero difficile rivestirsi dopo essere stati nudi per tanto, senza nessuna paura e senza il minimo imbarazzo. Forse è addirittura impossibile e in effetti non è nemmeno quello che voglio, non voglio tornare indietro, voglio andare avanti. Avevo bisogno di vederti, sono stata felice di averlo fatto».

Poi silenzio. Nessun numero in grassetto nella cartella delle e-mail per farmi capire che mi è arrivato un tuo messaggio.

«Ehi sei morto? Perché non scrivi più? Io sono qui, eh».

«E io quo».

«E io ti vorrei qua. Hai delle belle mani».

«Grazie».

«Fredde, ma belle».

«Freddissime, il sangue fatica a circolare da un mese a questa parte».

«Abbracciami ancora Christopher, ti prego. Ho bisogno di te».

«Non ti lascio sola. Ti abbraccio forte».

«Mi è piaciuto tanto vederti emozionato. Voglio rivederti».

«Non puoi chiedermi questo e lo sai. Abbiamo detto stop. Ti voglio bene, spero di essere riuscito a dimostrartelo almeno un po', ma non voglio davvero farti del male, in nessun modo. Non voglio mettere in pericolo quello per cui tanto hai lottato, quello che hai costruito a fatica e quello che ti dà gioia».

«Christopher lo sentivo prima e ora lo sento moltissimo. So perfettamente quello che provi per me. Detesto l'idea di ferirti».

«Non mi ferisci, non lo fai affatto, ma adesso dobbiamo fermarci».

«Invece lo faccio eccome».

«Togliti dalla testa questo pensiero assurdo Martina. Io conosco la situazione, non ti devi preoccupare».

«Ok, ma ti ho visto, ti ho guardato negli occhi e so quello che sei, quello che sei con me».

«Cosa sono?»

«Sei tanta roba. Non voglio perderti, non voglio lasciarti andare. Quando mi abbracci tremi».

«Tremo quando ti parlo, quando ti penso, quando mi preoccupo per te, quando mi manchi, quando ti aspetto, quando ti cerco, quando ti leggo, quando ti sogno. Avrei potuto non tremare avendoti tra le mie braccia?».

«No».

«Volevi Christopher e Christopher hai avuto. Sono questo: non sono un fottuto fake».

«Ti sarebbe piaciuto esserlo, eh?».

«No, sinceramente no, ma sarebbe stato più semplice».

«Sì decisamente più semplice. Avrei dovuto solo raccogliere i mille pezzi in cui mi sono frantumata, ma una volta incasellati, sarebbe stato molto più facile chiuderti in un angolo del cervello.

Ora ti faccio una domanda che ti farà incazzare. Cosa vorresti davvero? Che lasciassi tutto? Che dicessi a Giorgio che mi sono innamorata di te? Che iniziassi a pensare ad futuro con te?».

«Non è una domanda, sono quattro. E nessuna a cui possa rispondere io. Non dovresti farle a me. Anche perché le mie risposte sarebbero opposte alle tue e quindi mi limito a dirti che non voglio nulla di tutto ciò».

«E cosa vuoi che faccia allora?».

«Che lasciassi me. Che piano piano riprendessi in mano la tua vita. Che dedicassi tempo e attenzioni alle persone che ti circondano».

«E io invece vorrei che dicessi la verità».

«È la verità. L'ho sempre detta, voglio che tu sia felice, serena. Voglio che tu non abbia pesi, preoccupazioni, nessun senso di colpa».

«E quindi Christopher, che cosa facciamo io e te ora? Dove andiamo?».

«Vai via Martina. Fallo per te, per Giorgio, per Emma. Fallo per voi. Sei bella e forte, sei tosta e intelligente. Io sto bene, giuro. Vattene da me. Allontanati. Quello che abbiamo vissuto è stato profondo e intenso, indimenticabile. Se non possiamo amarci come meritiamo vai via ora. Prima che sia troppo tardi».

«Non so se ce la faccio, se sono capace, se voglio. Non sono forte e nemmeno tanto intelligente altrimenti avrei una soluzione per risolvere questo casino».

«Sei forte: è solo questa la soluzione».

«Non è così, forse lo sono per tante altre cose, ma non per questa. Voglio solo essere felice».

«La felicità, oltre ad altre mille cose, dipende anche da quella di Giorgio e Emma?».

«Credo di sì».

«Ok, tu vuoi essere felice, vuoi che lo siano le persone intorno a te e sai che c'è un solo modo. Concentrati sulla vita che hai fatto fatica a costruire, possiedi tante cose belle. Io sono solo un pianeta, qualcosa di non reale. Sono felice di essere entrato nella tua galassia. Spero solo di essere stato il motivo di tante cose belle e la causa di pochi problemi».

«Su quel pianeta non sei solo, ci siamo io e te».

«Sì, ci siamo noi due, insieme. Ci siamo aiutati. Tu mi hai fatto stare bene, tanto. Eri in un periodo particolare, avevi tante domande e nessuna risposta. Adesso sei più forte. Sei pronta ad affrontare la vita reale, a renderla meno pesante. Non hai più bisogno di me Martina, io sto bene. Non pensare a me adesso».

«Non ce la faccio, non ora ti prego. Mi sento morire al solo pensiero».

«Ascoltami Martina, più andiamo avanti e più sarà dura e difficile».

«Lo so. Purtroppo so tutto».

Poi un pomeriggio ancora più intenso. Scambi di battute, riflessioni, pensieri che si scontrano, si amano, si urtano e si fanno male. La consapevolezza che è impossibile rivestirsi così in fretta dopo essere stati nudi così a lungo.

«Vediamoci, ti prego. Passo a prenderti, voglio parlarti. *One more time*, solo una volta ancora»

Dove ci siamo lasciati, lì ci ritroviamo. Già diversi rispetto a qualche ora prima.

E io mentre ti aspetto, scrivo. Una lettera che il cuore detta così velocemente che la mano non riesce quasi a stargli dietro. Due pagine fitte, ricche, piene di me. Piene di noi.

Scrivo quello che pensavo non sarei mai riuscita a dire. Lo scrivo perché non deve andare perso, perché voglio che tu lo sappia. E quando ti do la lettera vuoi leggerla subito. Lo fai in silenzio per qualche minuto, che a me sembra un'eternità.

Io ti guardo, non ti tolgo gli occhi di dosso, osservo ogni tuo piccolo gesto, ogni singolo movimento. Tutta la leggerezza che mi hai sempre regalato, te la restituisco pesante come un macigno. Non sai quanto mi dispiace.

Sospiri, occhi lucidi, sorrisi e abbracci. La voglia di rimanere lì. La voglia di essere altrove, ma insieme. I baci che non saziano, ma che aumentano la voglia di noi, quella voglia così evidente nei respiri affannati, nelle mani che sfiorano le nostre pelli. Proviamo a ridere. Ci riusciamo a malapena e il cuore diventa un po' più leggero. Per poi ritornare immediatamente pesante.

Scendi, vattene, forza, che aspetti? E tu piangi Martina, piangi tutte le lacrime che hai, butta fuori tutto il dolore, tiralo fuori. Sentiti leggera di nuovo. Prendi tutta la forza che ti ha regalato e fanne tesoro. Usala per diventare una persona migliore.

Ma no, cosa dico? Non sono forte per niente. Posso essere razionale, ma non mi sento forte. So quello che devo fare, ma non ce la faccio. Come i tossici: soddisfazione immediata del desiderio. E alle 23.30, dopo una cena con le amiche in cui ho faticato a tenere gli occhi aperti e ad ascoltare quello di cui si parlava, ricompongo il tuo numero. Nonostante ti avessi detto che sarebbe finita lì. In fondo è ancora *oggi*, è ancora il nostro giorno.

Passiamo un'ora dolcissima al telefono. La tua voce mi scalda il cuore, mi brucia dentro.

E salutarsi è di nuovo difficile. Quasi impossibile, ma lo facciamo. Sembra essere il momento giusto. Ce la posso fare.

Ho imparato che quando gli altri dormono è davvero tutto più bello. È la verità.

Alla fine martedì è passato, vorrei fosse ancora lunedì. Lo vorrei tanto. E invece è già mercoledì.

Ci sono canzoni e poesie che parlano di noi.

E c'è un libro. Un libro bellissimo che abbiamo scritto a quattro mani, indimenticabile, in cui siamo io e te.

PARTE TERZA

L'ULTIMO GIORNO DI PRIMAVERA
09 giugno 2013

1.

Oggi, come capita spesso di domenica, sono invitato a pranzo a casa di mia madre. La mattina è scivolata lenta: mi sono svegliato presto, ho ascoltato un po' di musica poi una doccia veloce e una sosta di quattro minuti e 37 secondi davanti alla dispensa per decidere con cosa accompagnare il caffellatte. Fette biscottate con la marmellata o 20 tarallucci? Il quesito rimane sospeso nell'aria senza risposta. Decido di prendere la bicicletta per andare da California Bakery dove mi farò elencare, come sempre, da una dolcissima cameriera, i 12 breakfast menù con relativi piatti extra, prima di ordinare il mio solito cappuccino con due cornetti semplici. Ogni volta mi sforzo di non chiamarle brioches lisce. Ormai sono a tutti gli effetti un cittadino del mondo e non più solo un milanese imbruttito. Non sia mai! Ho preso questa sana abitudine dopo qualche viaggio a Roma, la Capitale, la città eterna come la chiamano i suoi fieri cittadini. Lì la brioche non sanno nemmeno cosa sia, figuriamoci se *jela stai a chiede pure liscia. Come minimo pe' accontentatte se presentano co' 'na piastra pe' capelli.* Trascorro un'oretta di relax, sfogliando distrattamente i quotidiani ammucchiati sul tavolo accanto al mio. Leggo anche qualche pagina de *Alla ricerca del tempo perduto,* lasciato a tre quarti ormai da troppo tempo. Mi distraggo solo nel guardare le persone che entrano dalla porta principale del locale; proprio a pochi metri da me: anziani signori vestiti elegantemente, giovani ragazze in compagnia di cagnetti minuscoli simili a criceti, signore di mezza età fatte e rifatte (neanche poi così bene) e una coppia di fidanzati che ordinano la colazione, lui per lei e lei per lui.

Chissà se anche io sono tra i pensieri della gente. Mi piacerebbe sapere che impressione hanno di me le persone che non mi conoscono. L'opinione, insomma, che si fanno semplicemente guardandomi. Chissà se trasmetto qualche emozione particolare o se invece (come penso più probabile) sono una persona normale che lascia indifferenti. Questi pensieri mi provocano ansia e, forse, se ne accorge anche la cameriera. Incrocio il suo sguardo e la chiamo chiedendole gentilmente di ricordarmi cosa contiene il menù numero otto. Me lo ripete dicendo di non preoccuparmi se non desidero il muffin ai mirtilli: posso tranquillamente cambiarlo con la crostata all'ananas del menù numero nove. L'idea di poter scegliere, di non essere costretto a mangiare un dolce dal nome impronunciabile (come si fa a ingoiare tranquilli un *Cranberry Muffin?*) mi tranquillizza regalandomi un senso di libertà. La ringrazio, ma opto per un altro cornetto semplice e un bel cappuccino. Così, per non sbagliare. Finisco la super colazione, riprendo la mia bicicletta e mi dirigo al cimitero, per il solito tour domenicale con tanto di guida turistica e capogruppo: mia mamma e mia sorella Silvie.

L'appuntamento è nello spiazzo ghiaioso davanti al cancello d'entrata. Arrivo sempre prima io e, regolarmente, mi incazzo: non è bello far attendere qualcuno in un posto simile.

«È domenica, non c'è traffico», esordisco io appena le vedo arrivare. «E non raccontatemi che avete impiegato troppo tempo a vestirvi perché, conciate così, sareste poco credibili».

«Buongiorno Chris, è un piacere vederti», risponde contrariata mia sorella.

«Buongiorno a te. Chi non muore, si rivede», ribatto io mentre la bacio sulla guancia, dimenticandomi per un istante il luogo in cui ci troviamo.

«Buongiorno amore, come stai?».

Mi ha sempre fatto impazzire questa espressione di mia madre. Io e Silvie siamo sempre i suoi amori.

«Buongiorno a te mamma», le rispondo abbracciandola. «Sei sempre in splendida forma. Cosa c'è da mangiare oggi?».

«La nonna ti sta preparando gli gnocchi, con il sugo delle puntine di maiale come piacciono a te».

«E vai! Gnocca e maiala, oggi è la mia giornata fortunata!». Mi rendo subito conto di aver alzato un po' troppo il tono della voce attirando l'attenzione della commessa rumena che lavora al chiosco dei fiori. Mi sorride, evidentemente si è sentita chiamata in causa.

Devo assolutamente rimediare alla mia prima figura di merda giornaliera. Ci provo subito facendo il signore, senza badare a spese: compro due rose rosse anziché una e ci aggiungo anche due bei mazzetti di quei cosi bianchi, che non so mai come si chiamano ma che fanno scena vicino ai fiori.

Appena varcata la soglia del cimitero inizio ad estraniarmi, come sempre, cercando le tombe con i cognomi dei miei amici. Sì lo so, sono cose stupide, ma non ci posso fare niente: a me divertono. Guardo tutte le date sui loculi che mi si presentano davanti, quelle di nascita e quelle di morte, faccio i calcoli per vedere a che età se ne sono andati. Rimango sempre male quando trovo qualcuno deceduto alla mia età. La cosa che mi incuriosisce di più in assoluto però è vedere le foto, soprattutto quelle vecchie, che sembrano provenire da un altro mondo. Mario Vernazza, ad esempio, nato il 4 luglio 1871 e morto il 5 dicembre 1916. Cavolo, mi chiedo, in quel periodo sarà mica morto per il freddo? Il suo viso effettivamente è un po' pallido, ma forse è solo colpa del fotografo. Comunque sembra molto più vecchio: non pare avere 45 anni. Noto che sulla tomba ci sono fiori freschi. Ma chi glieli porterà ancora a distanza di quasi 100 anni?

Osservo mia madre e mia sorella, che nel frattempo mi hanno distanziato. Le guardo camminare insieme: come si assomigliano. Ci penso raramente, a dire la verità. Quando le vedo insieme è però impossibile non notarlo. E come sono diverso io, come sono lontano dal loro modo di intendere la vita, dai loro pensieri, dalle loro scale di valori e priorità. Mi dispiace non avere la voglia, la forza di cambiare, di avvicinarmi anche solo parzialmente a loro. Mi sembra difficile ormai, addirittura impossibile a volte, riconosco però che è un peccato. Scaccio via questi pensieri, allungo il passo e le raggiungo, le abbraccio per ultimare il nostro consueto tour per poi incamminarci piano piano verso l'uscita. Sul vialetto principale la mia mente torna a dedicarsi ai morti, in particolare a quando sarò morto io. Non ho figli, non sono sposato. Chi verrà a trovarmi? Mia nonna? Ho sempre scherzato sul fatto che, nonostante la veneranda età, sarà proprio lei a seppellirci tutti. Nel dubbio però, dovrei anche sbrigarmi a decidere dove desidero che le mie ceneri vengano disperse. Ma dove, a San Siro? Dovrei iniziare a pensarci seriamente. Non ora però. Oggi è domenica: la giornata del relax e del pranzo in compagnia di mamma e nonna. Ho altro a cui pensare: devo concentrarmi sugli gnocchi che mi aspettano, a quel profumo di patate e pomodoro che sentirò appena entrato in casa. Un profumo che mi riporta indietro, quello della mia infanzia.

E una volta arrivati a casa, appena varcata la soglia, ne ho subito la conferma. Impossibile rimanere insensibile ai ricordi. Sono davvero ovunque: il corpo anziano della nonna che mi abbraccia, le decine di soprammobili, le numerose cornici d'argento, i quadri, le stampe, tutte le piante. Come se non bastasse a mia mamma prende spesso la malinconia, sente il bisogno di andare a ripescare biglietti di auguri, lettere e vecchie foto rinchiuse da chissà quanto tempo in scatole di latta così arrugginite che risulta perfino difficile aprirle. Sono posizionate da sempre su quell'ultima mensola del ripostiglio, la più difficile da raggiungere. Quelle scatole custodiscono il suo tesoro, il suo bene più prezioso e caro. Io e Silvie, in queste occasioni, generalmente siamo solo le comparse, gli *sparring partner* dei suoi racconti, così precisi e accurati. Oggi però mi sembra sia diverso. Sento le sue parole arrivare più dal profondo e rievocare una delle tante vacanze al mare,

all'isola d'Elba. Stringe in mano una foto, una delle poche in cui siamo tutti insieme. La qualità dell'immagine non è eccelsa ma chiudendo gli occhi riesco a concentrarmi meglio sulle sue parole. Le trema la voce, ciò che dice mi tocca dentro, mi emoziona. Perché anche un bambino si accorgerebbe che quelle parole riportano ferite ancora aperte, ricordi dolorosi sempre presenti e più forti che mai. Riapro gli occhi, le metto una mano sulla spalla, la stringo in modo più deciso e forte cambiando discorso: «E questi? Cosa diavolo sono?», chiedo senza aspettare la risposta. Li prendo in mano, non impiego molto a capire che si tratta di alcuni dei miei vecchi quaderni di scuola. Indicativamente dovevo essere in terza elementare perché su una pagina, in alto a destra, c'è indicato l'anno 1981. Non mi è mai piaciuto andare a scavare nel mio passato per scoprire com'ero. Inizio a sfogliarli velocemente, come se non mi appartenessero, come fossero stati scritti da un'altra persona. Stranamente però non mi stanco subito, questa volta c'è qualcosa di diverso e decido di prestare più attenzione. Temi, pensieri e poesie si alternano in modo ordinato a schizzi e greche. Mi accorgo subito che riuscivo ad essere ordinato e preciso, ad avere anche un certo stile, quando il disegno era geometrico, doveva seguire regole o essere copiato da un modello. Anche i colori in questo caso non sembrano messi lì a caso ma dimostrano un certo criterio, un metodo. Vi si distingue la volontà di seguire gradazioni cromatiche che si ripetono costanti dando linearità al disegno e al foglio intero. Anche i mosaici non sono niente male. Alcune tessere, se proprio devo essere sincero, sono più grandi di altre e si capisce abbastanza chiaramente che non erano state tagliate con le forbicine, ma più nervosamente a mano. E che erano state incollate con la saliva piuttosto che con la colla. Nonostante ciò, la vista nel complesso del foglio, appare piuttosto chiara e lineare.
Sui disegni a mano libera, invece, avevo ampi margini di miglioramento. A guardarli a distanza di tempo risultano

assolutamente improponibili. Ricordo benissimo che un mio compagno mi aveva insegnato a disegnare le persone in un modo particolare che mi piaceva tanto. Il corpo era raffigurato frontalmente ma la faccia, inspiegabilmente, sempre di profilo, con un mento molto pronunciato: sembrano decisamente più cavalli che esseri umani. Le donne si distinguono dagli uomini/cavallo solo ed esclusivamente per un triangolo isoscele, che presumo volesse rappresentare una gonna; sicuramente stirata da mia nonna per quanto precisa e tesa.

Penso che se qualcuno dovesse chiedermi di disegnare delle persone in questo momento, quasi sicuramente le disegnerei ancora così: nello stesso identico modo del 1981. Sinceramente credo di non aver più disegnato nulla dopo la quinta elementare.

Mentre osservo i quaderni, iniziano a tornarmi alla mente i nomi dei miei compagni, le attività che condividevamo nelle ore di scuola e nei lunghi pomeriggi al parco. Ricordo qualche mia amica. Mi piacevano le bionde all'epoca: erano le mie corteggiate quando giocavamo a dame e cavalieri all'intervallo.

Ricordo anche la mia maestra. Impossibile darle un'età all'epoca. Mi sembrava vecchia, probabilmente era dovuto al fatto che io ero piccolo e per me erano anziani anche mamma e papà, anche se non avevano ancora 35 anni. La mia maestra era un tipo alternativo: pantaloni a zampa, camicie sempre molto colorate e sgargianti. Probabile si sia rotolata mezza nuda nel fango a Woodstock. Aveva abitudini decisamente stravaganti: tutte le mattine, a turno da noi alunni, si faceva preparare il caffè con una moka elettrica. Proprio noi che a casa a malapena eravamo capaci di riempirci un bicchiere d'acqua. Inoltre, dovevamo portarle le ciabatte e toglierle le scarpe appena entrava in classe e una volta al mese dovevamo anche pulirle e lucidarle. Erano spesso di colori scuri, sulle tonalità del bordeaux, pesanti e a zeppa: pulirle insomma era un lavoraccio. Se ci penso adesso sarebbe al limite della denuncia per sfruttamento minorile. Poi succede che cresci e ti chiedono: «Come mai sei così?»,

«Cosa ti è successo di così traumatico quando eri piccolo?».
Ecco, queste adesso mi sembrano spiegazioni plausibili.
Purtroppo non è tutto. La sua stravaganza artistica-culturale
influenzava anche il programma didattico: in occasione di
un Natale la nostra classe non aveva fatto la classica recita
dove compaiono Gesù bambino, Giuseppe, Maria, il bue,
l'asinello e i Re magi. No, quell'anno noi abbiamo ballato il
Bolero di Ravel, un'esperienza indimenticabile. Tutti gli
alunni di tutto l'istituto erano vestiti ad hoc per la recita, noi
in calzamaglie e con le ballerine per poterci muovere al
meglio a ritmo di quella musica. Da allora ovviamente, la
mia più odiata in assoluto.
Mio padre, incredulo, aveva assistito alla recita dell'altra
sezione facendo finta di essere un parente del gobbo,
nascosto nella botola del palco, pronto a suggerire le battute
al buon vecchio Giuseppe. A ripensarci ora, sorrido, provo
una sorta di nostalgia mista a divertimento.
Continuo a guardare quei quaderni, a studiarli. Li apro per
leggerne ogni singola riga, mi soffermo sulle parole, sui
termini utilizzati. Quasi stupito di quello che sto facendo,
inizio ad accarezzarli come per prendere contatto con quegli
anni passati.
Appoggio la mano sulle copertine colorate ricordandomi che
quella rossa era per il quaderno di italiano, quella verde per
matematica e quella gialla per le comunicazioni con i
genitori. Mi concentro su quello rosso, faccio scorrere le dita
sui solchi lasciati dalla penna. Quando si è piccoli non si
riesce a scrivere con la mano leggera, si imprime sempre
troppa forza per paura che il segno non resti impresso, che
qualcosa possa andare perso. Invece rimane tutto lì, e ora,
insieme a quei solchi ritrovo quello che ero e non mi
ricordavo di essere stato. Ritrovo i miei pensieri di bambino
e sorrido. Sorrido perché capisco che sono passati molti
anni, ma non sono poi così cambiato. No, la mia essenza è
rimasta quella. Da grande avrei voluto fare il giornalista,
avrei voluto parlare di sport, di cronaca e politica. Avrei
voluto avere un giornale tutto mio dove poter raccontare le
storie delle persone e scrivere liberamente quello che volevo.

Mi sarebbe piaciuto viaggiare, conoscere il mondo, visitare tante città. Be' eccomi qua: adoro ancora oggi scrivere e lo spirito del viaggiatore mi è rimasto dentro.

Scrivo e viaggio ogni giorno in mille situazioni diverse: quando sono sul tram con la mia Moleskine e la mente vola altrove; quando i colleghi parlano di cose noiose e ancora mi metto in viaggio con la fantasia, quando faccio la valigia e salgo a bordo di un treno o quando aspetto all'aeroporto in attesa di un aereo che mi porti lontano.

Scrivo e viaggio anche nel centro della mia città. Seduto su una panchina, mentre osservo la gente che passa: immagino dove vivono, che lavoro fanno, con chi si arrabbiano e con chi ridono, mi chiedo se anche a loro manca continuamente qualcosa.

Riguardo quella calligrafia da bambino e ci rivedo il centro assoluto dell'adulto che sono diventato. Sono contento di non aver tradito me stesso, di essere quello che sono. Le esperienze ci fanno crescere, ma l'essenza è la nostra. Quella non cambia. Siamo noi.

Giornate difficili e pensierose come questa, ultimamente, capitano spesso. Sfortunatamente, direi.

Inizio ad avere caldo. Non so se sia colpa dei due bicchieri di vino rosso o degli gnocchi. Forse, più semplicemente, sta per iniziare l'estate.

2.

Oggi, come capita spesso di domenica, siamo invitati a pranzo a casa dei miei suoceri. Non amo particolarmente questo rituale ma so che a Giorgio fa piacere ed è anche giusto che Emma veda i suoi nonni almeno una volta alla settimana. Certo, se sentissero tanto la mancanza della loro nipotina come dicono, potrebbero anche venire loro ogni tanto a casa nostra, così da permettere anche a me e mio marito di prenderci una serata libera ogni tanto. Vabbe', spero solo non ci siano i cannelloni ripieni e il polpettone con le patate: lo sanno che sono a dieta e poi non ho voglia di abbioccarmi sul divano, piena come un uovo, mentre gli altri giocano a carte.

Questa sera, invece, ceniamo con Sonia e Luigi, i nostri migliori amici e Francesca, la loro figlia. Anche questo è un rituale (quello piacevole) del weekend, che avviene però rigorosamente a case alternate. Stasera li ospitiamo noi. Io andrò a prendere le pizze non appena riceverò lo squillo di Sonia che mi avvisa della loro partenza.

Ho voglia di passare un po' di tempo con lei, sento il bisogno delle nostre chiacchiere, dei nostri scambi. Sono un po' giù in questo periodo e nemmeno so dire il perché.

Ultimamente mi capita spesso di pensare al passato, non posso farci proprio nulla. Lo faccio con malinconia, nostalgia forse. È così, capita. Mi basta una parola letta sulla pagina di un libro, un profumo, una strofa di una canzone.

E quando succede non penso al passato prossimo, non a qualcosa di vicino in termini di tempo. Penso piuttosto a quello remoto, quello lontano. A quello delle fiabe, a come mi sentivo ai tempi dell'università, prima del matrimonio, prima di Emma. E il desiderio di poter rivivere alcuni momenti, in realtà, è tutt'altro che remoto. Come ieri, mentre stavamo tornando a casa dal centro commerciale, dopo aver fatto la spesa.

Alla radio parlavano di alcune zone di Milano, quelle che hanno mantenuto il fascino di un tempo nonostante i numerosi cambiamenti. Alcune parole mi hanno riportato indietro, mi hanno fatto rivivere sensazioni che non voglio dimenticare, che vorrei sentire ancora. È incredibile la capacità della mente di ripresentarti, sotto forma di immagini, le situazioni a distanza di tempo.

Ero piccola, abitavo in una di quei vecchi palazzi a ringhiera, il mio vicino di casa era un uomo anziano che mi faceva un po' paura. Indossava sempre un cappello e fumava la pipa. Ancora oggi tutte le volte che sento quel profumo so già che è la pipa, la riconosco a metri di distanza e ricordo tutti quei pomeriggi passati con le gambe penzoloni fuori dal balcone a guardare le persone che entravano e uscivano dal supermercato sotto il palazzo in attesa di vedere proprio quell'uomo e nascondermi velocemente dentro casa.

È la memoria. Alcune cose si imprimono e non si possono proprio cancellare. A volte sembra impossibile ricordarle, ma poi basta davvero poco e tutto riaffiora come per magia, come se si fosse appena vissuto.

Forse è colpa del libro che sto leggendo: *Alla ricerca del tempo perduto*. Sono assolutamente convinta del fatto che alcuni libri urlino. Quando urla quello che hai in mano tu, allora hai due possibilità: urlare con lui, oppure chiuderlo subito. Lasciarlo urlare da solo serve a poco. Anzi, a niente.

Io in questo periodo voglio urlare, voglio tornare a corteggiare la mia vita, riconquistarla. Voglio portarla fuori a colazione a pranzo e a cena. Poter dormire con lei regalandole mille sorrisi e altrettanti abbracci. Voglio coccolarla, proteggerla, consolarla e prendermene cura. Trasmetterle tutta la forza e la sicurezza che merita. Voglio che sappia che è la più bella di tutte. E poi voglio un'altra cosa: che si innamori anche lei nuovamente di me. Ancora una volta.

Non voglio più consumare i giorni, uno dietro l'altro, velocemente. Lasciare che si portino via tutte le cose belle: ogni singola alba, tutti i tramonti, le notti e le lune, quelle piene e quelle a spicchi. Le nuvole e i venti, le luci e tutte le sfumature di buio che conosco. Nemmeno gli arcobaleni. Mi alzo dal divano ed esco in giardino: ho bisogno di una boccata d'aria. Prendo in braccio Emma, lascio Giorgio e i miei suoceri a chiacchierare in soggiorno. Per me in questo momento è un luogo troppo piccolo e angusto. Passeggio e respiro profondamente gustandomi la luce e gli odori di questa splendida giornata di fine primavera.

Sono inquieta. Non so bene di cos'abbia bisogno ma devo assolutamente ritrovare ciò che ho perso per strada. Mi sembra di essere incapace di interpretare le emozioni, di attribuire un senso ai ricordi, come se non fossi più in grado di scrivere di me, di raccontarmi.

Ho sempre paragonato la mia vita ad un film. Ogni periodo un'immagine che scorre veloce su una pellicola. Il risultato a volte è stato un capolavoro; quando sorrisi e lacrime si sono alternate in maniera unica ed emozionante. Altre volte, invece, è stato un flop perché i personaggi erano slegati, la sceneggiatura non reggeva, i dialoghi e le emozioni del tutto inesistenti. Uno di quei film, insomma, di cui a distanza di giorni, non si ricorda né il finale né il titolo.

Io, però, a differenza di qualsiasi altra attrice, in entrambi i casi non ho mai recitato: ho vissuto. O almeno ho cercato di farlo.

E ora invece? Com'è la mia vita, cosa mi sta succedendo? Mi sembra di avere in mano un copione per niente semplice. Sono sicura però che, impegnandomi, potrei creare ancora qualcosa di bello e importante. Almeno vorrei provarci.

Innanzitutto voglio essere la protagonista assoluta. Indossare i vestiti che mi piacciono. Quelli che mi fanno sembrare più bella.

Voglio ascoltare la musica che mi fa sognare, viaggiare, andare lontano.

Voglio leggere libri scelti con un certo scrupolo, decidere con chi trascorrere il mio tempo.

E voglio tornare ad essere amata veramente e ad amare come piace a me. Non sto facendo nulla di tutto questo e me ne chiedo costantemente il motivo. Perché continuo a vivere una vita che non desidero? Perché accetto le situazioni per soddisfare e non deludere la gente che mi circonda? La realtà, forse, è che sto vivendo da semplice comparsa. Non voglio pensarci. Non ora, almeno. Giornate difficili e pensierose come questa, ultimamente, capitano spesso. Sfortunatamente, direi. Inizio ad avere caldo. Non so se sia colpa dei cannelloni ripieni o del polpettone con le patate. Forse, più semplicemente, sta per iniziare l'estate.

PARTE QUARTA

IL PRIMO GIORNO D'ESTATE
10 giugno 2013

1.

Si chiude la porta alle spalle, dando le solite due mandate di chiave, si appoggia con forza alla maniglia per controllare che la serratura abbia fatto il suo lavoro. Come se dentro quell'appartamento, preso in affitto qualche mese prima, ci fossero custoditi i gioielli della Corona; come se fosse stato appena nominato bilocale dell'anno dalla rivista AD. Gli cadono di mano le chiavi e un libro di Patrick McGrath che aveva infilato sotto il braccio destro e, per ultimo, gli si rompe la busta di carta contenente l'umido delle passate nove settimane e mezzo, ma la situazione si presenta tutt'altro che eccitante. Il sacchetto avrebbe dovuto contenere soltanto i rifiuti organici, ma bottiglie di birra, lattine di Coca Cola e buste di surgelati, fanno compagnia a resti di pane secco e ossa di pollo ormai in stato di decomposizione avanzata. La raccolta differenziata esiste da una decina d'anni, ma lui non ha ancora capito bene come funzioni. Sulle spalle ha uno zainetto nero da free-climber, proprio lui che in montagna al massimo ha raggiunto una quota di 800 metri (e in jeep tra l'altro).

Si piega per raccogliere tutto proprio sulla scritta *Welcome* del suo zerbino, ereditato, insieme ad un portaombrelli di ceramica cinese molto kitsch, dall'inquilino precedente. In realtà la scritta è solo intuibile, visto che lo zerbino è al contrario ed è sempre a lui che augura il benvenuto ogni volta che esce di casa per accedere al pianerottolo.

Si rialza lentamente, percependo uno strano rumore di ferraglia arrugginita provenire dalle sue ginocchia.

Quante operazioni ha subito? Quanti incidenti ha avuto in moto? Non ricorda esattamente, eppure ci sa fare con i numeri, è sempre stato bravo a contare. Fin da piccolo, ha contato tutto, dalle parole in una frase alle lettere che le compongono, dai passi che lo dividono da un luogo, ai minuti necessari per raggiungerlo. Conta abitualmente quante macchine verdi o rosse incontra lungo un percorso e il numero dei motorini che lo sorpassano a destra; somma i numeri presenti nelle targhe per poi dividerli per due e vedere se il risultato è pari oppure dispari. Scommette sulla quantità di donne e di uomini presenti in un locale. L'unica cosa però che non è mai riuscito a contare sono le sue cicatrici: con quelle è diverso. Quel conto non lo diverte, anzi tenta sempre di non considerare i segni che si porta sul corpo, che lo fanno sembrare un duro, che gli regalano quell'immagine così diversa dalla realtà. Quelle cicatrici così visibili, che lui sa perfettamente non essere nemmeno la metà di quelle che si porta dentro, omaggio di una vita spesso difficile e faticosa. Troverà mai una persona interessata a quei segni inconfessati, a quelle ferite così profonde e dolorose? Riuscirà mai a parlarne e a condividerle?

Tenta di allontanare l'inquietudine e di non pensare al fatto che non è più uno splendido ragazzino di primo pelo ma è un quasi quarantenne. Ancora poco più di tre mesi e raggiungerà anche lui quell'importante traguardo. Non che li dimostri, ma uno dei suoi incubi ricorrenti è quello di non riuscire più ad alzarsi dopo aver raccolto qualcosa caduto a terra a causa dello spavento per la festa a sorpresa organizzata per il suo compleanno. Allora sì che tutti, udendo quel rumore metallico, si sarebbero accorti che il tempo stava passando anche per lui.

Cerca di riprendersi, allontanando l'immagine inquietante delle sue ex fidanzate che ridono tra loro, tutte insieme, vestite eleganti come alla sagra della porchetta di Ariccia. E che intonano un imbarazzante e stonato *Happy birthday to you* mentre lui, l'invidiato John Fitzgerald Kennedy della situazione, avrebbe voluto sparire e cancellare per sempre quella data dal calendario.

Si passa una mano sulla testa per riordinare le idee: nessun rischio di spettinare i capelli neri quasi rasati, con qualche leggera venatura grigia appena visibile. Si volta per vedere se l'ascensore è presente al piano. Come sempre non c'è e la luce lampeggiante rossa indica che è occupato. Com'è possibile che alle 08.01 di un lunedì qualsiasi ci sia nel palazzo tanta gente che sale e scende? Ormai, secondo lui, è statisticamente provato che al secondo piano è impossibile trovare l'ascensore disponibile perché gli unici che lo utilizzano per i primi piani sono lui e la portinaia (dal fisico decisamente poco atletico). Considerando però che lui non esce di casa dalla sera precedente e che la portinaia di notte non si muove dalla guardiola, la teoria è presto confermata. L'ultima volta che la donna era salita era stato qualche giorno prima; per regalargli un piatto di orecchiette alle cime di rapa, avanzo della cena per il secondo anniversario di matrimonio del figlio.

Inizia a scendere precipitosamente le quattro rampe di scale con nove gradini ciascuna che, in giorni non particolarmente umidi e in assenza di vento, riesce a percorrere in 12 secondi netti, saltandone anche tre alla volta e rischiando di rompersi l'osso del collo. Ma il rischio è il suo mestiere, soprattutto nel percorso dalla porta di casa sua alla portineria e il pensiero di potersi scontrare con la nuova inquilina russa ventenne del primo piano, gli basta a farlo sentire vivo. Quella mattina però deve abbandonare l'idea di battere il suo record, perché a soli 17 gradini dal traguardo, lo assale il solito dubbio: avrà chiuso il rubinetto del lavandino? Si ritrova subito ad immaginare l'acqua che scorre in bagno e che inonda l'appartamento proprio sotto di lui, quello dei signori Heinzmann, la strana coppia di anziani tedeschi, originari di Düsseldorf e trasferitisi a Milano per raggiungere i figli e le rispettive famiglie. Hanno un aspetto truce e severo: meglio non rischiare di farli arrabbiare.

Risale, rientra in casa e controlla tutti i rubinetti: allagamento scongiurato.

Giunto finalmente nel cortile condominiale, slega la sua mountain bike, la spinge a mano fino all'imbocco della strada, dove la portinaia, come tutte le mattine, togliendosi la sigaretta di bocca lo saluta dicendo: «Buongiorno Christopher, tutto bene?».

Quel nome così anglosassone, fortemente voluto da mamma Julie e da papà Mark rispettivamente di origini irlandesi e canadesi, assume un tono quasi comico, pronunciato con l'accento pugliese della signora Pina.

I pensieri di Christopher lo portano lontano.

Sua mamma gli aveva raccontato che sia i suoi nonni paterni che quelli materni si erano trasferiti in Italia, agli inizi degli anni quaranta, per motivi di lavoro. Qualche anno più tardi erano nati Julie e Mark. Erano cresciuti nello stesso quartiere popolare di Milano, l'Isola, e avevano frequentato le stesse scuole. Si erano poi persi di vista dopo il liceo, per ritrovarsi nel '68, appena laureati frequentando gli ambienti della sinistra giovanile. Erano stati fidanzati relativamente poco: nel giro di un anno avevano deciso di sposarsi. Nel 1970 era nata Silvie e, tre anni più tardi, Christopher.

I due fratelli erano profondamente diversi, due caratteri opposti. Espansiva ed estroversa lei, tranquillo e solitario lui. Avevano avuto sempre un rapporto particolare, amore e odio, ma chiunque, pur non conoscendoli, avrebbe potuto giurare che si volessero un gran bene.

«Christopher, tutto bene?», si sente ripetere dalla signora Pina che è ancora in attesa di una risposta.

«Sì grazie e lei?», replica Christopher automaticamente, mentre con un colpo di pedali si allontana velocemente dalla nuvola di fumo della Camel senza filtro dell'avvenente portinaia obesa.

Decide anche questa mattina di percorrere la strada più lunga per raggiungere l'ufficio, quella che gli piace di più. Conta sempre circa 2337 pedalate, ad eccezione di quando perde il conto a causa di pedoni spericolati o automobilisti impazziti che gli tagliano la strada.

Passa lungo tutto corso Sempione, osserva la gente che fa colazione all'aperto ai tavolini dei bistrot, nella zona pedonale adiacente l'Arco della Pace: manca solo il profumo dei croissant caldi e qualche donna con una baguette sotto il braccio e potrebbe essere a Parigi.

Ama questa zona di Milano: ci è nato e cresciuto, l'ha vista cambiare in questi quarant'anni. C'è sempre qualcosa di particolare, di unico, un'atmosfera che lo riporta indietro e gli fa ricordare i tanti pomeriggi trascorsi al parco con la nonna, le passeggiate mano nella mano con la prima fidanzata, le serate nei locali all'aperto e le sbronze ai concerti d'estate.

In particolare ricorda i festival blues organizzati da giugno a settembre tra la fine degli anni ottanta e gli inizi degli anni novanta. Tutte quelle sere erano un appuntamento fisso e diventavano l'occasione per assistere alle esibizioni di artisti del calibro di Johnny Winter, Jeff Healey e Roger Chapman. Concerti memorabili che avrebbero potuto ricordare soltanto tutti quei fortunati che in quel periodo dell'anno erano rimasti nella calda e afosa Milano, invece di godersi le spiagge ventilate della Sardegna. Christopher faceva parte del primo gruppo anche se di blues non capiva assolutamente nulla. Anzi, in realtà, quella musica lo rendeva decisamente insofferente. All'epoca però, frequentava Sabrina, una ragazza molto graziosa, figlia di un professore di musica del Conservatorio, che suonava divinamente il violino e il contrabbasso: non poteva di certo non sembrare interessato a quella musica di nicchia. Per questo le faceva compagnia durante quelle interminabili serate, ma dopo averla accompagnata a casa, la tappa allo Stalingrado per tre pinte di Guinness era d'obbligo; quantomeno per riprendersi in parte dalle serate.

Pedala e si guarda intorno, *You will never know* suona in loop ad alto volume negli auricolari, lui ne fischietta il ritornello e una colf sudamericana si gira ad osservarlo, mentre aspetta annoiata che il Border Collie finisca di fare i suoi bisogni.

Attraversa il parco. Un polmone verde proprio a due passi da casa sua, un Central Park in miniatura adorabile in ogni suo angolo, anche quelli più nascosti e sconosciuti. Osserva le persone correre e allenarsi a tutte le ore, il *percorso vita* suggerisce loro esercizi e aiuta a mantenere in forma sia podisti esperti che semplici appassionati. La flora è molto ricca, soprattutto in questo periodo dell'anno. Lungo due percorsi botanici, ad uso delle scolaresche, si possono incontrare più di 50 specie. Continua a pedalare e sul belvedere, proprio di fronte alla statua di Napoleone III, rimane incantato davanti al vecchio olmo monumentale; fiancheggia il grande ippocastano che cresce nei pressi del ponte delle Sirenette e guarda curioso il platano sulla sponda della propaggine del laghetto con i due grandi noci che si riflettono nello specchio d'acqua. Le temperature, pur essendo mattina presto, sono già elevate. Che l'estate sia vicina lo sente sulla sua schiena già bagnata a contatto con lo zainetto e si pente di aver indossato quella maglia pesante con lo stemma rosso di Emergency. Allontana qualche istante le mani dal manubrio per tirarsi su le maniche fino all'avambraccio: quel gesto abituale gli provoca uno sbandamento che lo fa quasi cadere. Avrebbero dovuto insegnargli ad andare in bicicletta lungo ripide discese o irte salite. I suoi genitori, invece, lo avevano fatto proprio in questi vialetti pianeggianti, circondati da prati, alberi e fiori. Per di più correndogli dietro e tenendogli una mano sulla spalla. Ovvio che nel tempo sia caduto e si sia fatto male tante volte di fronte alle difficoltà della vita. La sua prima bici era stata una Saltafoss verde molleggiata con il numero tre davanti, come le vere moto da cross, regalo di mamma e papà per il suo settimo compleanno.

Si diverte a cambiare spesso velocità, rallenta quando vede dei piccioni per poi accelerare velocemente fischiando e facendoli spaventare. In piedi sui pedali, segue con lo sguardo il loro volo come generalmente si fa con le scie degli aerei.

Arriva al Castello Sforzesco e ne attraversa l'ampio cortile fino a piazza Cairoli. Imbocca via Dante e lega la bicicletta al palo verde dell'orologio, che indica da anni sempre le 11.35 e ogni volta vorrebbe passare proprio in quell'orario per poter dimostrare che Herman Hesse aveva ragione quando diceva che anche un orologio fermo segna l'ora giusta due volte al giorno.

Entra in ufficio, supera la piccola reception e l'adiacente break-room. Arriva in uno spazioso open space ultramoderno, posa lo zainetto sul portadocumenti vuoto di quella scrivania troppo grande e troppo scura perché possa sentirla realmente sua. Si guarda intorno: è sempre il primo ad arrivare. Di fronte a lui l'ufficio del suo capo, a destra la sala riunioni e dall'altra parte le altre due scrivanie identiche dei suoi colleghi che, ad osservarle bene, sembrano decisamente più vive ed allegre della sua. Le pareti dalle tinte calde, ricche di stampe colorate di importanti campagne pubblicitarie, risaltano con il bianco del parquet. Una lampada a stelo in acciaio e numerosi faretti rendono artificiale la luce del sole che filtra a fatica dalle ampie finestre opache.

Accende il PC e si avvia verso il bagno per lavarsi le mani e rinfrescarsi il viso sudato. Si appoggia al lavandino e si guarda qualche secondo allo specchio prima di asciugarsi: la barba è incolta, il viso è abbronzato e privo di rughe. Però gli sembra più stanco del solito.

Forse è colpa di quell'incubo ricorrente che, anche la notte appena trascorsa, non l'ha fatto riposare: si trovava in un ristorante al mare, in una località sconosciuta. Non c'era nulla di noto né di familiare. Era seduto da solo ad un tavolo all'interno; pur essendo una bellissima serata e pur disponendo il locale di una terrazza panoramica. Era sicuro di non esserci mai stato prima, ma non era quello il motivo della strana e sgradevole sensazione.

Mentre aspettava la sua ordinazione, continuava ad osservare una coppia con una bambina ancora piccola. Erano tutti e tre seduti ad un tavolo apparecchiato in modo più elegante rispetto agli altri proprio sulla terrazza, oltre un'enorme vetrata, a due passi dalla spiaggia. Poco dopo, senza ricordare più alcun dettaglio, il sogno si era interrotto bruscamente e lui si era svegliato sudato, spaventato, con il rumore del mare e urla fortissime che sembravano spaccargli i timpani.

Ritorna al computer, guarda il monitor in basso a destra: il calendario gli ricorda che è il 10 giugno, ore 08.37.

Si dà il buongiorno da solo, visto che fino a quel momento le uniche parole che aveva pronunciato erano quelle rivolte alla signora Pina e avvia Outlook Express per controllare la posta. Successivamente apre il sito di *Repubblica* per leggere le notizie, inserisce username e password ed entra in Facebook. Gira lo sguardo distrattamente, ma subito torna a fissare una fotografia sulla pagina del suo diario: quel viso che conosce e che non vede da tanto tempo, decisamente troppo. Non può non osservarlo attentamente, guardarlo e studiarlo in ogni dettaglio con occhi curiosi, ricordando sensazioni passate, ma sempre vive. Ricorda ciò che avevano condiviso insieme, così intensamente, anche se in circostanze strane e in maniera del tutto anomala. Distoglie lo sguardo dallo schermo e fissa il vuoto. Sente una strana sensazione di felicità nascergli dentro. Senza accorgersene, sorride.

È lei.

2.

Guarda l'orologio prima di salire in macchina. È stanca e sono le 08.08 di quello che le sembra uno dei tanti lunedì, tutti troppo uguali per non diventare così pesanti. Il weekend non le è servito proprio a nulla, non è riuscita a staccare la spina e ricaricarsi come avrebbe voluto. Non ha avuto la possibilità di prendersi del tempo solo per se stessa, per cullare i propri pensieri, dedicarsi ai propri bisogni. Avrebbe voluto leggere un libro, incontrare le sue amiche oppure fare una bella colazione in riva al mare. Insomma, qualcosa di diverso dalla solita routine, quella routine che ultimamente le pesa così tanto. Invece niente di tutto ciò. Solita spesa del sabato al centro commerciale e un hamburger tra migliaia di persone, parco giochi con la piccola Emma nel pomeriggio, divano e televisione la sera; la domenica pranzo dai suoceri e per cena, pizza a domicilio con gli amici di una vita. Tutto sempre così maledettamente uguale.

Gira la chiave e mette in moto. Fissa le luci del cruscotto restando quasi ipnotizzata per qualche secondo, poi ingrana la retromarcia per uscire dal parcheggio di via Carducci, proprio sotto casa sua, in uno dei tanti paesini identici dell'hinterland milanese. Era stata proprio una buona idea non aver parcheggiato la macchina nel box la sera precedente: troppa fatica salire a casa con i cartoni della pizza e rischio troppo elevato di non riuscire a percorrere le due ripide rampe circolari, di prima mattina.

Si domanda perché quest'anno avverta un bisogno così impellente di vacanza. Il lavoro non le regala alcuna soddisfazione ormai da troppo tempo e ha proprio bisogno di sentirsi nuovamente viva, di trovare qualcosa di diverso su cui concentrarsi, su cui investire tempo ed energie.

A parte un paio di weekend trascorsi al mare, è davvero da tanto tempo che non riesce ad andare via da Milano. All'inizio di febbraio, lei, Giorgio ed Emma, avrebbero dovuto raggiungere una coppia di amici a Cervinia per la settimana bianca. Nessuno di loro sa sciare, ma sarebbe stata comunque una buona occasione per staccare un po' la spina dalla solita routine e respirare aria buona. Emma avrebbe potuto divertirsi con Francesca, la figlia coetanea di Sonia e Luigi, se non si fosse ammalata proprio il giorno prima di partire, motivo per il quale avevano dovuto rinunciare a quella breve vacanza.

Sono settimane che si sta concentrando sul viaggio in Sicilia, pianificato ed organizzato minuziosamente in ogni dettaglio; che alternerà semplice vita di mare a visite culturali e un discreto numero di cene caratteristiche in ristoranti tipici. Erano già stati sull'isola qualche anno prima, ma non erano riusciti a visitarla tutta; avevano visto solo Agrigento, Siracusa, Palermo e zone limitrofe. Questa volta invece vogliono concentrarsi sulla zona nord ovest, dove soggiorneranno in un *bed and breakfast* a San Vito Lo Capo. La vacanza prevederà una giornata alla Riserva dello Zingaro, una splendida area naturalistica protetta, ricca di calette e spiagge incontaminate, dove potranno rilassarsi e immergersi nella natura. Altra tappa, la cittadina di Erice, in cima alla montagna che sovrasta Trapani e da dove si gode di una vista mozzafiato. Successivamente, proprio da Trapani, si imbarcheranno verso l'ultima tappa della loro vacanza: l'isola di Favignana.

Ama organizzare viaggi, mettersi a tavolino e decidere scrupolosamente la meta: l'ha sempre fatto lei in occasione di tutte le vacanze, sia quelle con suo marito che quelle in compagnia dei loro amici. Trascorre ore in libreria per scegliere le guide turistiche migliori. Quest'anno purtroppo, a causa di spese eccessive e non pianificate, non potranno permettersi di andare né molto lontano, né per lungo tempo; il mondo è troppo grande per averne visto così poco ed è davvero un peccato.

Le sembrano così lontane le estati trascorse in Grecia, gli interrail in giro per l'Europa, i viaggi in Thailandia che ricorda con tanta nostalgia e quell'indimenticabile Natale newyorchese. Come vorrebbe rimettersi lo zaino in spalla e viaggiare alla scoperta di nuovi angoli di paradiso, nuovi monumenti e musei da visitare, nuove culture con cui confrontarsi!

Deve ancora resistere poco più di due settimane prima del breve ma meritato riposo che le servirà sicuramente per riprendere un po' in mano la sua vita. Ne è sicura: avrà il tempo per rallentare e pensare a tutte le cose belle che possiede.

Alza lo sguardo oltre il parabrezza sfumato di blu della sua Audi familiare e si accorge che il sole è già alto nel cielo e lei, tanto per cambiare, è clamorosamente in ritardo.

La sveglia è suonata alle 06.50, ma non è riuscita ad alzarsi dal letto prima delle 07.15: 25 minuti che sono passati troppo velocemente per invogliarla ad affrontare la giornata. In verità, a casa sua non è così facile rilassarsi, tantomeno a quell'ora. Sentiva il rumore dell'acqua nel bagno. Suo marito Giorgio si faceva la doccia. Altri rumori provenivano dal salotto, dove quella piccola peste di Emma, da brava e diligente cuoca, stava già giocando con pentolini, piatti, bicchieri e posate.

Chi ha avuto la malsana idea di regalargliele? La prima cosa che farà non appena arrivata in ufficio, sarà compilare un decalogo di regole da consegnare scrupolosamente ad amici e parenti prima di natali, compleanni e ricorrenze varie. Alcuni regali, d'ora in poi, dovranno essere vietati. Nessun Dolce Forno per evitare rischi di esplosioni in casa, nessuna bicicletta per scongiurare lamentele condominiali e soprattutto niente Wii: Emma è ancora troppo piccola e lei non si sente ancora pronta a sfidarla a pallavolo o ad estenuanti gare di aerobica.

Mentre guida non può non osservare Emma attraverso lo specchietto retrovisore: quel frugoletto buffo, con gli occhi grandi e verdi, proprio come i suoi, quei capelli ricci che con il primo sole si schiariscono quasi a diventare biondi. Adesso le sembra una regina, sistemata e legata accuratamente sul suo trono, sul sedile posteriore di quella station wagon che assomiglia più ad una cantina che ad una macchina tanto è sporca, disordinata, ingombra di cose inutili. Le sembra più grande quando con i suoi occhi curiosi ed intelligenti, scruta fuori dal finestrino alla ricerca di cose mai viste. Ad agosto compirà tre anni e a settembre inizierà la scuola dell'infanzia, il primo passo per entrare ufficialmente nel mondo, primo impatto con la società. Non vuole ancora pensarci: è presto, il tempo passa troppo in fretta e continua ad avere quell'orrenda sensazione che qualcosa le stia scappando di mano. Lei che non si sente mai all'altezza della situazione, lei che si fa sempre 1000 domande a cui non trova risposta, sia sul ruolo di donna, che su quello di mamma e moglie.

Da quanti anni si porta dietro quel senso di insicurezza costante? Quella sensazione di inadeguatezza che le fa inutilmente legare il golf alla vita per coprire il fondoschiena? Sa di non averne bisogno, l'ha sempre saputo, ma è la sua coperta di Linus.

Accende la radio mentre si dirige verso la casa dei suoi genitori, tappa obbligatoria per un caffè e due biscotti al volo e per lasciare la figlia aspirante masterchef, prima di andare in ufficio.

Pensa al rapporto che ha con la sua famiglia, da sempre sereno, senza scontri: sua mamma Irene è sempre stata come una sorella maggiore, un'amica con cui poter parlare davvero di tutto. Ha cresciuto lei e sua sorella Anna con pazienza e dedizione dedicando loro la sua vita e i suoi anni più belli. Suo padre Giacomo, generale dell'Aeronautica ormai in pensione, è stato un po' meno presente a causa dei continui viaggi, ma non per questo meno incisivo nel trasmettere alle figlie valori per lui fondamentali: il rigore, l'ordine, la precisione e il senso del dovere.

Sua sorella Anna, di tre anni più giovane di lei, è molto diversa, più indipendente e determinata. Infatti, dopo essersi diplomata, non aveva nessuna intenzione di continuare gli studi e non ci ha messo molto tempo a trovarsi un ottimo lavoro in un importante atelier del centro di Milano. Fidanzata da sei anni con Maurizio, non intende andare a convivere o sposarsi, o perlomeno non ancora. Vive da otto anni in un appartamento che divide con una studentessa universitaria vicino al Politecnico e non le interessa cambiare.

Le due sorelle si frequentano poco, ma si sentono almeno un paio di volte la settimana per raccontarsi gli avvenimenti importanti, anche se lo fanno spesso frettolosamente e in modo poco esauriente, telefonandosi in momenti inappropriati. Anna una volta al mese, ricopre il suo ruolo di brava zia, occupandosi della nipote e dedicandole una giornata intera: la prende dai nonni dopo il riposo pomeridiano e la porta a casa sua fino al mattino seguente.

La notte fuori casa è vissuta da Emma sempre con tanto entusiasmo ed allegria, proprio come se fosse una mini-vacanza, con lo zainetto di Winnie the Pooh sulle spalle e i suoi inseparabili amici peluche, ancora necessari per dormire.

Martina invece è uscita di casa all'età di 30 anni, quando è andata a convivere con Giorgio. Prima si era assicurata di poter contare su una situazione lavorativa stabile, che le permettesse di mantenere un tipo di vita agiata.

Ogni tanto si guarda nello specchietto. Esce quasi sempre di casa senza truccarsi, a parte qualche rara volta in cui, dopo la doccia, trova il tempo per concedersi una riga di matita nera e un velo leggero di gloss sulle labbra. Proprio come oggi.

Ha un viso bellissimo, glielo hanno sempre detto tutti fino a che se n'è convinta anche lei, ma si accorge che la sua espressione è cambiata negli ultimi anni. In meglio o in peggio? Non sa dire realmente se si piaccia perché non si è mai soffermata a pensarci davvero.

Riconosce che in passato ha avuto un rapporto difficile e conflittuale con il suo corpo, fino ad odiarlo. Alle medie e nei primi anni del liceo era un po' troppo robusta e, mentre le sue amiche per vestirsi impiegavano ore a scegliere accessori e abbigliamento, lei indossava sempre tute da ginnastica larghe ed abbondanti, per coprire quei difetti che non riusciva ad accettare. Per lei non c'erano mai stati molti apprezzamenti, a differenza di sua sorella, più magra e slanciata. Più ammirata.

Ora però è diverso, grazie anche ai chili persi nelle continue diete dopo la nascita di Emma; ha raggiunto buoni risultati e un fisico invidiabile, ma pur guardandosi, non riesce proprio a percepire tutta questa bellezza. Si avvicina ulteriormente allo specchietto per capire se i suoi capelli necessitino di una bella spuntata, almeno per eliminare le doppie punte: fortunatamente non è ancora il momento; la visita dal parrucchiere può essere tranquillamente rimandata al venerdì prima delle vacanze. La sua mente vaga: immagina come può apparire agli occhi della gente, se è ancora desiderabile, se lo è ora più di prima, se lo è mai stata. Si ferma ad uno stop e i suoi occhi incrociano quelli di un passante. Un uomo, che potrebbe avere la sua età o al massimo qualche anno in più, la guarda e lei capisce subito che è uno sguardo pieno di desiderio. La cosa le dà sollievo, la intriga, le fa sentire un brivido lungo la schiena. Si accorge che quella situazione la fa stare bene, si riguarda ancora una volta nello specchietto e le torna improvvisamente la voglia di sorridere. Le piace essere desiderata, farsi guardare e osservare gli uomini provocandoli in giochi di sguardi. Sa che non lo farebbe mai, sa che non andrebbe mai e poi mai oltre quel gioco, ma le capita spesso di pensare a come potrebbe essere passare una serata con uno sconosciuto, spingersi oltre il ragionevole, superare i limiti di buona condotta. Senza inibizioni, senza schemi mentali e senza pudore: il contrario di quello che è sempre stato il suo comportamento con tutti i suoi partner.

Ma quei pensieri iniziano a farla sentire a disagio. Lei che quasi non ricorda le uniche due esperienze precedenti al fidanzamento con il suo attuale compagno di vita e di letto. La prima era stata a diciannove anni, solo ed esclusivamente un'avventura di una notte con un ragazzo molto più grande di lei: il classico appuntamento per perdere la verginità, un po' in ritardo rispetto alle sue amiche. Non era stato un episodio indimenticabile, tant'è che era trascorso un po' di tempo prima che ritrovasse il desiderio di riprovarci. Finché non ebbe conosciuto Daniele.

Entrambi frequentavano l'Università, lui era di Napoli e un anno avanti rispetto a lei. All'inizio tutte attenzioni, regali, Martina di qua, Martina di là, ti accompagno di qui ti porto di lì. Lei era innamorata e l'idea era quella di trasferirsi a Napoli una volta conseguita la laurea. Poi però, con il passare del tempo, lui era cambiato trasformandosi quasi subito in: «Ma come esci una sera con le tue amiche e non mi mandi nemmeno un sms? Nemmeno una telefonata?».

Ecco. Non poteva essere l'uomo giusto per lei.

Lentamente le stava passando la voglia di trasferirsi e quindi, forse per un piano inconscio, la sua laurea si era protratta.

A settembre del 2002 si erano lasciati definitivamente dopo una telefonata furibonda in cui lui le aveva ammesso un tradimento e lei gli aveva urlato al cellulare il suo *vaffanculo* più grande.

Solo qualche mese dopo, ironia della sorte, si laureava discutendo una tesi sul cambiamento della comunicazione con l'avvento della rete mobile.

Sorride e sospira ripensando a quanto era ingenua.

Alza la musica: in radio passa una canzone del tutto nuova alle sue orecchie. Incuriosita, infila la mano nella borsa sul sedile a fianco, tira fuori il telefono, apre Shazam per scoprirne il titolo. In un attimo compare la scritta *You will never know* di Imany. Sorride e guarda lo smartphone quasi a ringraziarlo per l'aiuto, poi inizia a cantare pur senza conoscere le parole, tiene il tempo battendo una mano sul volante, mentre Emma è impegnata in un'incomprensibile conversazione con *Willy*, il suo orsacchiotto preferito.

Riprende in mano il telefono, attiva la macchina fotografica e ne approfitta per immortalare il cielo sopra la tangenziale, così limpido e azzurro. Allunga lo sguardo sul traffico di pendolari che si recano al lavoro. Modifica le impostazioni della camera, si vede riflessa nel cellulare e scatta. Le piace fotografarsi in tutte le situazioni, lo fa una decina di volte, tutte con espressioni diverse: alcune da sola, altre con Emma, alcune serie, altre con uno sguardo ammiccante, altre ancora con facce buffe e con la lingua fuori. Ne sceglie una e decide di cambiare l'immagine del suo profilo Facebook.

Sono le 08.29 quando arriva a casa dei genitori. Slega, libera e prende in braccio la sua regina, sale a fare colazione, scambia le solite due parole di circostanza con la madre e il padre prima di fare le raccomandazioni a Emma. Dopo dieci minuti è di nuovo in macchina, le mancano ancora 25 chilometri per arrivare in ufficio. La durata del viaggio sulla Tangenziale Est di Milano è sempre un'incognita, la cui soluzione dipende da troppi fattori difficili da analizzare (soprattutto di prima mattina). Continua a cambiare stazione alla radio fino a quando su Radio Deejay trova l'oroscopo del giorno:

«Luna e Saturno si mettono di traverso e la mattinata potrebbe prendere una piega complicata; meglio ignorare le provocazioni e non assumere un atteggiamento intransigente nei confronti dei colleghi. Giove favorevole porta dobloni nei forzieri. In amore i single flirtano a tutto spiano senza tuttavia prendere decisioni; chi è in coppia trascorre finalmente una serata passionale e divertente».

«Serata passionale e divertente?» sbuffa spazientita sapendo benissimo che non sarà così, almeno per lei.

Invia un paio di messaggi alle solite amiche, pensa a quelle autoreggenti viste il sabato precedente in un negozio di intimo; accessorio che non ha mai indossato, ma che ha sempre sognato almeno di avere. Arriva al lavoro alle 09.35, in ritardo sulla tabella di marcia come sempre. Come minimo non uscirà da lì prima delle 19.00.

È già stanca ed è solo lunedì, uno come tanti altri. O forse no, ma lei questo ancora non lo sa.

3.

La giornata lavorativa di Christopher sembra essere iniziata nel migliore dei modi, situazione davvero anomala considerando che i lavori più noiosi gli si accumulano in genere proprio il lunedì mattina, quando impiega almeno un'ora per smaltire le e-mail ricevute durante il weekend e per organizzare l'agenda settimanale pianificando appuntamenti e colloqui. A dire il vero, quest'ultima attività sarebbe dovuta rientrare tra quelle del venerdì pomeriggio, considerando che la pianificazione riveste uno degli aspetti principali del suo lavoro.

Sfortunatamente però, nemmeno quest'anno il suo capo è riuscito a prevedere nel budget un'assistente personale che possa aiutarlo, quindi il lavoro sporco tocca interamente a lui e, per un motivo o per l'altro, non è quasi mai in grado di completarlo prima del weekend.

Il venerdì precedente, ad esempio, si era trovato in seria difficoltà a decidere quali elementi opzionare per il campionato successivo. La sua fantasquadra era arrivata ultima nel torneo aziendale appena concluso. La lista definitiva andava consegnata entro e non oltre le ore 17.00 del 7 giugno, ma a causa di infortuni improvvisi, sessioni dubbie di calciomercato e squalifiche per illeciti sportivi, aveva fatto miracoli per trovare almeno cinque giocatori sicuri e decenti da confermare. L'impresa aveva richiesto più tempo del previsto e, una volta gestita con successo l'emergenza nello spogliatoio, non aveva più avuto le forze necessarie per pianificare colloqui con potenziali clienti o incontri con collaboratori. Si sentiva davvero esausto.

Perfect Message. È qui che lavora da quasi tre anni; una società di pubblicità, per cui svolge la mansione di *Account*

Executive, termine inglese che trova assolutamente inadeguato se non addirittura esagerato. La multinazionale ha sede a Londra. Esistono poi sette filiali europee di cui due in Germania, una in Lussemburgo, una in Belgio, una in Olanda e due in Italia a Milano e Roma. Fin dai primi tempi, il suo compito è stato quello di acquisire nuovi clienti individuando le loro esigenze pubblicitarie e promozionali attraverso il lavoro coordinato dei singoli reparti dell'agenzia, in particolare il reparto creativo presieduto da Marco e Claudia, suoi meticolosi collaboratori.

Il rapporto con i colleghi è strettamente professionale: non si frequentano mai al di fuori dell'ambiente lavorativo tranne nelle rare occasioni in cui l'amministratore delegato della società, il dott. Winkler, inglese prossimo alla pensione, decide di partire da Londra per visitare gli uffici di Milano. In quei giorni, le cene di lavoro diventano un appuntamento fisso.

Tutti i dipendenti sanno che i veri motivi di questi viaggi non sono solo ed esclusivamente quelli elencati nell'e-mail che ricevono qualche giorno prima del suo arrivo, ma la presenza in sede di Evelyn, l'avvenente stagista ventenne della Costa d'Avorio.

Evelyn non lavora con loro da molto; in realtà è stata assunta per sostituire Marianna, la receptionist in maternità da 14 mesi per un parto gemellare.

A differenza della neo mamma, Evelyn è simpatica a pochi in ufficio e viene trattata anche con un certo snobismo.

Per Christopher è diverso: lo incuriosiscono i suoi modi di fare ingenui, sorride sentendola parlare con quella voce da adolescente e si preoccupa quando la vede triste per la lontananza del suo amante, nonché loro datore di lavoro. A volte gli fa tenerezza ma allo stesso tempo ne invidia il modo in cui crede e lotta per quell'amore impossibile.

Sa che ha una passione per il cioccolato e in particolare per i Ferrero Rocher, e glieli porta spesso al ritorno dalla pausa pranzo. È successo anche che le regalasse libri di poesie e sonetti, per farle leggere qualcosa di diverso da Volo e Moccia.

A differenza dei colleghi non si arrabbia mai con lei; nemmeno quando gli trasferisce le telefonate destinate a Marco; in fondo, pensa, lavora lì da poco più di un anno e con il tempo non potrà che migliorare.

A volte capita che escano anche insieme a cena o al cinema. Prima di riaccompagnarla a casa, Christopher si ferma spesso da venditori ambulanti per comprarle orsacchiotti, peluche o un semplice fiore che lei gelosamente custodirà nella sua cameretta.

Avevano trascorso anche alcune serate in compagnia di amici, dove lei faceva di tutto per farlo sentire un coetaneo tenendolo abbracciato, sbaciucchiandogli le guance o mettendogli le mani nelle tasche dei jeans.

In un'occasione Evelyn l'aveva anche portato a cena a casa sua per fargli conoscere i genitori presentandolo come il suo angelo custode. I genitori avevano solo due anni in più di lui.

È un'amicizia trasparente senza nessun doppio fine. Per questo si vogliono bene e per questo Christopher spera davvero che possano rinnovarle il contratto.

Le serate in compagnia del capo, invece, non hanno nulla di simile, sono sempre tutte uguali: aperitivo al Nottingham, dove in un'atmosfera cupa molto English, si bevono, in bicchieri di vetro pesanti in stile vittoriano, cocktails dai colori stravaganti e carichi di alcool fino al momento in cui tutti barcollano fuori dal locale per cenare in un ristorante di corso Vittorio Emanuele. Qui il dott. Winkler può finalmente mangiare le sue tagliatelle alla *bolognaise* o il risotto allo zafferano con gli ossi buchi.

Ma è più o meno a metà della serata, che, dopo chiacchiere frivole e inutili convenevoli, inizia il discorso tanto atteso del capo, impostato come un'eccezionale pubblicità per le famiglie, confezionato *ad hoc* per ricordare i valori su cui, da sempre, è fondata l'azienda: trasparenza, professionalità, dinamismo, efficienza, cura dei particolari, orientamento al cliente, attenzione alle persone e teamwork. Non sempre l'ordine è questo, in quanto dipende dall'andamento del mercato, dai risultati del trimestre precedente e soprattutto dal numero di Negroni o Americani che ha in corpo. L'attenzione alle persone e il teamwork però sono sempre agli ultimi due posti. Sarà un caso? A pensarci bene non lo è. Christopher infatti ignora quasi tutto dei suoi colleghi. Di Marco, ad esempio, non conosce molto, se non che ha origini sarde, evidenti nella cadenza difficile da abbandonare quando parla e tenta di farsi capire in inglese. Sa però che è un vegano convinto; ogni volta che vede qualcuno mangiare con avidità un würstel con crauti o un doppio cheeseburger, non riesce a trattenersi dall'elencare gli svantaggi di un'alimentazione iperproteica, i danni causati all'ecosistema del pianeta dall'eccessivo consumo di carne e i dettagli dell'atroce pratica dello sfruttamento degli animali.

Oltre ad aver aderito al veganismo, Marco è diventato anche integralista. Christopher evita quindi di trascorrere le pause in sua compagnia, dopo che una mattina, incontratisi per caso al bar sotto l'ufficio, l'aveva sentito ordinare un cappuccino vegano bollente senza schiuma, al quale lui aveva ribattuto con un toast al prosciutto, un latte di capra macchiato ed un panino con l'arrosto da portare via per pranzo provocando, ovviamente, lo sguardo disgustato di Marco.

Eppure con Marco trascorre almeno otto ore al giorno. Solo con Orazio, il pesce rosso che gli ha fatto compagnia per quasi un lustro, aveva trascorso più tempo. Di lui sì che sapeva tutto: conosceva a memoria ogni suo movimento all'interno di quella boccia di vetro, diventata con il tempo opaca. Christopher poteva dire esattamente quando Orazio aveva fame perché iniziava a sbattere la testa contro il vetro. Così come capiva benissimo quando aveva voglia di riposare, vedendolo galleggiare come una boa in superficie. Ed è sicuro che la loro conoscenza fosse reciproca, che lo stesso Orazio sapesse quando Christopher smetteva di giocare o quando beveva il latte prima di spegnere la luce ed addormentarsi nella sua stanzetta. Poi con il passare degli anni, il piccolo pesce rosso, aveva perso quasi totalmente il suo colore prima di finire i suoi giorni nel water del bagno di servizio. Da quel momento Christopher, quando ode il rumore dello sciacquone, si ricorda di Orazio con tristezza. Anche di Claudia non sa granché, oltre al fatto che lei sostiene di indossare una quarta di reggiseno che mette in mostra in modo spudoratamente provocante sotto magliette scollate o super attillate. Si presenta sempre come una persona molto appariscente (dal che si deduce una grande insicurezza). Christopher, ne aveva avuto prova in una delle loro serate aziendali quando, forse sotto l'effetto di troppo alcool, Claudia si era dichiarata sfacciatamente, senza però ottenere il risultato sperato.

Nessuno dei tre ama particolarmente il proprio lavoro, non solo a causa di quelle terribili serate, ma soprattutto perché il loro non è un impiego che si può definire stimolante.

Una cosa però Christopher ha capito negli ultimi anni: è necessario trovare equilibrio e soddisfazioni personali al di fuori dell'ambiente professionale. Pur sentendosi ancora un ragazzino, è un uomo abbastanza maturo ed intelligente per capire che a quarant'anni è difficile competere con le nuove leve, giovani laureati rampanti e intraprendenti.

Ha perso troppo tempo in passato, facendo scelte sbagliate lasciandosi così sfuggire appetibili possibilità di carriera. Adesso vuole soltanto svolgere il suo lavoro al meglio: un lavoro mediocre, ma onesto.

D'altro canto, ricorda bene le sue difficoltà agli inizi: a 18 anni, subito dopo essersi diplomato in lingue, la sua prima esperienza professionale fu disastrosa. Per ottenere quel posto come Pony Express aveva dovuto subire una forte umiliazione: affrontare un esame per dimostrare la perfetta conoscenza delle vie di Milano. Esame che aveva prontamente fallito, non avendo la minima idea di dove potesse essere via Capecelatro, famoso svincolo strategico di tutti i Pony Express meneghini. Nonostante ciò il lavoro gli fu assegnato ugualmente grazie al decisivo intervento del signor Mario, responsabile della società nonché amico fraterno del padre. Sì, aveva cominciato proprio così, come raccomandato, ma era evidente sin da subito che, a causa di quella maledetta via Capecelatro, non avrebbe mai potuto sperare alcuna carriera tra i postini centauri.

Aveva lavorato comunque duro per un periodo interminabile di due settimane. Ricorda ancora sorridendo il suo nick: *Bye Bike*. Avrebbe dovuto capire subito che non sarebbe stato un rapporto destinato a durare. Così come ricorda quel fantastico vespino soprannominato *peschereccio* per colpa di una marmitta rumorosissima ma che in discesa e con vento a favore, poteva fargli raggiungere i 65 chilometri orari. Il vespino, ereditato da Silvie, era bianco. Molti dei ricordi più belli della sua adolescenza sono legati indelebilmente a momenti condivisi con amici, tutti con gli stessi motorini. Il suo era pieno di adesivi. Uno in particolare lo rendeva orgoglioso e fiero: era circolare a forma di moneta da 100 lire con i bordi rossoneri e la scritta *meglio secondi che napoletani,* in memoria dello scudetto vinto in modo discutibile dai partenopei alla fine degli anni ottanta. Altri, in periodi successivi, ne avevano riempito la carrozzeria. In occasione della campagna elettorale di Nando Dalla Chiesa per la poltrona di Sindaco di Milano, ad esempio, padroneggiavano le scritte *penso dunque Nando* e *voglio un sindaco coi baffi.* Il vespino era poi diventato giallo dopo che il sindaco, non solo aveva perso contro Formentini della Lega Nord, ma si era pure tagliato i baffi.

Dopo quella breve esperienza come Pony Express, e il successivo funerale della vespa per raggiunti limiti d'età, Christopher era entrato nella spirale dei call center vendendo un po' di tutto: robot per la cucina, aspirapolveri miracolosi e poltrone ergonomiche. Era riuscito addirittura a fornire assistenza ad utenti inviperiti di società telefoniche e a clienti insoddisfatti di compagnie assicurative.

Nell'ultima società in cui aveva lavorato aveva anche fatto una discreta carriera rivestendo prima la figura di *Team Leader* e successivamente quella di *Operation Manager.*

Ad un certo punto però Christopher non ce la fece più della vita da ufficio e decise di dare un taglio netto: con il suo presente, con il suo passato, con tutto e tutti.

Era stanco, insoddisfatto di quello che viveva quotidianamente, sconsolato dalla qualità dei rapporti con la sua famiglia e con pseudo fidanzate che andavano e venivano dalla sua testa, dal suo cuore e dal suo letto senza lasciare nulla, se non frustrazione, tristezza e rabbia. Il legame con mamma Julie e con sua sorella Silvie era cambiato molto negli ultimi anni. Si era deteriorato e sembrava impossibile riacquistare quella sintonia che lo aveva caratterizzato da sempre. La scomparsa del padre aveva molto probabilmente destabilizzato gli equilibri e creato un vuoto difficile da colmare.

Si sentiva carico di dubbi e domande sulla sua capacità di vivere un rapporto affettivo normale o quantomeno accettabile. Aveva deciso di cambiare vita, o almeno, voleva provarci. Voleva sentirsi libero: dagli orari, dalle regole. Libero da un mondo che stava diventando sempre più stretto e che gli impediva di respirare. Si sentiva parte di un vortice troppo grande, non sapeva come uscirne. Circondato da tante persone in una città enorme, sentiva crescere una sensazione di solitudine profonda. L'unica soluzione possibile gli era sembrata la fuga e così, era scappato davvero. Qualcuno gli diceva che aveva avuto un grande coraggio a lasciare tutto e ad andarsene, lui pensava semplicemente che ce ne sarebbe voluto molto più a rimanere.

Aprì un'agenzia di viaggi on-line, un'opportunità come altre di poter lavorare in qualsiasi luogo. Aveva bisogno soltanto di un computer e una connessione internet. Decise di trasferirsi in Costa Rica. Qualche anno prima, infatti, in un momento privo di lucidità, aveva fatto un investimento immobiliare acquistando un piccolo appartamento vista mare a Puerto Viejo de Talamanca, una minuscola località balneare situata nella provincia di Limon sulle rive del Mar dei Caraibi, mezz'ora a sud di Cahuita.

Per quanto sperduto e lontano quel posto, più che l'ombelico del mondo si può dire che avesse scelto il buco del culo. Era davvero quella la vita che desiderava?

Aveva pensato di essere pazzo, preso da uno slancio di entusiasmo eccessivo, ma in fondo in fondo erano tanti quelli che avevano iniziato dal basso e lui sentiva il bisogno di ripartire da zero. L'idea non era poi così male, peccato che, nel luogo scelto, il collegamento ad internet rappresentasse molto più di un'incognita e che la possibilità reale di trovare on-line clienti italiani disposti ad affidarsi ad un agente di viaggio localizzato in Costa Rica piuttosto che sotto casa, fosse pressoché pari allo zero.

Nonostante tutto, si era fermato in quell'angolo di paradiso cinque anni, aveva conosciuto tanta gente proveniente da ogni angolo del mondo, fatto diverse esperienze e arricchito il suo bagaglio personale e culturale. Era riuscito a fare pace con se stesso e con il mondo. Aveva raggiunto il suo obiettivo: questa era la cosa che contava di più. Si era regalato del tempo, aveva studiato molti testi che in passato non aveva avuto la possibilità di studiare e letto molti libri.

La maggior parte del suo tempo libero lo trascorreva in spiaggia da dove si potevano osservare senza fatica i delfini che, spesso, si avvicinavano a pochi metri dalla battigia e rappresentavano un'importante attrazione turistica.

Tutti potevano vederli: anziani e bambini, famiglie che di mattina presto si sdraiavano sulla sabbia ancora umida, ragazzi innamorati abbracciati a pochi metri dalla prima del crepuscolo. E i delfini lì, sempre a pochi metri per farsi ammirare, uscivano ed entravano dall'acqua con i loro corpi eleganti, le loro pinne ben in vista. Movimenti dolci, armoniosi, quasi impercettibili.

A volte erano così vicini che si aveva l'illusione di poter allungare le mani per toccarli. I turisti più impavidi si tuffavano in acqua per nuotare insieme.

Era uno spettacolo unico, forte e intenso. Come quelle emozioni che si percepiscono nell'aria, ma che non si riescono a catturare, per paura che possano svanire da un momento all'altro. Ed era bello osservare tutte quelle persone che muovevano gli occhi alla ricerca di impercettibili schizzi d'acqua, emozionante udire le voci dei bambini entusiasti alla vista di quei meravigliosi mammiferi.

Christopher camminava curioso sulla spiaggia, osservando gli animali senza però sentire il bisogno di condividere il suo stupore. Capitava invece che succedesse quando in realtà non scorgeva nulla all'orizzonte, solo per il gusto di percepire l'emozione della gente che fingeva di averli visti. Nessuno avrebbe dovuto vederli con lui, quell'emozione era e doveva essere solo sua e di nessun altro. Come tante altre che sono nell'aria e volano via proprio quando arrivano a pochi centimetri.

Vivendo isolato e lontano dal suo solito mondo, era riuscito a capire il reale valore delle cose, l'importanza delle persone nella sua vita. La famiglia, anche se distante, era sempre stata presente. Aveva sì perso molti amici, ma era comunque rimasto in contatto con alcune persone speciali. Una di queste persone era *lei*. La stessa *lei* che adesso compare sul diario della sua pagina Facebook. In una foto semplice e buffa, scattata probabilmente all'interno della sua auto, ma allo stesso tempo intensa ed emozionante: Martina.

Si erano conosciuti quattro o cinque anni prima, non ricorda esattamente, in una di quelle serate tra coppie, in una pizzeria dell'hinterland milanese dove Christopher era il terzo incomodo di Giulia e Andrea, una coppia di amici comuni. Martina era con Giorgio, il suo compagno.

Solo due volte in vita sua Christopher si era presentato con una compagna. La prima era stato proprio insieme a Giulia e Andrea, quando aveva fatto conoscere loro Alessandra. Non stavano già più insieme, ma era stata la sua fidanzata storica e avevano mantenuto un ottimo rapporto. In seguito lei si era sposata e aveva avuto due bellissimi bambini, ma quella sera avevano deciso di rovinare l'atmosfera all'altra coppia parlando in toni dispregiativi del loro rapporto passato e di quanto Christopher avesse contribuito a rovinarle la vita, ferendola psicologicamente per sempre. Inutile dire che la serata era andata male.

Eppure con Alessandra era proprio andato vicino a fare il grande passo.

Era il 2001. Glielo aveva chiesto nel cantiere della casa dove sarebbero andati a vivere qualche mese più tardi: un loft, ricavato in una ex fabbrica di barche.

Poiché il pavimento non era ancora terminato, Christopher aveva comprato delle stuoie e tante candele per creare l'atmosfera. Era stato un bel momento. Le aveva regalato un anello molto particolare, diviso in due parti che si potevano utilizzare anche separate, ma insieme ovviamente stavano molto meglio, unendosi alla perfezione in una forma ondulata. Così l'anello aveva un altro fascino. Emozionata, Alessandra aveva accettato incredula, ma felice. E avevano fatto l'amore, lì per terra, su quelle stuoie, con le luci dei lampioni della strada che entravano dalla finestra. Poi, a notte inoltrata, erano ripartiti in moto per le vie di Milano fermandosi sotto la torre del Filarete, al Castello Sforzesco. Ricorda perfettamente quella sensazione: si erano sentiti entrambi ubriachi, pur non avendo bevuto.

Con il passare del tempo, però, Christopher aveva rovinato tutto. Non ricorda nemmeno perché. Forse non c'era una ragione precisa: l'aveva fatto e basta. Aveva iniziato ad avere paura del matrimonio. Quella parola gli faceva venire i brividi, era la causa di molti brutti sogni.

Sognava che il sabato del suo matrimonio ci sarebbe stato il derby e che quindi non si sarebbe presentato nessuno dei suoi amici: sarebbero andati tutti allo stadio. Sognava che in chiesa, allo scambio del segno della pace, avrebbe baciato la testimone della sposa, o peggio sognava che il prete, confuso, recitasse le formule del rito funebre, anziché quelle del matrimonio e che lui stesso venisse accompagnato fuori dalla chiesa sulle spalle di quattro sconosciuti. Sognava Alessandra che non lanciava il classico bouquet, ma una corona di fiori con una scritta macabra, che puntualmente avrebbe preso al volo Silvie.

Poi di colpo si svegliava e, di solito, quella giornata non si preannunciava migliore del suo stesso sogno.

La seconda e ultima occasione in cui si era presentato con una donna era stata nel 2005. Era ufficialmente single, la storia con Alessandra era finita ma era comunque molto dispiaciuto per come erano andate a finire le cose. Era consapevole che la sua incapacità di accontentarsi, il suo scarso interesse a rinnovare quotidianamente i rapporti, avevano avuto un peso nella fine della loro storia. E dopo quella rottura, non aveva più voluto impegnarsi, viveva soltanto avventure senza importanza che lo lasciavano vuoto e indifferente. Faticava a trovare qualcosa di interessante. Le persone che frequentava gli apparivano inconsistenti, non provava emozioni: i loro discorsi, i loro comportamenti non gli destavano alcun interesse. Si rendeva conto di non stare bene. E più percepiva quella sensazione, più diventava apatico, più le persone lo cercavano, più capiva che con il passare del tempo il suo cuore si era indurito.

Una mattina, però, mentre leggeva il quotidiano durante la colazione, la sua attenzione cadde sull'annuncio di un'accompagnatrice. Incuriosito prese nota dell'indirizzo internet e, appena arrivato a casa, si collegò a quel sito, pieno di ragazze così belle da sembrare *fake*.

Giovani ed eleganti, disponibili per accompagnare uomini d'affari a riunioni e viaggi di lavoro che dichiarano di saper parlare tre o quattro lingue perfettamente. Proprio come nel film *Birthday Girl*, dove Nicole Kidman è Nadia, una escort russa esperta nel raggirare i suoi poveri clienti.

Tra queste ragazze, Christopher ne aveva subito notata una splendida, di origine brasiliana. Aveva deciso di chiamarla, alla ricerca di qualcosa che non sapeva realmente spiegare. Non cercava sesso. Voleva solo fingere di essere quello che non era o forse aveva bisogno di parlare con una persona che non lo conoscesse o che non fosse convinta di conoscerlo, come la maggior parte di quelle che aveva intorno quotidianamente. Al telefono ricorda di aver provato una strana sensazione: parlava con quella ragazza estranea come non riusciva a fare da tempo con nessuno, in modo semplice, naturale. Si sentiva quasi emozionato. Ma una volta conclusa la telefonata non ci sarebbe stato un seguito, ne era certo.

Invece, qualche giorno dopo, si era dovuto ricredere, quando il suo capo gli aveva comunicato di voler organizzare una cena per tutto lo staff.

Generalmente a queste serate partecipavano tutti e ognuno portava il rispettivo coniuge. Anche lui aveva comunicato che non sarebbe andato da solo ma non aveva voglia di presentarsi con qualche amica o collega e, uscito dall'ufficio, aveva così deciso di telefonare a Denise.

Lei lo aveva riconosciuto praticamente subito e sembrava contenta di risentirlo. Christopher le aveva spiegato di aver bisogno di un'accompagnatrice e lei lo aveva invitato a casa sua per prendere accordi sulla serata. A quali accordi si riferiva?

Preso da mille pensieri, decise di accettare l'invito.

Campanello. Portone. Due rampe di scale ed eccolo immerso in una scena da film. Lui il protagonista, indeciso se essere felice o meno di quel ruolo. Lei, ancora più bella ed intrigante di come appariva in fotografia. Entrambi lì, in una casa bellissima, ultramoderna. Con un po' di imbarazzo, si erano accomodati sul divano e per mezz'ora abbondante, avevano chiacchierato come vecchi amici, bevendo un tè e mangiando una fetta di torta.

Christopher spiegò a Denise ogni particolare che riteneva importante per la buona riuscita della serata. Da parte sua, la ragazza, fu attenta a capire cosa Christopher si sarebbe aspettato da lei.

Dopo averla salutata, scendendo le scale, Christopher iniziò a sentire un nodo in gola. Cosa stava facendo? Si era accorto di essersi completamente uniformato al resto del mondo, un mondo che gli sembrava sempre più finto, ma non riusciva a comportarsi diversamente.

Prima della cena era così passato a prendere Denise: capelli ricci neri, raccolti in una coda, camicia bianca e jeans attillati, scarpa con tacco. Niente trucco, non ne aveva bisogno: aveva un viso perfetto, acqua e sapone.

Ricorda di aver pensato che si sarebbe potuto anche innamorare di lei: era bellissima, se solo fosse stata anche intelligente e simpatica il gioco era fatto.

La serata andò come previsto, lei fu una finta fidanzata perfetta, tanto che il giorno seguente, in ufficio, la segretaria del suo capo gli aveva fatto i complimenti per la fantastica compagna, che, a detta sua, era evidente lo rendesse un uomo felice. Aveva così pensato all'amore, a quell'incontro così strano, ma che lo aveva fatto stare bene, in una situazione surreale, troppo perfetta per potersi realizzare nella realtà.

Dopo qualche giorno si risentirono: lui aveva voglia di trascorrere un'altra serata in sua compagnia e lei accettò. Aperitivo e cena in un locale dall'atmosfera Stati Uniti anni trenta. Era stata una bella serata per entrambi e il desiderio di dormire insieme venne naturale. Al risveglio però, Christopher si era accorto di aver vissuto una situazione piuttosto surreale e aveva deciso di resettare tutto per non rischiare di farsi coinvolgere in una storia complicata. E scappò. Ancora una volta. Dopo quelle due volte, alle cene, si presentava sempre solo.

Come qualche anno prima, in pizzeria con Martina, Giorgio, Giulia e Andrea, l'unica volta in cui si erano visti. Era stata una serata piacevole, ricca di risate, racconti e domande sulla sua permanenza in terra straniera, conditi da una particolare sintonia che Christopher aveva percepito essersi creata fin da subito con Martina.

Si erano piaciuti, a pelle. Tra di loro era nato un rapporto particolare, unico. Non si erano scambiati i numeri di telefono, ma al suo ritorno in Costa Rica, avevano incominciato a chattare grazie a Skype. A causa del fuso orario, spesso si cercavano in orari che non coincidevano, ma ogni volta leggere i messaggi *off-line* era intrigante.

Quando invece riuscivano a trovarsi *on-line,* non perdevano occasione per stuzzicarsi con giochi di parole, indovinelli e maliziosi doppi sensi. Parlavano citando frasi e titoli di film che avrebbero dovuto ricordare o indovinare, singole lettere che avrebbero dovuto indicare intere parole. Condividevano pareri sui libri letti, si raccontavano emozioni e stati d'animo. Capitava anche che si confidassero cose più profonde, intense; che parlassero dei loro progetti, delle loro paure.

I ricordi lo fanno tornare alla realtà e alcune domande affollano la sua testa.

Quanto è passato da quella cena? Da quanto tempo invece non si sentono? Ricorda di averle scritto in occasione della nascita di Emma, che all'epoca del loro incontro molto probabilmente non era nemmeno prevista. Poi più nulla. Perché ad un certo punto si erano persi? Non ricorda. Ma non riesce a ricordare nemmeno tutte le volte che aveva pensato a lei senza chiamarla, senza dirglielo. Le manca, ora più che mai.

Lei, la sua confidente, la sua compagna di giochi. Sì, perché insieme si erano divertiti come due bambini a giocare e scherzare, lasciando da parte preoccupazioni e pensieri negativi.

Martina era riuscita a impossessarsi dei suoi pensieri, a intrigarlo mentalmente, a prendergli la testa. Con lei, fin da subito, era stata una sfida su tutto. Con lei aveva riso, tanto. Con lei era felice, di quella felicità che non chiede nulla in cambio. Riusciva ad essere la persona che avrebbe sempre voluto essere perché lei era capace di tirargli fuori il meglio. Lei che adesso è lì, davanti ai suoi occhi, in un'immagine fissa sullo schermo del suo PC e che lo sta guardando sorridendo.

È passato tanto tempo, troppo. Ha voglia di dirle tante cose. Muove il mouse, va sul suo profilo e clicca sulla scritta *messaggio* e le uniche lettere che le sue dita riescono a digitare, compongono una brevissima frase:

«Sei bella».

4.

Non riesce a tenere gli occhi aperti, ha sonno. Le sembra quasi di essere stata anestetizzata. Ha un dolore pungente e fastidioso alla cervicale e, come se non bastasse, sente tutti i muscoli indolenziti. Eppure non ricorda di aver trascorso l'intera notte a ballare in un rave party, né di essersi ubriacata con le amiche in uno dei peggiori bar di Caracas e tantomeno di aver preso parte a lezioni estenuanti di spinning o zumba.

Ma allora per quale motivo si sente così? Come mai non riesce a concentrarsi su alcuna attività per più di cinque minuti? Ricorda di aver provato una sensazione simile qualche settimana prima, in occasione di una serata in compagnia di Sonia. Il programma prevedeva cinema, kebab e semplici chiacchiere tra amiche. In tarda serata però, dopo la cena, si erano fermate sotto casa di Sonia perdendo letteralmente la cognizione del tempo e chiacchierando fino alle 04.00 del mattino. Inutile dire che il risveglio, solo qualche ora dopo, era stato traumatico così come il resto della giornata.

È annoiata. Continua a scarabocchiare con il suo Tratto Pen verde i *post-it* gialli, fucsia e viola che, insieme a fogli sparsi, appunti e qualche biglietto dei Baci Perugina, riempiono disordinatamente la sua scrivania. Ai lati del PC due fotografie di Emma: la prima la ritrae felice e sorridente sullo scivolo colorato del parco giochi vicino a casa, mentre nella seconda si incammina convinta in mare con i suoi braccioli arancioni.

Che questa stanchezza sia il risultato di una notte sfrenata di sesso con suo marito di cui non ricorda assolutamente nulla?

No, impossibile. Una cosa del genere non avrebbe potuto dimenticarla. La loro non è mai stata una storia carica di passione, nemmeno all'inizio, figuriamoci adesso. Giorgio è sempre stato molto affettuoso e premuroso, ma mai troppo propenso a dimostrazioni d'affetto. Non hanno mai avuto problemi nell'intimità, ma non si sono mai realmente lasciati andare del tutto, il loro non è stato di certo un amore trascinato dal desiderio. Si conoscono da una vita, hanno frequentato lo stesso liceo classico e sono stati compagni di banco durante i primi due anni del ginnasio. All'inizio non erano grandi amici, si rivolgevano la parola per parlare di compiti e attività scolastiche. Martina non era particolarmente attraente, o almeno credeva di esserlo molto meno rispetto alla maggior parte delle sue compagne e Giorgio, da parte sua, era un ragazzo come tanti, interessato più all'aspetto fisico che a qualsiasi altra qualità. Alla fine del quarto anno però, senza un ragionevole motivo, avevano iniziato a frequentarsi. Due pomeriggi alla settimana studiavano insieme e quasi sempre era Giorgio ad andare a casa di Martina. Le sue principali intenzioni erano quelle di farsi aiutare nelle versioni di greco ma, con il passare del tempo, iniziava a trovare interessanti i momenti trascorsi con lei. Martina era contenta di quegli incontri perché, per la prima volta in vita sua, sentiva di essere importante per qualcuno. Tra loro non era nato niente di più che una bella amicizia ed è forse questo il motivo per cui ancora oggi il ricordo di quel periodo le suscita un po' di nostalgia. Si rincontrarono anni dopo, entrambi più maturi e sostanzialmente diversi rispetto al passato in una società di servizi dove entrambi stavano muovendo i loro primi passi nel mondo del lavoro.

Lui si occupava di selezione del personale mentre lei partecipava ad uno stage di marketing. Era molto più ingenua e spensierata di oggi, ma la testa era sempre la sua. Ricca. Lui, invece, era schivo, una di quelle persone che prima di darti fiducia doveva essere sicuro che te la meritassi. Nonostante ciò lei lo trovava sempre molto interessante anche se le occasioni per ritagliarsi dei momenti insieme, sfortunatamente, erano veramente poche.

Fino a quella volta in cui, complice un weekend in montagna organizzato dai colleghi e a cui avevano partecipato entrambi, ebbero la possibilità di stare un po' da soli, parlando e ridendo insieme. Fu l'occasione per rompere nuovamente il ghiaccio dopo tanti anni passati lontani, per parlare e confidarsi qualche segreto. Senza forzare la mano, lei le era stato accanto tutto il tempo.

Lui non aveva capito molto, anzi, a dir la verità non si era accorto per niente del suo corteggiamento ed era abbastanza evidente che non fosse attratto da lei.

A Martina non sembrava però interessare più di tanto, per lei era già qualcosa che ridessero, che le fosse simpatica. Era convinta che fosse il ragazzo giusto e aveva deciso quindi di insistere, di non mollare. Una sera, dopo la fine del turno pomeridiano, lui l'aveva riaccompagnata a casa e baciata. Un bacio a stampo, niente di che. Ma più che sufficiente per mandarla in tilt. Il giorno dopo lei sarebbe partita per un weekend al mare con un'amica, tre giorni in cui non fece altro che pensare a lui.

Una volta tornata si erano rincontrati ed erano finiti a letto insieme. Letto, si fa per dire. In macchina visto che entrambi vivevano ancora con i genitori.

Ma lui anche in quell'occasione aveva parlato chiaro.

«Adesso mi va bene così, non ti posso dare di più. Mi dispiace».

Lei, da donna con gli occhi a cuore, aveva pensato: «Vabbe', per il momento mi prendo semplicemente quello che mi può dare».

Le sue sensazioni erano però sempre più positive. Non poteva non ascoltare il suo istinto e il suo cuore: alla peggio avrebbe rimesso insieme i cocci. Dopo qualche mese, anche se si vedevano regolarmente e i momenti di intimità rubati erano sempre più frequenti, la situazione non si sbloccava. Al lavoro nessuno doveva sapere nulla e questa cosa a lei dava parecchio fastidio.

Iniziava a stare male, ad essere insofferente per un rapporto che non poteva vivere come avrebbe voluto, con spontaneità e naturalezza. Era innamorata. Possibile che a lui non interessasse niente di più che una scopata ogni tanto? Una sera avevano litigato, in modo molto animato e lei lo aveva minacciato dicendo che se la situazione non fosse cambiata l'avrebbe mollato. Forse è stato proprio quello il momento decisivo della loro storia.

Se gli dovesse però chiedere adesso il momento esatto in cui lei diventò più di una semplice scopata forse non se lo ricorderebbe neanche o risponderebbe: «l'inverno in cui in azienda mi hanno dato il terzo livello».

Non ce la può proprio fare, pensò Martina sorridendo, ma alla fine pensando a quel periodo non può non ricordare quanto stessero bene e quanto fosse stato bello pianificare il futuro insieme.

Giorgio ama ancora oggi Martina in modo sincero e rispettoso e lei non ha mai dubitato di questo. È un padre perfetto, sensibile, attento e premuroso; dedica tutto il suo tempo libero a Emma, adora prendersi cura di lei, seguirla in ogni sua piccola conquista, leggerle i libri e addormentarla la sera. È ancora oggi un uomo molto razionale: mai nessun comportamento sopra le righe, nel bene e nel male, nessun colpo di testa, nessuna follia.

Lei no, lei è diversa: impulsiva, contraddittoria, creativa e passionale. Sempre piena di idee, di proposte, sempre desiderosa di provare, sperimentare. Nella coppia è sempre stata lei a prendere le decisioni, a condurre il gioco, ad avere in mano la situazione. Per Giorgio non è mai stato un problema, anzi gli ha sempre fatto piacere avere vicino una donna con un carattere così forte e deciso. È sempre stata lei quella in grado di rinnovare il loro rapporto, di dare una scossa al momento giusto. Nonostante ami Emma più di chiunque altro, dopo la sua nascita avrebbe voluto comunque mantenere degli spazi e dei momenti dedicati solo a loro, per tenere vivo e alimentare il rapporto di coppia, ma inaspettatamente aveva capito che non era più considerata solo compagna, moglie e amante, ma quasi esclusivamente madre. Per questo, almeno momentaneamente, aveva accantonato l'argomento relativo ad ulteriori figli. Cercava di evitare il discorso, di non parlarne perché, a differenza di qualche anno prima, non ne era più così sicura.

Si rende conto che con il tempo si è un po' adeguata agli eventi, ha cambiato il suo modo di essere, si è chiusa, lasciando scivolare via il suo lato più entusiasta. E questo ora le dispiace, ci pensa spesso. Quel lato del suo carattere le piaceva, è un peccato che sia andato perso. L'amore con Giorgio è forte, basato su solide fondamenta. Se lo deve ricordare più spesso: forse il loro legame necessita solo di un po' di rinnovamento, di stimoli; dovrebbero ritrovare un po' di passione. Ma come possono realmente riuscirci? Adesso, dopo sette anni di fidanzamento, due di matrimonio e la nascita di Emma, la situazione avrebbe potuto sicuramente cambiare. Ma la sfera privata, quella più intima, difficilmente sarebbe potuta migliorare. Certi comportamenti, con il passare del tempo sono diventati un'abitudine; la conoscenza reciproca, anziché favorire naturalezza e spontaneità, spesso accentua e mette in risalto tabù e limiti difficili da oltrepassare.

No, sicuramente il motivo della sua stanchezza non può essere il sesso sfrenato. Forse è solo colpa del sonno arretrato. Anche se, ora che ci pensa, la notte passata è riuscita a dormire abbastanza bene, riposando serenamente per sette ore di fila.

La sera precedente è andata a dormire verso le 23.30, dopo aver riletto qualche pagina di *Bianca come il latte e rossa come il sangue,* il libro che le ha regalato Sonia, fan sfegatata di D'Avenia. Durante la notte, Giorgio non ha russato, o almeno non più del solito ed Emma non ha invaso il lettone come fa spesso. È inutile che si sforzi a cercare a tutti i costi il motivo di tanta stanchezza, deve concentrarsi per uscire da questo torpore. Non può permettersi di sentirsi così, non oggi almeno. Tra poco più di mezz'ora avrà inizio il meeting trimestrale del dipartimento vendite, occasione nella quale, quattro volte l'anno, si riuniscono tutti i direttori delle filiali europee con i rispettivi team di sales manager. L'ordine del giorno sarà quello di sempre: analizzare i risultati raggiunti nel trimestre precedente e pianificare nuove azioni di marketing per incrementare le vendite. Tutti argomenti che a lei, per inciso, non interessano nulla.

Generalmente anche in ufficio indossa pantaloni comodi e scarpe da ginnastica, magliette colorate e pochi accessori, ma per questo tipo di ricorrenze cambia totalmente look: camicia a mezze maniche bianca, leggermente trasparente, che lascia intravedere un reggiseno colorato su toni azzurri, sexy, ma molto raffinato, messo in evidenza da una scollatura più generosa del solito. Il bianco della camicia, mette in risalto la sua pelle leggermente abbronzata grazie ai due weekend trascorsi al mare dai suoi genitori, che la rende più attraente. Un golfino nero di cotone lungo le regala un'aria molto professionale, oltre a ripararla dall'aria condizionata e coprirle a dovere il fondoschiena. La gonna nera, semplice e attillata, le sfiora il ginocchio. Non indossa collant e il piede è ben in vista in scarpe décolleté tacco dieci, recuperate all'ultimo, prima di alzarsi dalla sedia. Ecco cosa si è dimenticata nell'elenco dei malesseri: il dolore ai piedi. Maledetta riunione! Se solo avesse potuto avere le sue adorate, confortevoli All Star gialle non sarebbe stata obbligata a rimanere a piedi nudi sotto la scrivania. Una pashmina verde, due braccialetti di pelle neri con accessori d'oro bianco sul polso destro, un Rolex d' acciaio su quello sinistro e gli occhiali da vista con montatura nera retrò completano il look.

Si allontana dalla sua postazione, situata proprio davanti ad una grossa vetrata vista Tangenziale, per recarsi dal suo capo. Al meeting partecipa in qualità di *personal-assistant* del direttore vendite Italia, dott. Marco Pisoni, lavoro che svolge diligentemente da circa sei anni per una multinazionale leader della telefonia mobile. Il suo capo, un cinquantenne atletico, dai capelli brizzolati e dal portamento elegante, è il classico uomo in carriera in grado di presidiare in meno di 24 ore conferenze in tre lingue diverse ai lati opposti del mondo, ma totalmente incapace di prendere un appuntamento dal pediatra per i figli, di ricordarsi il compleanno della moglie o semplicemente di prendere un caffè macchiato alla macchinetta delle bevande. Inutile dire che a tutte questo ci deve pensare lei.

Dopo essere stata in bagno a sistemarsi i capelli, si concentra sull'atteggiamento da tenere: schiena dritta, camminata sicura. Davanti all'enorme specchio di quel bagno ultramoderno bianco, si raccomanda come sempre di fare una bella figura. Dev'essere solare, disposta ad intrattenere tutti gli ospiti, avere sempre la risposta pronta a qualsiasi domanda e soprattutto deve sorridere, deve farlo sempre. È fondamentale. Non può non sorridere in un'occasione così importante per l'azienda, sa di avere gli occhi di tutti puntati addosso. Non può sbagliare nulla, dall'arrivo e dal benvenuto dei delegati delle varie filiali europee, al momento della consegna del programma della giornata agli ospiti, dall'organizzazione del rinfresco a quello in cui dovrà mostrare a tutti il nuovo show-room.

Deve ancora assicurarsi che tutto sia a posto per il coffee-break: deve controllare che i ragazzi del catering abbiano consegnato il numero esatto di cornetti alla crema e che ci siano anche quelli lisci e quelli integrali; deve verificare che non abbiano sbagliato i succhi di frutta, lasciandone qualcuno anche a temperatura ambiente, e soprattutto, che si siano ricordati i biscotti alle mandorle che tanto piacciono al dott. Johansen, esigente direttore vendite Norvegese.

Ma la cosa che odia più in assoluto è prendere appunti e poi stilare il verbale che, guarda caso, tocca sempre al Dipartimento Italia. E il Dipartimento Italia è lei.

Nonostante tutte queste scocciature, il suo lavoro le piace e ama farlo al meglio in tutte le occasioni. È sempre attenta e premurosa, riesce spesso a prevedere le richieste del suo capo, fa il possibile per soddisfare ogni sua esigenza professionale; non lascia nulla al caso e deve avere la situazione sempre sotto controllo. Cerca di piacere a tutti i colleghi e non si tira mai indietro quando c'è da fare del lavoro straordinario. Anche quando è in ferie si aggiorna e tiene sempre un filo diretto con l'ufficio per vedere se tutto fila liscio come piace a lei.

Ha conseguito due lauree: la prima in Scienze delle Comunicazioni e la seconda in Lingue e Letterature straniere, conquistando, in entrambi i casi, il massimo dei voti. Il suo sogno è sempre stato quello di tradurre romanzi, oppure quello di fare l'interprete. Quante volte si è immaginata vicino ad attori durante le loro conferenze stampa? Quante volte ha sognato di essere fotografata a fianco di importanti personaggi politici internazionali? A dir la verità si sarebbe accontentata anche di tradurre i discorsi di Maria de Filippi all'ospite internazionale di turno per la puntata settimanale di *C'è posta per te*.

Parla e scrive in modo corretto quattro lingue: inglese, francese, tedesco e spagnolo e ora le piacerebbe iniziare a studiare il russo o il cinese. Se solo avesse più tempo a disposizione, quante cose ancora le piacerebbe fare! Il corso avanzato di fotografia ad esempio, il cui livello base l'aveva impegnata ed entusiasmata così tanto qualche anno prima; il perfezionamento della scuola di cucina frequentata con Sonia che le aveva fatto scoprire doti innate tra i fornelli e in particolare per i dolci. Un corso di scrittura creativa: quanto le piacerebbe riuscire a scrivere un romanzo! Ma si rende conto che sono desideri difficilmente realizzabili.

A volte si sente un po' limitata, vorrebbe poter fare altro, avere un lavoro che le desse la possibilità di esprimere a pieno le sue capacità, poter dimostrare la sua creatività, ma la pigrizia nel mettersi in gioco, nell'inviare curriculum e iniziare improbabili percorsi di selezione, le fa cambiare idea velocemente. Si sente comunque fortunata rispetto a tante sue compagne universitarie, che lavorano come commesse in qualche centro commerciale o peggio, come operatrici telefoniche in qualche call center.

Mentre è lì lì per bussare alla porta del suo capo, controlla il cellulare, appoggiato sulle cartelline dei programmi. Vede sullo schermo una notifica di Facebook di cui non si era accorta. Troppo curiosa per aspettare, apre l'applicazione, entra nel suo profilo e vede il numero uno sulla finestra dei messaggi. Senza che se ne renda conto, i suoi occhi si illuminano. Si sfiora il collo con la mano libera e guarda intorno per assicurarsi che nessuno la stia osservando, come se avesse appena rubato qualcosa e fosse stata sorpresa in fragrante. Sorride. Si morde il labbro, si porta il dito indice in bocca per mordersi nervosamente una pellicina. Aveva da tempo una voglia matta e un bisogno intenso di sentirsi dire quelle due semplici parole. Ma forse più di tutto aveva voglia e bisogno di lui. Legge e rilegge:

«Sei bella»

5.

Marco e Claudia continuano a chiacchierare, le loro voci squillanti rompono il silenzio di quell'ufficio, fin troppo tranquillo per essere lunedì mattina. Si stanno raccontando il weekend appena trascorso senza tralasciare alcun particolare, ridendo in modo eccessivo di ogni minima cosa. Christopher non li ascolta, anzi, è infastidito dal loro vociare e decide di accendere la radio. È evidente che ritiene quei discorsi poco interessanti: si spazia dalla serata al cinema di Marco in compagnia di un'amica storica che ha passato il tempo a piangere sulla sua spalla per il tradimento del fidanzato, alla nuova pettinatura di Claudia, realizzata proprio sabato da Carmine, il suo nuovo personal *hairstylist*, che si reca a casa su appuntamento. Claudia è contenta di aver cambiato il suo look, rendendolo più giovane e frizzante. È indubbio che per Claudia sia importante il parere di Marco, ma è altrettanto chiaro che, chiedendo la sua opinione e continuando a muovere la testa, sia interessata più che altro a far notare il cambiamento a Christopher, l'unico a non essersi ancora accorto di nulla.

A dire la verità, le sembra anche più assente del solito. Lo osserva mentre continua a grattarsi la testa con le mani come se fosse alla ricerca di un'illuminazione, con lo sguardo perso oltre la finestra di quel loft ultramoderno situato al pianterreno di un bellissimo stabile anni trenta.

Prende coraggio e, voltandosi verso Christopher, con un atteggiamento da vamp che avrebbe potuto far arrossire Marilyn Monroe nella scena di *Quando la moglie è in vacanza*, gli chiede:

«Non noti proprio niente di diverso in me?».

«Ah, sì, complimenti Claudia, i nuovi occhiali ti stanno benissimo», replica lui in modo deciso. Non ricorda che il cambio di occhiali risaliva al giugno di due anni prima. «Sei sempre il solito!», replica Claudia stizzita. Lui distratto, si è già alzato dalla sedia per andare a prendere un caffè in compagnia di Evelyn. In quel breve tragitto Christopher pensa a Marco: non ha ancora capito se è etero o gay; non che la cosa gli interessi ma, a volte, quella risata così stridula, quel modo di muovere le mani e di metterle davanti alla bocca dopo una battuta, qualche dubbio lo fa venire. Chissà se qualcun altro in ufficio si è mai posto la stessa domanda e quanti siano già a conoscenza delle preferenze sessuali di Marco. Lui ne è all'oscuro. Non sarebbe di certo la prima volta: è sempre l'ultimo a sapere le cose in quell'ufficio. Spesso ha l'impressione di lavorare in un'altra azienda, sempre fuori dai discorsi, da qualsiasi pettegolezzo o curiosità. Ricorda perfettamente quella volta in cui, solo dopo due settimane, era venuto a conoscenza del licenziamento di Roberta, *Account Executive* della sede di Roma. Dopo un po' di giorni trascorsi senza sentirla, aveva chiesto a Claudia di organizzargli una call conference con lei e si era stupito quando gli era stato comunicato che era andata a lavorare per la concorrenza. Deve assolutamente chiedere l'aiuto di Evelyn, per essere informato sulle ultime novità: lei è sempre aggiornata su tutto.

Davanti alla macchinetta del caffè, approfitta per chiederle se ha notato qualcosa di nuovo in Claudia e lei risponde senza esitare, squillante:

«Ma certo! Non hai visto che bei capelli e che bella pettinatura?».

Ma allora è vero, tutti notano cose che lui non vede? Eppure gli sembra di essere una persona attenta ai particolari. Resta qualche istante in silenzio, poi decide di togliersi un altro dubbio: «Ma Marco è gay?».

«Sinceramente non lo so. Però stai attento, secondo me appena Claudia si scoccia delle tue mancate attenzioni il prossimo a farsi sotto sarà lui», risponde ridendo Evelyn.

La preoccupazione di Christopher sale alle stelle e si fa promettere che nel caso, lei avrebbe dovuto rivelare di essere la sua amante, rendendolo così agli occhi di tutti l'amante dell'amante dell'amministratore delegato.

Dopo la breve pausa, utile per schiarirsi le idee, Christopher torna alla scrivania e si rimette al lavoro. I minuti passano lenti: telefona per fissare altri appuntamenti e ascolta così decine di voci di ragazze sconosciute, segretarie di vari responsabili marketing. Cerca di capire con che tipo di azienda ha a che fare, valuta la professionalità e la serietà degli interlocutori, l'entusiasmo della loro voce e il tipo di risposta di fronte ad una concreta possibilità di business.

Piano piano l'agenda della settimana prende corpo: si prospettano giornate piene di incontri e riunioni, soprattutto mercoledì e giovedì.

È distratto dal pensiero di Martina, continua a riguardare quella foto su Facebook, quel viso. I ricordi, con il passare del tempo, riaffiorano sempre più numerosi e nitidi, insieme ai particolari di quel rapporto, quell'amicizia così fuori dagli schemi, così speciale.

Chissà se avrà letto il suo messaggio, se ci sarà rimasta male o se avrà semplicemente sorriso. Chissà cosa penserà in questo momento, che cosa starà facendo. Lo avrà mai pensato in tutto questo tempo? Ma soprattutto: come mai non ha ancora risposto? Quasi si pente di aver inviato solo quelle due parole, così all'improvviso, senza un saluto, senza chiederle altro. Cerca di tranquillizzarsi pensando che tra loro era sempre stato tutto spontaneo e naturale e doveva esserlo anche in questo momento. Ha agito in modo impulsivo, ha scritto la prima cosa che gli è venuta in mente osservando la foto, senza preoccuparsi delle conseguenze. Non può essere cambiato questo aspetto del loro rapporto. Non può essere diverso nemmeno adesso nonostante sia passato tanto tempo.

Decide di andare in pausa pranzo dieci minuti prima del solito. Si alza e prende il libro che sta leggendo. Ha bisogno d'aria: sta spiovendo e il cielo ha un colore particolare, un azzurro intenso interrotto da qualche nuvola bianca e densa.

Aveva iniziato a piovere quasi un'ora prima, un tipico temporale di fine primavera: acqua che scende forte per qualche minuto e che poi lascia spazio alla grandine, al sole e infine all'arcobaleno. Si erano forse dati appuntamento? Probabilmente sì, d'altronde Martina non poteva tornare che in una giornata così: colorata.

Esce dall'ufficio, imbocca via Dante destinazione piazza Duomo attraverso piazza Cordusio, la piazza delle Banche, per poi proseguire in via Mercanti. Sente l'odore dell'asfalto bagnato che piano piano sta asciugando. Nota numerose biciclette parcheggiate ordinatamente nelle rastrelliere gocciolanti: quanto sarebbe bello fotografarle. Adora quest'angolo di Milano.

Gli piace immaginare questa zona pedonale agli sfarzi di un tempo, a metà dell'ottocento magari, quando le vie non erano ancora piene di ristoranti e locali turistici, quando dalla vecchia piazza Mercanti passavano ancora le alte mura con porte che davano accesso ai diversi quartieri cittadini. Conosce così bene questa zona che potrebbe indicare il numero esatto dei passi da quel punto fino al Museo del Novecento, situato proprio accanto al palazzo Reale.

Decide di farlo, concedendosi un margine di errore del dieci per cento pur sapendo che non è affatto necessario. Non c'è quasi mai partita, ha già vinto tante volte contro se stesso: 325 passi. Inizia a contare per terminare proprio davanti all'entrata di quell'edificio che gli piace tanto e dove va tutte le volte che vuole rilassarsi. Inutile dire che i passi sono 321: un piccolo errore ci sta.

Si guarda intorno e tra la gente, non può fare a meno di notare una ragazza.

Quanti anni avrà? 14? 15? No, forse 13 o nemmeno. Ma non importa, la cosa che conta è che è i loro sguardi si incrociano per una frazione di secondo e la sua mente vola altrove, da altri occhi, da un altro viso che ha visto solo qualche ora prima in fotografia sul monitor del suo PC. Quei dettagli che non vedeva da tempo che gli hanno scaldato il cuore e fatto venire la nostalgia. Il suo sguardo torna a posarsi su quella ragazza che dista da lui solo pochi passi. È bella nonostante quel foulard scuro che le copre tutto il viso, la testa e gran parte del collo. A lui però sembra troppo pesante e decisamente fuori luogo per la temperatura odierna, nonostante il temporale. Pensa alla fatica di indossarlo, al peso che può avere su quel corpo ancora esile. Sposta lo sguardo a pochi metri da lei e vede una donna che intuisce subito essere la madre. Anche lei indossa lo stesso accessorio ma lo porta diversamente, in modo più leggero; come fosse nata con quel foulard. La donna tiene per mano due bambine che insieme non sembrano raggiungere nemmeno gli otto anni. Entrambe hanno i capelli ricci e scuri mossi dal vento. Sorridono, sì, sorridono. La ragazza invece è distratta, si guarda intorno: segue i movimenti delle persone, osserva i taxi che aspettano i turisti, i cartelloni pubblicitari luminosi e colorati, le pubblicità delle mostre e delle rassegne. Ha gli occhi curiosi, intelligenti, ma si vede che non sono felici. Osserva la gente; tutta così tremendamente uguale ma al tempo stesso così diversa.

A Christopher piacerebbe conoscere i suoi pensieri. Decide di aspettare, di non entrare subito: vuole guardarla ancora, osservare i suoi spostamenti. È l'ultima della fila dietro alla madre e alle sorelle. E, ovviamente, dietro a quel padre corpulento che da buon capo famiglia guida la fila. Avrebbe una gran voglia di avvicinarsi e toglierle quel maledetto velo. Sa perfettamente che non può, non gli è concesso. Allora pensa che gli basterebbe metterlo a tutte le ragazze, a tutte le donne che popolano proprio in questo momento piazza Duomo e tutte le vie adiacenti. Vorrebbe riuscire a non farla sentire così, dovrebbe respirare a pieni polmoni perché davvero sembra soffocare nel suo stesso corpo. Gli sembra troppo giovane per capire, per accettare quell'imposizione sul suo corpo. Per nome di chi? Di cosa?

Si allontana sperando con tutto se stesso che sotto a quel foulard ci siano cicatrici impressionanti, ustioni, traumi, mutilazioni di cui si vergogna. Forse per questo ha deciso di coprirsi. Sa che non è così e soprattutto sa che qualsiasi cosa sotto il velo, sarà comunque più bello di quel foulard.

Distoglie lo sguardo. Sale al primo piano del palazzo, si siede davanti a quell'enorme vetrata, uno dei suoi posti preferiti di quella città che tanto ama. Un luogo in cui si sente al sicuro, in cui può guardare la vita che scorre, che si ferma, si abbraccia, piange e ride. Un posto da cui si possono ammirare i segni fantastici che la storia ci ha lasciato: monumenti che sono lì da sempre e a cui quasi non si fa caso, se non si è uno dei tanti turisti giapponesi. Non si pensa a fotografarli perché sono sempre lì a portata di mano. E invece, da quella posizione, da un punto di vista così diverso dal solito, viene voglia di farlo, di scattare migliaia di foto istantanee che si imprimeranno su una pellicola speciale ed unica: dentro di sé. E allora si guarda, in silenzio, ogni più piccolo dettaglio.

Chiude le palpebre e click, le apre, le richiude ancora e click, e poi click. Click. Click.

La signora seduta sul gradino che cerca di attenuare il caldo agitando un ventaglio. Click.

La ragazza che corre sui suoi rollerblade verso non si sa bene quale meta. Click.

Un gruppo di turisti che scatta una foto ricordo con l'inquadratura sbagliata. Click.

Un ragazzino con un sacchetto rosso. Click.

Le vite che passano, incrociano altre vite, si scontrano e poi ripartono, così come sono arrivate. Click.

Christopher cerca di immaginare le storie nascoste dentro ognuna di quelle persone che, come formiche impazzite si muovono sulla piazza o come se fossero su una pista da ballo. Ma nonostante la sua fantasia, non riuscirà mai ad avvicinarsi neanche lontanamente alla realtà.

Adora quel posto. Potrebbe stare lì per ore senza mai annoiarsi. Potrebbe leggere un libro o guardare semplicemente il cielo, pensare ad un nuovo progetto o ad uno vecchio ma non ancora realizzato. Fare il gioco del silenzio cercando di indovinare il colore della maglietta delle persone che arrivano alle sue spalle voltandosi di scatto per vedere se ha indovinato. Potrebbe respirare a fondo pensando alla vita e all'amore o giocare con il telefono e

aspettare dei messaggi. Potrebbe fare di tutto. Oppure niente. E si sentirebbe bene ugualmente. Apre *L'estranea* per leggerne qualche pagina tentando di concentrarsi.
Gli sembra un titolo azzeccato rispetto a quello che ha visto poco prima. Come può una persona sconosciuta fargli vivere emozioni così forti? Rubare in quel modo i suoi pensieri? E come, al contrario, può sentire estranee le persone che condividono la vita con lui? Per quale assurdo motivo guardando gli occhi di quella ragazza si è emozionato? E perché rivedendo il viso di Martina ha avuto quella sensazione così forte e intensa di gioia e felicità sentendosi così leggero da riuscire quasi a volare?
È pieno di domande contrastanti e sente dentro qualcosa difficile da spiegare. Si alza dalla sedia, si avvia verso l'ufficio e decide di mangiare qualcosa. Entra in un bar per prendere un gelato crema e nocciola. Chiede un cono due gusti indicando prima la crema e solo dopo qualche secondo la nocciola. In questo modo evita che, a discrezione della gelataia, il cono diventi nocciola e crema anziché crema e nocciola come piace a lui.
Arriva in ufficio prima di tutti gli altri, che sicuramente saranno ancora nel solito locale radical vegan chic. Prende dal cassetto la sua Moleskine nera e decide di scrivere. Lo fa spesso, gli piace raccontare ciò che vede e ciò che prova. Vuole scrivere del suo risveglio, di quel sogno che l'ha turbato la notte precedente. Di quella coppia e quella bambina in quel ristorante mai frequentato, ma nemmeno sconosciuto del tutto. Ha voglia di scrivere di Martina, di quella foto apparsa sul suo monitor che l'ha reso felice e raccontare di quella pausa pranzo così speciale, ricca di incontri, colma di pensieri e ricordi che si sono accavallati.
Gli piace scrivere senza pensare. Generalmente inizia a farlo ancora prima di mettersi di fronte a un foglio di carta bianco e molto prima di stringere in mano la penna. Scrive quasi sempre ad occhi socchiusi, sfogliando una ad una le foto e le immagini che ha stampato e messo a fuoco nella mente. Cerca di raccontarle, di descriverle, rivivendole tutte intensamente, ancora una volta.

Lascia andare veloce la mano, guarda l'inchiostro prendere forma e non rilegge quasi mai. Non crede che sia utile farlo per cercare di correggersi; gli errori ci saranno sempre e saranno tanti. Sarebbe inutile cancellarli perché rappresentano semplicemente lo specchio di ciò che sente. Scrive senza chiedersi il significato delle parole, ma cercandolo accuratamente tra le righe. Descrive nel dettaglio ogni momento, le emozioni vissute anche solo qualche istante prima, perché sa benissimo che è necessario catturarle. Sa che non saranno mai più le stesse e non vuole assolutamente dimenticarle. Pesa le parole, mescola in modo casuale tutte le lettere, ma tenendo bene a mente che la A e la Z sono sempre l'inizio e la fine di tutto. Che è egoista si nota chiaramente dallo stile della sua scrittura: scrive solo per se stesso, se ne frega degli altri, tanto, molto probabilmente nessuno lo leggerà e se mai dovesse succedere è possibile che capisca tutt'altro rispetto al vero significato dello scritto, quindi non vale nemmeno la pena sforzarsi o cambiare per cercare di essere più chiari. Quando scrive non presta attenzione alla calligrafia, né tantomeno alla forma; scrive in fretta per non rischiare di perdere la poesia del momento e non si lega mai ad un luogo: scrive ovunque, dove capita, su una panchina oppure a letto, al lavoro, sul tram, al bar davanti ad un caffè, da solo o in mezzo alla gente.

Non crede di essere realmente capace di scrivere. A lui però non importa: è lui, senza filtri e senza limiti e gli basta.

Guarda l'orologio, si accorge che son passati più di 15 minuti, mette la data sotto i pensieri scritti velocemente, posa la penna e richiude la sua Moleskine. Riaccende il PC e riapre Facebook. Sul suo diario vede l'aggiornamento dello stato di Martina:

«...mi guardi e non rispondo perché risposta non c'è». - (Bella - Jovanotti)

Indirizza il mouse sulla casella dei messaggi, apre l'unico ancora non letto. Tre semplici lettere, iniziali di altrettante parole. Sorride, capisce subito che le è mancato.

6.

Il clima all'interno della sala riunioni sta diventando insopportabile. Fa caldo. L'impianto di condizionamento ha smesso di funzionare proprio stamattina.

E pensare che proprio ieri Martina aveva dedicato i suoi ultimi dieci minuti a controllarne il corretto funzionamento. Così, poco prima dell'inizio del meeting, ha provato a chiamare l'azienda responsabile della manutenzione, ma la risposta da parte del call center è stata negativa: non sarebbero riusciti ad intervenire per risolvere il guasto prima di mezzogiorno. Tenta comunque di sentirsi ottimista: meeting sudato, meeting fortunato!

Il sole punta dritto negli occhi filtrando dalle finestre aperte, troppo alte per regalare qualche beneficio ai 120 partecipanti che occupano tutte le sedie disponibili, poste ordinatamente in dieci file da 12.

Martina deve resistere ancora un po', ce la può fare.

All'ordine del giorno manca soltanto il discorso del responsabile vendite area Est-Europa e quello del suo capo. Poi finalmente la tortura si concluderà. A memoria, da quando lavora in *MyNet Communication,* non ricorda altri meeting così lunghi e noiosi.

In particolare il dott. Helmut Kranz, che ha appena concluso il suo intervento, ha tenuto uno dei discorsi più inutili e monotoni che lei abbia mai avuto la sfortuna di ascoltare. Le ha fatto venire in mente quello di Alessio, testimone di nozze di Giorgio che, ubriaco fradicio, alla fine del loro pranzo di matrimonio, si era alzato in piedi sul tavolo raccontando aneddoti imbarazzanti sulla loro giovinezza riuscendo però soltanto ad annoiare i 100 invitati. Oltre a rendersi ridicolo.

L'applauso finale della sala (dal valore più che altro liberatorio per la fine del discorso del corpulento tedesco) fa sobbalzare Martina sulla sedia, svegliandola dal torpore e facendole cadere le cartelline che riportano il discorso del dott. Pisoni, fino ad allora appoggiate diligentemente sulle gambe in attesa di potersene liberare.

Ormai da più di due ore è seduta in prima fila alla destra del suo capo, proprio sotto il palco di quella sala riunioni dove si stanno alternando vari manager per enunciare dati, mostrare grafici e spiegare andamenti finanziari. È esausta: non riesce più a stare in quella posizione; vorrebbe sgranchirsi le gambe, ma la situazione le impone di restare composta. Non sa più dove guardare senza rischiare di incrociare occhi che potrebbero giudicarla. È sicura di aver vagato con lo sguardo perso nel vuoto almeno un'ora. Quando è annoiata le capita spesso di estraniarsi dalla realtà. A differenza del solito, però, questa volta ricorda tutto quello che ha pensato.

Ha liberato i suoi pensieri senza alcun timore di perderli; li ha lasciati andare come se dovessero raggiungere paesi sconosciuti. A volte loro volano lontano; altre volte come adesso, esplorano angoli bui e freddi per perdersi in un labirinto. Senza orientamento, incapaci di andare avanti e tornare indietro. Martina è sempre lì ad aspettarli. Le piace sorprendersi al loro ritorno e vederli più forti e determinati di prima, con quell'aria rilassata e soddisfatta tipica di chi ha visto le meraviglie del mondo e desidera tenerle dentro di sé per sempre.

È bello come abbracciare se stessi, riconoscersi e amarsi per quello che si è, nonostante tutto. È bello scaldarsi con loro, con la loro infinita intensità. Con la profondità degli sguardi che li accompagnano, che li rendono veri, che li fanno vivere. Ed è proprio quella vita che li accompagna e li stimola la cosa che lei ama di più. Accade spesso che non riesca a focalizzarli tutti, ma questa volta hanno un nome e un volto ben definiti: Christopher.

Con questo pensiero si presentano mille domande, paure e sogni. Domande che, purtroppo, sembrano arrivare nel momento sbagliato. Quando ogni possibile risposta pare non avere senso; quando non si ha il tempo e la forza per decidere se ne valga o meno la pena, se sia più giusto rimanere o partire. Paure che si impossessano della testa e del corpo. Che lasciano immobili proprio quando si vorrebbe andare lontano. Che fanno scalciare, sbracciare e urlare nel momento esatto in cui ci stanno legando. Sogni in bianco e nero che lasciano un velo di tristezza e inquietudine, che svegliano nel cuore della notte e di cui si ricorda ogni dettaglio. Sogni colorati grazie ai quali appena ci si sveglia, si riesce a pensare solo: «ma che bella dormita». Emozioni forti da sconvolgere, capaci di far ridere e piangere allo stesso momento. Uniche, indescrivibili, indimenticabili. Christopher, proprio lui. Perché adesso, perché? Le loro strade e le loro vite si erano incrociate già qualche anno prima. Che stia succedendo di nuovo? Per quale motivo? Non succede mai nulla per caso, le persone non entrano nella vita di qualcuno senza una ragione. È passato tanto tempo ma lei ricorda ancora tutto di quel legame intenso ed unico. Più di tutto ricorda la sua bellezza, quella di un'anima leggera e pura, solare e sincera. E poi quel sorriso, quei pensieri, quella sua capacità di essere uomo e bambino. Il ricordo di quel periodo con lui è ancora oggi motivo di gioia e serenità per Martina. Le loro strade si erano divise presto, come le loro vite del resto, ma ogni singolo giorno, lei aveva pensato a lui e, nonostante la lontananza, lo aveva sentito sempre vicino. Come se fosse sempre dietro l'angolo, con quella continua sensazione che, allungando una mano e incrociandola alla sua, potessero ancora giocare, ridere, ballare, volare. Insieme. Proprio come allora.

Si ritrova nuovamente a pensare al fatto che ogni momento della vita possa essere quello giusto per decidere se restare o partire, se prendere la macchina fotografica per immortalare qualcosa che potrà rivedere da lontano tutte le volte che vorrà oppure se è meglio utilizzare soltanto gli occhi per scattare istantanee o sequenze che nessun'altro potrà vedere ma che rimarranno impresse nella memoria per sempre.

Un forte applauso la scrolla quando l'orologio segna le 12.20. Ha fame, il caffè e i biscotti divorati al volo a colazione sono un lontano ricordo e il muffin del coffee-break non l'è bastato. Non è riuscita a goderselo, in piedi su quei tacchi scomodi, mentre controllava che tutto fosse in ordine, dispensando saluti e strette di mano agli ospiti. Scambiando convenevoli di rito e frasi sempre uguali. No, decisamente non è stato come piace lei, che adora fare colazione al bar magari leggendo un bel libro davanti ad un cappuccino con tanta schiuma e mangiando un cornetto in tutta tranquillità.

Purtroppo non riesce a farlo spesso, anzi non ci riesce mai, ad eccezione di qualche sabato mattina, quando decide di viziarsi un po' e concedersi una mezz'ora rigenerante. A Giorgio invece, non piace frequentare i bar per fare colazione, preferisce mangiare a casa, quindi Martina sa benissimo che questo piccolo piacere della vita sarà sempre un momento da godersi sola o in compagnia di qualche amica. Anche se le farebbe piacere condividere con suo marito questi momenti, non le dispiace ritagliarsi del tempo per se stessa, come, ad esempio, quando va in libreria o alle mostre: da sola, a sfogliare i libri o con lo sguardo perso davanti ad un bel quadro.

I 15 minuti di break erano volati e non era riuscita a fare uno squillo a Giorgio, come abitualmente durante le sue pause. Chissà se lui si era accorto di questa dimenticanza o, come sospetta, quelle telefonate siano diventate talmente un'abitudine, da essere scontate, superflue. A dir la verità il tempo avrebbe anche potuto trovarlo, ma in quel momento, aveva avuto decisamente altri pensieri.

Aveva voglia di rileggere il messaggio di Christopher, così inaspettato, ma gradito, di rivedere il suo viso, di guardare e curiosare sul suo profilo Facebook per controllare se aveva pubblicato qualcosa di nuovo. Proprio il venerdì precedente, era entrata sulla sua pagina per capire in che parte del mondo fosse, cosa faceva, con chi viveva, come stava. Ricorda di aver spulciato tra le immagini alla ricerca di un indizio, per capire se fosse fidanzato o se avesse figli, ma aveva trovato solo alcune foto datate che lo ritraevano solitario in uno dei suoi viaggi. Una in particolare: lui è di spalle mentre guarda il mare nell'album dal titolo *Brasile 2012*. Chissà chi gliel'aveva scattata, chi era la persona con cui divideva quei momenti.

Non aveva più avuto modo di chiedere sue notizie ad Andrea e Giulia: non le era proprio sembrato il caso. A dir la verità una volta, in occasione di una cena tra amici, aveva provato a portare l'argomento su di lui per tentare di capire se qualcuno avesse avuto contatti o sue notizie recenti, ma non ci era riuscita.

Ed ora lui era tornato. Con un messaggio. Nemmeno un saluto, nessuna classica domanda, tipo: «Come stai?».

Solo due parole: «Sei bella».

Aveva letto e riletto quel messaggio infinite volte, come se quelle due parole potessero spiegarle chissà cosa. Avrebbe voluto rispondere subito, ma non sapeva cosa scrivere, aveva avuto paura di non riuscire ad usare le parole giuste che spiegassero ciò che stava provando. Avrebbe tanto voluto chiamarlo, ma la voglia di farsi desiderare come aveva fatto lui in tutto questo tempo, aveva avuto la meglio sul resto delle sue emozioni. In fondo lui non si era fatto più sentire, tutto era finito senza spiegazioni, nessuna chiamata, nessun messaggio. E questo per tanto, troppo tempo, mentre lei era rimasta piena di dubbi e domande.

In mezzo ai delegati delle varie sedi, impegnati in chiacchiere formali davanti al loro caffè, Martina si era in realtà resa conto che le due parole di quel messaggio l'avevano riempita di gioia, perché lui le è sempre mancato da impazzire. Senza farsi notare, si era defilata per andare in bagno. Si era chiusa dentro e con lo smartphone si era collegata a Facebook inserendo la citazione di una canzone di Jovanotti che le piace tanto. Poi aveva deciso di rispondere a Christopher in modo semplice, con le prime parole che le erano venute in mente, utilizzandone soltanto le iniziali che componevano una frase, proprio come qualche anno prima, come se il tempo si fosse fermato, proprio come se sentisse la sua presenza come allora:

«M.S.M.».

PARTE QUINTA

RITROVARSI
11 giugno 2013

1.

«Anche tu mi sei mancata Martina. Come stai?».

«Ciao Christopher, che dire? Mi hai lasciata quasi senza parole e sai che non mi capita spesso. Soprattutto sai che non deve succedere con te. Non mi piaceva perdere allora e non mi piace darti l'impressione di aver vinto così facilmente adesso. Però stavolta devo ammetterlo: ci sei andato davvero vicino! Io sto bene grazie, e tu? In quale parte del mondo sei?».

«Sto bene anch'io e non sono poi così lontano. In realtà non lo sono mai stato, anche se fisicamente ero dall'altra parte del mondo. Sono a Milano da un anno, sto cercando piano piano di ricostruirmi una vita nella mia amata città. Sono tornato all'ovile, come si dice. O alla stalla, se preferisci. Dipende dai punti di vista».

«Non ci credo! Giuro, non voglio crederci. Cioè, tu sei tornato da un anno e ti fai vivo solo adesso? Guarda, a fatica avrei anche potuto capire la tua assenza quando eri in Costa Rica, circondato da ragazze dai culi più sodi di un uovo, ma adesso? Hai così tante donne che ti girano intorno da non trovare un minuto per la tua amica?».

«Non mi è mai interessato dei culi e tu lo sai, altrimenti non sarei nemmeno partito. Ti avrei corteggiata e magari sposata».

«Scemo! Ah, a proposito: a che punto sei rimasto della mia vita?».

«Vita? Credevo di essere arrivato un po' sopra, quasi vicino alle tette».

«Ti ricordi il messaggio che ti ho mandato ieri? Quello in cui ti dicevo che mi sei mancato?».

«Sì certo, come posso scordarlo».

«Ecco scusami non era per te!».

«Ahaha hai vinto. Uno a zero per te. Sono un po' arrugginito, lo ammetto. Invece il messaggio che ti è arrivato, io l'ho mandato proprio a te, sai? Quel *sei bella* era indiscutibilmente per te. E non mi sono pentito, perché è davvero ciò che penso. Lo rimanderei ora e anche domani. Dopodomani non lo so perché non ho aspettative di vita così lunghe».

«Allora devo fare in fretta. Non sia mai che ti seppelliscano senza che tu sappia tutto su di me. Io e Giorgio non siamo più soli. Siamo in tre. È arrivata Emma, che non è una zia che vive in America, ma è nostro figlia. Ha 32 mesi».

«Ehi ehi, calma. Guarda che ho detto di essere fuori allenamento, non di essere del tutto rincoglionito. Sei tu che ti sei persa qualche pezzo. Mi sembra che la tua memoria inizi a perdere colpi. So perfettamente di Emma. Ma non è figlia mia vero?».

«Sei davvero incredibile! Sei proprio un caso perso. Vediamo cos'altro ti sei perso: forse il matrimonio del secolo?».

«Se ti riferisci a quello di Briatore e la Gregoraci sono stato aggiornato da una mia ex espertissima sui gossip. Tu piuttosto hai deciso quando convolare a nozze visto che hai ormai 432 mesi?».

«Hai più ex fidanzate tu che Jude Law e Ryan Gosling messi insieme! Comunque grazie, sono davvero lusingata dal fatto che ricordi esattamente il mio anno di nascita. Evito di chiederti il giorno e il mese perché non mi piace vincere facile e non amo farti fare figure di merda».

«Hai ragione: il giorno e il mese non li ricordo. L'anno, invece, mi è rimasto impresso perché non perdevi occasione per dirmi che avevo ben cinque anni in più di te. Ho detto cinque anni volutamente e non 60 mesi. Quindi tua figlia ha quasi tre anni, complimenti! Questa cosa di contare i mesi per i bambini è inquietante. Sembra sempre che qualcuno li stia controllando».

«Tu dovresti essere controllato: ma seriamente, da uno bravo».

«Vuoi controllarmi tu?».

«No, io non posso. Sono una donna sposata ormai, mio caro. Dall' 8 agosto 2011, quasi due anni ormai! Anzi, quasi 24 mesi».

«Sapevo che prima o poi ti saresti uniformata alla massa, lo sapevo perfettamente».

«Ritira subito quello che hai detto altrimenti ti rimando in Costa Rica a calci nel culo».

«Ok ok, ma stai calma che alla tua età questi sbalzi d'umore potrebbero essere pericolosi. Dai, raccontami il grande giorno, come siete arrivati a questa decisione, dove e come Giorgio ti ha chiesto di sposarlo. Voglio emozionarmi, lo sai che sono un inguaribile romantico».

«Tu ti emozioni solo allo stadio o quando ti guardi allo specchio, narciso come sei! Comunque voglio raccontartelo lo stesso, perché tu sappia e capisca una volta per tutte che l'amore esiste e vince sempre! Forse ho leggermente esagerato?

Ci siamo sposati in Comune: una cerimonia semplice ma carina, con pochi parenti e tanti amici. Abbiamo deciso insieme, ci sembrava giusto farlo: per noi due e poi per Emma. È stato un bel giorno, il coronamento della nostra storia, di tutto ciò che abbiamo costruito di bello in questi anni. Quello per cui ho lottato tanto, e in cui ho sempre creduto: la famiglia. Ero emozionatissima nel mio vestito verde, mi tremavano le gambe su quei tacchi 12 che nemmeno ti immagini. Avresti dovuto vedermi! Al mio fianco c'era Emma che mi dava una forza incredibile. Abbiamo deciso di sposarci l'8 agosto perché è la nostra data: il giorno del mio compleanno e quello di Emma ed è anche il giorno in cui io e Giorgio ci siamo fidanzati. Lo festeggiamo sempre in un bellissimo ristorante panoramico sul mare dove, da una terrazza bellissima, si ha una vista mozzafiato. Chissà quali altri eventi ci riserverà il futuro da festeggiare proprio in quella data. Vedi le persone romantiche come sono?».

«Sono davvero contento per te Martina. Sembri felice e io non posso che esserlo di conseguenza».

«Sì lo sono, tanto. Sai una cosa però Christopher? Avrei voluto raccontarti tutto questo. Avrei voluto confidarmi con te come ho sempre fatto, parlarti dei miei progetti, raccontarti di Emma, passare con te il mio tempo come eravamo abituati a fare. Condividere insieme a te questi momenti, per me così importanti. Farlo a modo nostro, magari non vedendoci mai, ma sapendo che ci saremmo sempre stati. Invece tu sei sparito, non mi hai più scritto e non ne conosco il motivo. Da un giorno all'altro te ne sei andato e a me è rimasto un vuoto dentro. Non ho più saputo nulla di te. Ne ho parlato spesso con Giorgio, gli ho detto che mi mancava quel rapporto così assurdo e strano. Lui non riusciva a capire del tutto, anzi credo non abbia mai capito realmente cosa ci unisse. Però notava che mi mancavi davvero. A volte mi sembrava persino geloso. Ed ora rieccoti qua, all'improvviso sbucato dal nulla. Un'altra volta».

«Mi spiace davvero, non so che altro dire. Non ho spiegazioni da darti semplicemente perché non esiste un motivo. Ti chiedo scusa, per quanto possano valere le scuse di una persona che sostiene di volerti bene e poi sparisce. Non so perché l'ho fatto, giuro, non lo so proprio. È successo. È capitato che un giorno non ti ho scritto. Non l'ho fatto nemmeno il giorno successivo ed una cosa che fino a poco prima, solo pensarla sarebbe stata assurda, è diventata normalità. Incredibile come ci si abitui in fretta alle cose che non ci piacciono. Come, non pensandoci, facciamo in automatico tantissime cose che non ci fanno stare bene. Non ho mai ricevuto un tuo messaggio e alla lunga ho pensato che nella tua vita non c'era spazio per me. Ho pensato che l'essere compagna, moglie, mamma e donna in carriera fosse troppo per avere anche solo cinque minuti al giorno da dedicare a me. Forse mi sbagliavo, ti chiedo davvero scusa».

«Sì ti sbagliavi, di grosso. Mi hai lasciato un grande vuoto. Ho pensato davvero che di me non te ne fregasse niente. O meglio, ti facevo sorridere, ti tenevo compagnia ogni tanto a migliaia di chilometri di distanza. Parlavamo di stupidaggini, ridevamo degli amici in comune. Condividevamo pensieri e le emozioni che ci regalavano i libri che stavamo leggendo. Ascoltavamo canzoni. Pensavo fosse tanto, ma quando ti sei allontanato, ho creduto che per te in fondo rappresentasse solo un gioco, un passatempo. Mi hai fatto male Christopher, davvero».

«Lo so, non era mia intenzione. Scusami. Ho sbagliato allora a non scriverti più ed ho sbagliato ora a scriverti nuovamente. Ad uscire così dal nulla come se niente fosse. Perdonami».

«No, ora non hai sbagliato, dico solo che mi hai spiazzato e turbato perché nonostante tutto, in questi anni non ho mai smesso di pensarti, non ho mai smesso di sentire la mancanza del nostro rapporto così speciale. Ricordo tutto con grandi sorrisi e con immensa nostalgia. E ieri, vedere il tuo messaggio, così semplice ma così intenso da provocarmi stupore, imbarazzo, gioia, lacrime emozioni...be', che dire? Mi ha reso felice».

«Ho scritto le prime parole che mi sono venute in mente guardando la tua foto. Ho scritto semplicemente quello che ho sempre pensato, quello che forse avrei dovuto dirti tanto tempo fa».

«Sì, avresti dovuto dirmelo! E non una volta! Tante! Quindi sappi che ci proverò, ma non sarà per niente facile perdonarti. Dovrai impegnarti».

«Ok, accetto la sfida!».

«Non vedevo l'ora».

«Allora facciamo così, Martina: scrivimi, parlami di te. Ripartiamo da zero, conosciamoci di nuovo. Raccontami chi sei e come sei. Raccontami tutto quello che mi sono perso, ricordami tutto quello che già so, che vale la pena sapere e soprattutto quello che non ne vale la pena ma che semplicemente hai voglia di raccontarmi. Dimmi i tuoi pensieri, le tue emozioni, che ricordo così limpide e profonde. Scrivimi quello che non diresti mai a voce. Quello che non sa nessuno e che vuoi raccontare solo a me oppure quello che sanno già tutti e che vuoi sappia anche io. Non scrivermi ciò che vuoi che io capisca senza leggere e tenterò di capirlo come ho sempre fatto: te lo prometto. Descrivimi Emma, dimmi se ti somiglia, se le piace il Nesquik, quali biscotti mangia, se dorme a pancia in giù oppure sul fianco. Qual è la prima cosa che dice o che fa appena ti vede la mattina. Se è mancina, con quale dentifricio si lava i denti. Cose così insomma, che non ti chiederebbe nessuno».

«Ok lo faccio, mi prendo del tempo e ti scrivo di me. E di Emma. Ti avviso che ti servirà del tempo per leggere, perché voglio tutta la tua attenzione».

«Sono qui, ti aspetto».

«Bentornato Christopher».

«Bentornata Martina».

PARTE SESTA

NOI DUE PRIMA DI IO E TE

1.

Vuoi sapere di me? Vuoi davvero che ti parli di me, di quello che credo di essere, ma che in realtà pochissime persone conoscono? Sai cosa ti dico? Forse non mi conosce nessuno realmente, anch'io a volte faccio fatica a descrivere ciò che sento e ciò che vivo. Christopher, non è facile raccontarsi e può essere estremamente pericoloso. Nel momento stesso in cui mi chiedi di farlo ti assumi una responsabilità grave: quella di prendermi per mano, di guardare insieme a me la vita dalla stessa angolazione, di condividere le mie emozioni, i miei stati d'animo, ciò che mi rende felice e ciò che mi spaventa; i miei sogni, le mie speranze. Le mie delusioni più grandi, insomma la mia vita a 360 gradi.

Quando una persona si racconta, e lo fa come si deve, lascia i fianchi scoperti a possibili attacchi. I punti deboli risaltano, si diventa vulnerabili e la forza vacilla. Ci si può fare male.

Però, devo essere sincera, la cosa mi piace. Mi piaci tu, mi sei sempre piaciuto. Mi piacciono i tuoi modi gentili, le tue attenzioni, il tuo essere profondo e il tuo desiderio di guardare sempre oltre. Mi hai sempre regalato tanta sicurezza e so che i miei punti deboli potrebbero trasformarsi nella mia forza.

Le persone credono di conoscerci, credono di sapere cosa ci piace e cosa no, quello che pensiamo, come ci comporteremmo in una determinata situazione. Infine cosa diremmo in un contesto specifico, il modo in cui risponderemmo ad una domanda.

Qualcuno crede davvero di sapere tutto di noi, crede di ricordarsi che non ci piace camminare con l'ombrello quando piove; crede di sapere perché leggiamo alcuni libri piuttosto che altri. Le persone che ci sono accanto e che ci conoscono da sempre hanno un'idea di noi che non cambia mentre cambiamo noi. Eppure io sono convinta che nessuno rimanga sempre uguale a se stesso anche se la nostra essenza resta invariata. Io, ad esempio, non sono più la stessa persona di tre giorni fa. Sembra impossibile, ma è così. Non posso più esserlo. È inutile negarlo: il tuo ritorno mi ha scombussolato. Ora non mi resta che capire chi sono realmente e magari farlo capire anche a te. Per ora sono sottosopra ma sono anche pronta ad aprirmi. Nuovamente, ancora una volta. Eccomi qui, sono Martina. Martina l'egocentrica. Non riesco a mettermi da parte per nessuno, nemmeno per mia figlia: non ce la faccio proprio. Se non sto bene con me stessa non riesco a stare bene nemmeno con lei e con nessun altro. Non credo in Dio e non credo nel destino. Forse non credo in niente o magari credo in tutto. Non lo so. Sono convinta che nulla succeda per caso. Ognuno di noi è l'artefice del proprio destino. Possiamo cercare di plasmare la vita sotto le nostre mani, fino a quando cause di forza maggiore non ce lo impediscono. Gli incontri, le letture, le canzoni non sono lì per pura coincidenza. Sono lì, perché lì devono essere. È per questo che si ama. Si ama tutto, tutto quello che ci fa star bene e che, se è davvero profondo, ci può fare anche soffrire. Il dolore non serve a renderci più forti, quando forti lo siamo già. Il dolore non serve a renderci più fragili, quando fragili lo siamo già. Il dolore serve a farci sentire vivi, a ricordarci che dentro di noi c'è qualcosa di più oltre agli organi che ci tengono in vita. Perché se scendono le lacrime senza che lo si voglia, se un'emozione è così forte da far tremare, se manca il respiro quando si legge una frase, se 21 grammi vibrano forte, allora vuol dire che si è vivi. E tutta questa vita un senso ce l'ha, ce lo deve avere per forza. Le persone che percorrono un tratto di strada con noi nella vita possono camminarci davanti, possono fermarsi indietro per poi raggiungerci; possono starci accanto o tenerci la mano. I compagni di viaggio ce li possiamo scegliere e questo dipende solo da noi. E da loro.

La parola più importante per me è libertà: libertà di essere ciò che voglio, di scegliere ogni giorno la mia vita, di dare sfogo ai miei pensieri, di scriverli veloci cercando di non perderli. E se qualcosa si perde, pazienza: non si torna indietro, mai.

L'icona della tipica mamma italiana non fa per me. Levati dalla testa la donna che non si stacca mai dalla figlia, quella a cui vengono i sensi di colpa quando deve ricominciare a lavorare: quella non sono io e non lo sarò mai.

Ho bisogno dei miei spazi, di tempo da dedicare alle cose che stimolino la mia intelligenza e che mi facciano sentire viva. Devo poter imparare sempre qualcosa di nuovo, confrontarmi con altre persone. È stato così al corso di fotografia, a quello di cucina. Voglio che sia così anche in futuro, in tutte le cose che faccio.

Ho bisogno di momenti speciali da vivere con Emma, per fare cose che colpiscano la sua fantasia: quando vedo nei suoi occhi la meraviglia mi sento felice.

Odio stare in casa, soprattutto nei weekend. Preferisco stare all'aria aperta, anche d'inverno quando l'aria gelida ti anestetizza la pelle. Mi piacciono i posti affollati, odio la solitudine. Adoro viaggiare, anche solo per una gita fuori porta.

Mi piace il mondo che mi circonda e mi diverte raccontarlo ad Emma. Cerco di mostrarglielo sotto angolazioni diverse. Metto passione in tutto quello che faccio. Amo le mie amiche: ne ho poche, ma sono veramente importanti.

Mi piace comunicare, non solo con le parole, ma anche con i gesti, gli sguardi, le piccole attenzioni. Sono altruista e generosa ma, quando mi fanno del male, divento insensibile e meschina. Faccio fatica a perdonare: su questo devo ancora migliorare. Sono pigra: non mi piace far fatica.

Mi piace essere innamorata ancora dopo tanto tempo. Mi piace sentirmi complice in una relazione.

Sono soddisfatta di essere arrivata dove sono, senza scendere a troppi compromessi. Detesto essere triste anche se spesso piangere è liberatorio e lo faccio, senza vergogna. Poi adoro andare al cinema. Non mi piacciono le partite di calcio, anche se mi diverte guardarle con gli amici, perché con gli amici è tutto più bello.

Vorrei cambiare un po' questo mondo. Mi sarebbe piaciuto fare una rivoluzione ma non so se ne sarei stata capace. Sono forte e determinata, decisa, convinta. Il mio carattere mi ha aiutato a salvarmi dalle delusioni e, anche se a fatica, ce l'ho sempre fatta.

Ultimamente mi sento più bella fuori, il che non fa mai male. Mi piace andare ai concerti e ogni volta, a spettacolo concluso, mi accorgo che avrei voluto fare la cantante o almeno la musicista: l'eccitazione che si vive e che fa saltare sul palco credo sia meglio di qualsiasi anfetamina.

Quando mi sveglio la mattina sono malmostosa e lo sono anche quando sono stanca. Sono inverosimilmente disordinata: in questo non mi batte nessuno e Giorgio non sopporta questo aspetto di me.

Non sono una brava donna di casa, però mi piace cucinare e mi riesce anche bene: cucinare è un atto d'amore, mi piace stupire i miei due amori.

Adoro guardare le stelle. Le stelle sono fantastiche: regalano i sogni, li fanno avverare.

Ed è vero che sono le stesse identiche in tutto l'emisfero, ma preferirei guardarle sempre sdraiata su un prato a Central Park.

Odio ogni forma di integralismo: quello dei vegani, dei vegetariani e quello delle madri che si annullano per i loro figli. Odio le persone che si credono superiori: sono degli illusi. Odio le ipocrisie perché la sincerità rende chiare le persone.

Odio fare le pulizie, ma credo di averlo già scritto. Odio la noia, la banalità, le persone che non hanno carattere, le donne che si fanno possedere dagli uomini e gli uomini che vogliono possedere le donne.

Odio quelli che non capiscono e, ancora di più, quelli che fanno finta di non capire.

Odio il caldo afoso e le bici con le ruote sgonfie. Odio aspettare: io sono sempre puntuale, dovrebbero esserlo tutti così si eviterebbe di aspettare! Odio alzarmi presto al mattino solo perché Emma non ha più voglia di dormire.

Voglio avere tutto, non voglio dover scegliere.

Amo i supermercati, mi piace camminare tra gli scaffali e osservare quello che la gente mette nei carrelli.

Adoro la pizza, il Kebab e la Cesar Salad fatta a regola d'arte: il bacon, infatti, dev'essere croccante.

Mi incanto di fronte ad una spiaggia deserta, ma detesto la vita di mare: mi annoia. Amo leggere, leggo di tutto: saggi, romanzi, libri d'amore, di viaggi. Mi affeziono quasi sempre ai personaggi, entro nelle loro storie con tutta me stessa e mi immedesimo in loro.

Amo parlare di me con chi mi sa ascoltare e capire.

Amo la mia amica Sonia, così attenta e scrupolosa, sempre presente in tutti i momenti importanti della mia vita.

Amo mio marito. Amo sentirmi importante per qualcuno, oltre che per me stessa.

Amo Emma. La amo perché è riuscita a prendere molti dei miei difetti e molti dei difetti di Giorgio e per questo è un essere quasi perfetto. Non ha pazienza, come me, ma è molto simpatica. Anzi è davvero ruffiana. I suoi occhi sono svegli e curiosi da sempre: le piace guardarsi attorno in continuazione. Si interroga sul perché delle cose, vuole sapere il significato delle parole che non conosce. Ascolta le mie spiegazioni e la volta successiva è tutta gasata quando me le può ripetere.

Ama tutto ciò che fa di una bambina una vera donna: trucchi, parrucche, pentole e posate.

Ama il suo orsacchiotto Willy, non lo lascia mai da solo.

Le piacciono i libri: è ancora piccola, ma ha una dedizione particolare per la carta stampata. Come li sfoglia lei non li sfoglia nessuno!

Ha da poco scoperto i numeri, nel senso che ha imparato a leggerli: il *tle* è il numero che le piace di più.

Io penso invece che il numero più bello sia il cinque. La parola *bella* ha cinque lettere.

Odia le mele, non le piacciono le caramelle, ma è golosa di qualsiasi altro tipo di dolce. Non le piace perdere: questo deve averlo preso da me.

Con me fa spesso i capricci, mentre con le nonne è un angioletto e questa è una cosa che mi innervosisce. Effettivamente ho poca pazienza: te l'avevo detto?

E ora detesto averti scritto tutto questo, inizi a sapere troppe cose di me...prima o poi mi toccherà ucciderti.

Martina.

2.

Ti ho letto. Prima velocemente, fugacemente, quasi con avidità. Avevo fame di te. L'ho fatto voracemente come un leone quando sbrana una gazzella. Se avessi potuto vedermi avresti notato ancora il sangue sulla bocca, la sabbia in faccia e il corpo sudato. Poi ti ho riletto. Questa volta con calma, con maggiore attenzione. Non volevo perdermi nulla di te, proprio nulla. Ho anche chiuso gli occhi e qualche frase adesso, molto probabilmente, sarei in grado di ripeterla proprio come l'hai scritta tu. O nel modo in cui l'hai detta. Sì, perché mi piace pensare che i tuoi pensieri siano parole, diventino voce per me. Vorrei guardarti, ascoltarti mentre parli e quando ti racconti come un fiume in piena. Non inizi con *C'era una volta,* ma ti ho letto con la stessa attenzione con cui i bambini leggono le fiabe. E non è necessario essere piccoli per innamorarsi di una storia. Raccontarsi è magia. Mi hai portato lontano, in un posto unico, bello e speciale...magico, appunto. Un luogo dove non si indossano maschere, dove non si deve essere ciò che non si è solo per fare felici gli altri. Un posto in cui non si viene giudicati, ma bensì ascoltati, compresi e capiti. Mi hai portato nel regno della felicità, dove piangere, però, non è una vergogna. Si può stare in silenzio senza apparire musoni o scorbutici, si può parlare e non sentirsi dei rompiscatole. È bello. E si può pensare tanto, giocare anche se non si è più giovanissimi, stare a piedi nudi anche d'inverno. E camminare ad occhi chiusi o sulle mani senza paura di farsi male. E sai perché? Perché in questo posto c'è una persona speciale che ci vuole bene, che ci protegge. Che ci fa sentire importanti ed unici. E quando siamo lì non vorremmo essere da nessun'altra parte.

Mi hai accompagnato in questo luogo speciale, mi hai parlato di te, dei tuoi 21 grammi, ora è giusto che io ti parli di me.

Non è facile raccontarsi ed è anche pericoloso. Se ti racconti, e lo fai come si deve, lasci i fianchi scoperti a possibili attacchi. Ma io non ho paura perché so che non sono capace di farlo bene. Dunque non ho nulla da temere.

Sono Christopher. Ho un fottuto nome del cazzo: nessun bambino, in nessun angolo del pianeta viene più chiamato così. Avrei dovuto chiamarmi Leonard, se solo gli uomini avessero avuto qualche voce in capitolo anche 40 anni fa. Era il nome che piaceva a mio padre. E sarebbe piaciuto da matti anche a me. Mi sarei sentito potente e forte come un leone, il re della foresta, il mio animale preferito. Christopher è troppo lungo. Infatti sono Chris per tutti. Ma con te sarò semplicemente me stesso.

Mi piace isolarmi dal mondo intero. Costruisco muri talmente alti che in pochi riescono a vedere cosa c'è oltre. A volte non lo vedo nemmeno io.

Le vie di mezzo non fanno per me. Spesso, invece, mi sento dire che sono la soluzione a molti problemi e le risposte ad altrettante domande. Io voglio semplicemente essere libero di sbagliare a modo mio. Quindi per me è così: bianco o nero. Nessuna sfumatura. Mai.

Tra ragione e sentimento scelgo l' amore. La testa, soprattutto la mia, non c'entra.

Tra la vita e la morte scelgo la vita. Semplicemente perché piuttosto che morire mi ammazzerei.

Per me esiste solo una stagione: l'estate. Autunno e primavera non servono a niente se non per introdurre le altre e visto che odio l'inverno, per me è estate tutto l'anno.

Le vie di mezzo sono per chi si accontenta. E io non mi accontento. Non mi sono mai accontentato, non ho mai imparato a farlo. E non voglio farlo ora, non voglio imparare.

Non mi accontento dei sorrisi, non mi bastano, voglio ridere di cuore. Non mi accontento di avere una famiglia. Una volta, qualche tempo fa, sono nato e ne ho già avuta una.

Non mi accontento di vivere a metà perché so che l'altra metà è decisamente migliore. Non mi accontento di osservare un bel quadro o leggere un bel libro. Devo averlo dipinto io, scritto io.

Non mi accontento di ascoltare una canzone. Deve parlare della mia vita, deve raccontare la mia storia. Non mi accontento del sole dopo la pioggia. Voglio l'arcobaleno. Non mi accontento di pensare che sei bella. Devo dirtelo, devi saperlo.

Vivo in un mondo tutto mio. Sono egoista. Non ho mai voluto *tutto* ma del *nulla* me ne faccio *poco*. Credo di meritare *tanto*. Chiedo *troppo*?

Ho una memoria di ferro, un cuore di pietra, pensieri di carta, emozioni di vetro, sogni di quiete, lacrime di gioia, sorrisi di circostanza e qualche cicatrice di guerra. Il resto, tutto il resto, giuro che è mio.

Sembro sempre insoddisfatto e, chissà, forse lo sono realmente, ma nonostante tutto credo di stare bene. Anzi, ne sono certo: *sto bene*.

Dicono che l'amore sia la migliore medicina per tutto. Io non ci credo. Non può essere così. L'amore non dovrebbe essere una medicina. Perché mai dovrebbe esserlo? L'amore non dovrebbe essere prescritto. Dovremmo solo sentire l'esigenza di viverlo pienamente, al meglio. Per noi stessi. Non dovrebbe essere accompagnato da un foglietto d'istruzioni. Non dovremmo conoscere indicazioni terapeutiche e controindicazioni. Gli effetti collaterali, la posologia, i modi e i tempi di somministrazione non dovrebbero esistere. Non dovremmo neanche rimanere sotto osservazione a causa del sovradosaggio. No, decisamente no. L'amore per me non è una medicina.

Dicono anche che il tempo guarisca tutte le ferite. A me sembra una stronzata. Anzi, se proprio devo dirla tutta, il tempo non guarisce proprio nulla, una ferita rimane una ferita. Un segno indelebile, sempre. Ed è così anche se la guardi a mesi o anni di distanza.

Se mi guardo intorno vedo pioggia, vento e mare in tempesta, indipendentemente dalla stagione. Se mi guardo dentro, anche.

Confondo tutto. Confondo la notte con il giorno, i sogni con la realtà. Confondo l'amore con la vita e te con la bellezza. Mi piace pensare che sia tutto vero, ma so che in fondo in fondo, mi confondo.

Adoro correre, fuggire. Scappo sempre dalla realtà, mai dai sogni. Da quelli è proprio impossibile. Rido poco, ma mi piace fare ridere. Non piango. Anzi, l'ho fatto eccome.

Quando ho iniziato a camminare ero buffo. Le mie ossa erano fragili. I dottori dicevano che mi mancava una lettera: la *D*. Sapessi quanto ho odiato quella *D*; quella vitamina non ce l'avevo proprio, non riuscivo ad assimilarla e quando ho iniziato a camminare erano più le volte che cadevo rispetto a quelle in cui rimanevo in equilibrio. Ma sono cresciuto lo stesso, ho sofferto come tutti, sono caduto. L'ho fatto camminando, correndo e, da grande, anche in moto. Mi sono spaccato tutte le ossa possibili e immaginabili. In qualche occasione mi hanno aiutato a rialzarmi, in altre mi sono alzato da solo.

I miei genitori mi hanno insegnato a non guardare gli sguardi cattivi della gente, a non dar loro importanza, a non interessarmi delle chiacchiere. Mi hanno sempre reputato una persona normale nonostante mi mancasse quella fottuta lettera. In realtà normale non lo sono mai stato. Io sono pazzo, lo so perfettamente. Perché mai avrei dovuto iniziare a leggere McGrath e Roth così giovane?

Sì sono pazzo e non mi vergogno. C'è chi è pazzo come me e chi è talmente pazzo da fingere di essere pazzo sottovalutando che chi è pazzo non è poi così pazzo da fidarsi di chi non è pazzo.

Sono passato dall'infanzia all'età adulta saltando l'adolescenza o meglio, ora che ci penso bene, ho iniziato a viverla intorno ai 18 anni. E forse, chissà, la sto vivendo ancora adesso.

È stato divertente vivere da adolescente così tardi. Tutti avevano un sacco di cose da raccontare, io non avevo mai niente di interessante da dire. Forse è per questo che con il passare del tempo ho sempre parlato poco.

La mia prima ragazza l'ho avuta a 19 anni. Poi però non ho più smesso. Ero imbranato, avevo fatto un sacco di esperienze da solo, ma qualche amico più sveglio ed intraprendente mi aveva detto che non era uguale. E infatti non lo era e me ne sono accorto in fretta (troppo in fretta a detta di lei...un minuto e mezzo).

Lei era più grande di me, aveva già avuto una discreta quantità di ragazzi ed ovviamente era molto più sveglia e disinibita. La prima volta non ero pronto. Non lo ero decisamente. Sua madre era severa, incuteva timore e suo padre molto anziano. Ho saputo soltanto dopo, a tanti anni di distanza, che in realtà quella era la sua matrigna, io che credevo che certi personaggi esistessero solo nei cartoni animati.

E poi quel quadro della Madonna nella sua camera della casa in montagna non aveva di certo diminuito la mia ansia da prestazione.

Stavamo bene insieme però, lei era molto intelligente, una studentessa modello. Frequentava l'università, spesso l'accompagnavo io ed ero tutto orgoglioso di quel ruolo così importante che aveva deciso di affidarmi. Era proprio innamorata!

Ho avuto tante donne, fidanzate, ragazze. E non so nemmeno come mai. Forse perché sono sempre stato bravo ad ascoltarle o forse perché col tempo sono diventato davvero bravo ad amare. D'altronde a qualcosa avrebbero dovuto pur servire i compiti a casa dai 13 ai 19 anni. Mi piace essere considerato un bravo amante e sai perché? Perché amo fare stare bene la mia donna e più egoisticamente non riesco a stare bene se lei non sta bene. Mi piace fare l'amore, anche se l'amore è un casino. Mi piace baciare ad occhi aperti. Ad occhi chiusi ci immagina e si sogna. Io sto baciando: voglio vedere!

Non bestemmio, odio l'ignoranza, non fumo. Bevo, ma mai tanto da ubriacarmi. Almeno non da ieri sera.

Ho perso mio padre la mattina del 31 dicembre. Il rapporto con lui è sempre stato d'amore ed odio, ma proprio per questo era vero. Mio padre aveva un sacco di difetti, non era quasi mai presente, ma c'era. Non era affettuoso, ma lo sentivo. Vorrei un figlio ora. O forse no, chissà. Comunque non vorrei essere un padre perfetto, vorrei avere mille difetti ma desidererei che mio figlio mi volesse bene come io l'ho voluto al mio. Da quel 31 dicembre vado a letto sempre verso le 21.00. Bukowsky scriveva così: «Nella morte non c'è nulla di triste. Triste o non triste è come una persona vive o non vive fino alla morte». Questa frase l'ho letta in chiesa nel giorno del suo funerale. Sono riuscito a leggere davanti ad un pubblico. Avevo 27 anni. Ero ancora uno splendido adolescente. Per me non c'è mai nulla di definitivo, sono per i cambiamenti continui, mi fanno sentire vivo. Nulla è per sempre, ma nulla è anche mai e poi mai. Ho una vita normale, semplicemente perché una vita normale per me non deve avere nulla di normale. Amo il Sud America. Amo tutto ciò che non conosco e mi sta sul cazzo la maggior parte delle cose che conosco. Sono partito per fare pace con me stesso. Ho impiegato tanto tempo. Il Sud America non lo conosco ancora ed è per questo che continuo ad amarlo, in compenso io mi sto ancora sul cazzo. Credo nella felicità, quella vera. Anche se forse non so bene cosa sia. Alla fine è proprio vero, Martina, tutti bene o male hanno recitato almeno una volta nella loro vita. Non è poi così difficile interpretare una parte, fare finta di essere felici, imparare un copione a memoria per salire su un palco e prendersi gli applausi. Io però voglio improvvisare, voglio essere libero di dire e fare, di sbagliare anche. Di prendere fischi, di vivere e amare a modo mio. Voglio che la mia vita non sia valutata in base al prezzo del biglietto, ma a quello che sono realmente. E allora, anche se conosco la parte a memoria, mi piace stravolgerla, ribaltarla, metterla sottosopra. Amo improvvisare perché penso che tutto quello che arriva dal cuore sia molto più bello di ogni altra cosa. Ecco, credo sia questa la mia felicità.

Ultimamente mi capita spesso di pensare alle cose che faccio. O meglio, alle cose che non posso proprio evitare di fare. Non è che prima facessi sempre le cose senza pensare, ma sicuramente pensavo meno a tutte quelle che mi fanno stare bene, a quelle che mi rendono felice.

Da qualche giorno, ad esempio, non posso non sapere come stai. Non posso non guardare le tue foto, non posso non cercare di capire i tuoi pensieri. Non posso non scriverti e pensarti. Continuamente. Non posso non amare ogni singolo istante passato con te e non odiare il fatto di non poterci essere sempre. Non posso nemmeno non dirti che sei bella e non posso non avere voglia di abbracciarti.

Avrei voluto nasconderti i miei difetti, i miei timori, i miei limiti. La mia vita fatta di sogni, di illusioni e speranze. Avrei voluto nasconderti la mia pazzia, la parte più inquietante di me, quella che non si spiega, quella che fa paura. Ma poi mi sono chiesto: «senza tutto questo cosa sarebbe rimasto?».

Credo che quello che ho scritto non abbia alcun senso per nessuno, ma a me di nessuno non frega niente. A me frega di te.

Christopher.

PARTE SETTIMA

IO E TE

1.

16 giugno 2013

Ecco come iniziò quell'estate. O meglio, ecco come iniziò tutto. Cominciarono a scriversi senza pensare alle conseguenze, a quello che sarebbe potuto accadere, raccontandosi le loro vite, condividendo emozioni, stati d'animo, paure, sogni. Semplici pensieri. In quel momento per loro era la cosa più naturale del mondo ed iniziarono a diventarne dipendenti, non riuscivano più a farne a meno. Si erano ritrovati in un modo semplice, ma allo stesso tempo intenso ed emozionante. È bastato un messaggio, due semplici parole per far riaffiorare tutto quello che per troppo tempo era stato sommerso. Nascosto in qualche parte del loro cuore, in silenzio. In attesa. Iniziarono a scriversi ad ogni ora. Appena avevano un attimo libero sia che si trovassero al lavoro oppure a casa, in macchina, al bar, al cinema o a fare la spesa. Facevano il possibile per ritagliarsi uno spazio tutto loro che, a poco a poco, acquistava più importanza e valore. Non avevano mai fretta di rispondersi, ma ogni volta che vedevano un messaggio non potevano non sorridere e sentirsi bene. Iniziarono utilizzando l'e-mail di Facebook, lo strumento più semplice ed immediato per entrare nella vita di un altro. Potevano osservare fotografie dei luoghi in cui lavoravano, vivevano e trascorrevano le vacanze. Individuare le letture abituali, gli hobby, i passatempi, i film e le canzoni preferite. Era bello scoprire che proprio quella stessa pellicola o quel particolare video musicale aveva trasmesso identiche emozioni ad entrambi. Era l'occasione per recuperare in parte il tempo perso, potevano scriversi concentrandosi sui loro visi, su quei dettagli che solo fino a qualche giorno prima, seppur vividi, rappresentavano solo un lontano ricordo. Cercavano di comprendere gli stati d'animo dell'altro attraverso le frasi postate come status. Avevano deciso di conoscersi, di farlo di nuovo, dall'inizio, un'altra volta ancora. Come se non ci fosse stato un passato, come se fosse la prima volta. Come se non ci fosse mai stato nulla, quattro o forse cinque anni prima.

«Ehi Christopher ci sei?».

«Sì eccomi, ci sono. Come stai?».

«Sto bene...ti volevo ringraziare per quello che mi hai scritto, per il modo in cui l'hai fatto. Mi piace il tuo modo di raccontarti e soprattutto mi piace che tu abbia deciso di farlo proprio con me. Mi piace leggerti. Mi piace il modo in cui ti racconti. Vorrei davvero non averti mai perso. Avrei desiderato trascorrere tanto tempo con te in questi anni, condividere parte della mia vita. Mi sei mancato davvero».

«Sono qui ora, in fondo è questo l'importante. Siamo io e te, non pensiamo a cosa è stato. Possiamo ricominciare, possiamo farlo insieme.

Mi è piaciuto raccontarmi, l'ho fatto immaginandoti al mio fianco, attenta ad ascoltarmi. È stato semplice farlo ed è questo che mi stupisce. La facilità che abbiamo nel parlarci, di scemate o di cose importanti e profonde. Il bello con te è che mi sembra davvero di essere sulle montagne russe senza dover andare a Disneyland. Riesci a fare uscire liberamente i pensieri di un ragazzo».

«Pensa; mi piacciono le montagne russe. Soprattutto da ferma. Comunque avevo bisogno di te, per guardarmi dentro e ricominciare a scrivere. Per parlare di me, per capire che cosa mi gira attorno».

«E io avevo bisogno di leggerti, mi mancava il confronto. Avevo bisogno di parole, profonde e prive di giudizio. Con te riesco davvero a sentirmi me stesso, ed è una bella sensazione. Era da tanto che non mi capitava».

«Non mi piace che tu non sia te stesso».

«Nemmeno a me, te lo assicuro. Se mi hai letto attentamente però sono sicuro tu abbia potuto capire perché in passato sia potuto succedere».

«Sì credo di avere capito e ti dico di più...ora so anche perché hai deciso di scrivermi nuovamente».

«Ah sì? Allora dimmelo, forza».

«Ti serviva aria fresca».

«Interessante come ipotesi. E non tanto lontano dalla realtà. Complimenti. Scriverti è stato naturale, ho visto la tua foto e mi è venuta voglia di parlarti. Ti ho detto che sei bella. A dire la verità l'avevo sempre pensato, ora però, a differenza di allora, te l'ho detto. Avresti potuto rispondermi solo grazie e sarebbe finita lì. Mi sbaglio?».

«No non ti sbagli, ma quelle cinque lettere hanno avuto un effetto devastante e non riesco a capirne il motivo. Non so, forse perché è un momento particolare della mia vita, uno di quelli in cui si è molto sensibili ai complimenti. Sei riuscito ancora una volta a toccare quel punto che mi fa vibrare, ci sei riuscito ancora ad anni di distanza e non mi riesco a spiegare come tu riesca. E l'hai fatto in un modo semplice, del tutto inusuale. Sembra sempre che tu sappia quello di cui ho bisogno, ora come allora, più di me stessa. Quel *bella* mi ha colpito in fondo. Se poi aggiungi che con te mi sono sempre divertita un sacco; be' sarebbe stato davvero impossibile risponderti solo *grazie*. Mi sei arrivato dentro e mi hai fatto emozionare alle lacrime».

«Anche tu riesci ad emozionarmi».

«Mi basterebbe essere capace di regalarti un centesimo di quello che mi fai provare tu, perché ti assicuro che è davvero bello. Ho tante domande, tanti dubbi: è passato del tempo e tu rispunti così dal nulla, mi dici che sono bella, che volevi dirmelo da tanto e in cinque giorni siamo qui a parlare di noi. Non so cosa mi preoccupi, forse la voglia che ho di raccontarmi fa letteralmente a pugni con il timore, con la paura di farmi male nel lasciare i fianchi scoperti, guardandomi troppo dentro e scoprendo, magari, che non mi piaccio.

Volevo ricominciare a scrivere sai? Lo dicevo qualche giorno fa ad un'amica che avrei voluto comprare una Moleskine per non perdermi più nulla, per lasciare un segno su carta di ciò che vivo, di quello che mi succede. Scrivere le emozioni che mi regala un tramonto, un libro o un gesto di Emma. E l'ho comprata, proprio il giorno prima che tu mi scrivessi. È lì, ancora incellofanata sul mio comodino e spero che rimanga intatta ancora a lungo, semplicemente perché mi piacerebbe scriverli a fuoco nella mia testa e nel mio cuore quei pensieri e condividerli con te».

«Non voglio farti soffrire, dico davvero Martina. Però hai ragione. È vero, ti chiedo scusa, ho sbagliato a tornare dal nulla e dirti che sei bella. Ti ho detto l'unica cosa che avevo voglia di dirti, la più vera. La più semplice ma anche la meno opportuna, ed ho sbagliato. Però non sarei stato in grado di dirti nient'altro, non avrei potuto chiederti come stavi o cosa hai cucinato in tutti questi anni.

Non conoscevi questa persona, non ero così allora e non lo sono diventato adesso. Non voglio farti male, non voglio lasciarti i fianchi scoperti. Vorrei semplicemente appoggiarci le mani, cingerli e sentire le tue sui miei, punto. Se la paura ti frena, se continui a chiederti il perché di mille cose, perché sono tornato e le ragioni per cui io ti veda così bella non sarai mai abbastanza attenta per sentire le mie risposte o capire i miei silenzi».

«Non ho detto che hai sbagliato. Dico solo che le azioni hanno delle conseguenze. Io mi faccio delle domande, mi piace farle anche a te. Se il livello è così profondo è perché lo vogliamo noi ed è così terribilmente facile perché non ci sono barriere e filtri. Dimmi per quale motivo sei sparito, perché sapevi di emozionarmi e perché ti emozionavo? È questo il motivo?».

«Anche».

«Ed ora? Sei sicuro di voler restare?».

«Sì, se tu mi vuoi sì».

«Sono sincera, temo che tutte queste belle sensazioni possano finire presto. In realtà, una parte di me sa già perfettamente che sarà così».

«Decidiamolo insieme, Martina. Io e te non dobbiamo dimostrarci nulla, non dobbiamo fare nulla».

«Sì hai ragione».

«In questi giorni, in tutte queste righe siamo vivi. O no?».

«Molto».

«Allora fai semplicemente quello che ritieni più giusto, per te per la tua vita».

«La questione è proprio questa. Quello che è giusto per me non è giusto per la mia vita. Per fortuna oggi non c'è il mio capo. Non sto combinando nulla e in più mi gira la testa».

«Come mai? Troppo caldo?».

«No, magari fosse il clima. Sarebbe sufficiente aumentare l'aria condizionata. Qui le temperature non c'entrano nulla, purtroppo. Sono le emozioni. Troppe, tutte insieme. Dai mi calmo un po', tento di respirare. Mi allontano qualche minuto e vado a prendere una boccata d'aria, tento di ossigenare il casino che ho in testa».

«Posso fare qualcosa per aiutarti?».

«No niente, considerando che sei stato tu a crearlo! Giuro che ti menerei!»

«Ah grazie, ottimo. Saperlo mi rincuora».

«Vabbe' comunque sappi che, dopo averti menato, ti abbraccerei».

«Ok allora non oppongo resistenza, mi prendo i pugni in attesa dell'abbraccio. E ti abbraccerei anche io. Forte».

«Grazie».

«Che risposta noiosa e banale».

«Stronzo».

«Ridillo se hai il coraggio».

«Sei davvero uno stronzo».

«Dai facciamo la pace, tanto poi lo so che ti manco».

«Ti manco anche io, non fare il duro. Giuro che se ci facciamo male ti odio».

«Io ti odio già; semplicemente perché mi fai talmente bene che non ne sono abituato. Ti odio anche perché vorrei volerti bene come invece so di non poter fare.»

«E io invece ti voglio bene. Anche se non vorrei, perché so che non dovrei.»

2.

Mi sveglio nel cuore della notte. E come spesso accade sono disorientato ed accaldato. Non accendo la luce, allungo soltanto il braccio alla ricerca del cellulare. Non guardo l'ora. Il PC è già acceso, mi collego subito a Facebook per vedere se mi hai scritto. E infatti ecco la tua buonanotte:

«So che è tardi, starai dormendo e io non voglio svegliarti. Non voglio interrompere il tuo sogno più bello, spero di essere già lì con te e di esserne la protagonista. Continuo a guardare alcune foto sul tuo profilo. Prima ti vedo in bianco e nero in una foto di qualche anno fa, poi a colori in un primo piano bellissimo che ha, come sfondo, il mare. Quegli occhi mi commuovono, tutte le volte che li guardo mi lasciano senza parole. E senza parole mi addormento al tuo fianco. Buonanotte, Christopher».

Sorrido. C'è ancora la televisione accesa, devo essere crollato. Mi metto seduto sul bordo del letto. I miei piedi nudi non percepiscono il contatto con il pavimento e le gambe urtano una bottiglia di vetro facendola cadere. Il cartone della pizza e la birra, presi la sera precedente nella rosticceria sotto casa, sono ancora lì. Con un piede tento invano di staccarmi un pezzo di mozzarella rimasto attaccato sotto all'altro. Mentre mi strofino il viso penso al sogno appena concluso: ero seduto da solo davanti alla televisione, su un divano particolarmente comodo ed accogliente. Forse stavo cercando un programma capace di tenermi compagnia, che potesse attirare la mia attenzione, incuriosirmi. Qualcosa di diverso dalle solite parole senza senso, magari una voce o una musica da tenere in sottofondo per rompere il silenzio assordante della mia casa. Ricordo la sensazione che mi dava il telecomando tra le mani: lo sentivo pulsare. Ed io lo consumavo possedendolo con forza fino al momento in cui si fermò all'improvviso. Lì sulle immagini vive, colorate e nitide di un concerto. Ascoltavo la musica che, piano piano, si faceva spazio dentro di me, le parole che col passare del tempo acquistavano un senso e i giochi di luce che entravano nel mio salotto, illuminandolo a giorno. Incrociai le gambe, posai sopra dei fogli e iniziai a scrivere. Desideravo immortalare quel momento. Avevo una strana sensazione, come se stessi raccontando un momento particolare, unico, di cui io ero stato parte. Tuttavia non era così: in quel posto, in quell'occasione, io non c'ero proprio stato. Il luogo lo conoscevo molto bene: era lo stadio San Siro di Milano. Quante volte sono stato seduto sulle sue gradinate in vita mia? Un migliaio forse, ma in quell'occasione particolare ne sono sicuro: io non c'ero. E allora di cosa stavo scrivendo? Cosa avrei voluto raccontare? Scrivere è leggere in se stessi, è vero, ma è anche immaginare, tentare di capire ciò che le persone possono pensare, provare e sentire. Di sicuro, a quel concerto, saranno andate tante persone che conosco. Provai allora a chiudere gli occhi immaginando di essere lì con loro, a dare un senso ai miei pensieri. Scrivevo talmente veloce da anticipare quasi le immagini. Diventai una *stupida quindicenne*, una delle tante presenti quella sera. Che in realtà, però, proprio stupida e quindicenne non è. Mi sentivo leggera, viva, accanto a me le mie amiche ballavano e si scatenavano. Indossavamo dei braccialetti colorati: gialli, verdi, rossi, viola. Stavamo bene ed eravamo felici tutte insieme. Faceva caldo, tanto caldo. Le birre allontanavano la sete e contribuivano ad abbattere le barriere. *In questa notte fantastica* non ci potevano essere, non dovevano esserci. *Ti porto via con me,* pensai. Il cielo su Milano era bello, mancavano solo la *pioggia* e il *vento* ma c'era tanto *sangue nelle vene.* Eravamo belle tutte noi insieme e non perdevamo occasione per abbracciarci e fotografarci. Ci sentivamo fortunate, ci *stavamo regalando un sogno*. Ognuna di noi aveva la sua, ma tutte le nostre storie si ritrovavano in quelle parole in quell' *ombelico del mondo* in cui ci piaceva trovarci più strette e unite che mai. E il mio pensiero da quindicenne stupida volava da un ragazzo. Non riuscivo a vederne il volto ma sapevo perfettamente che mi conosceva come nessun altro. Sapevo che mi guardava, che mi desiderava, che mi pensava. Non dovevo sforzarmi nemmeno a trovare le parole o il modo per farmi sentire. Lui ne era cosciente, sapeva che questa era la *vita che sognavo da bambina*. E nell'aria vibravano le parole che avrei voluto ascoltasse e che avrei voluto scrivere per lui:

E c'è una parte della vita mia
che assomiglia a te.
Quella che supera la logica,
quella che aspetta un'onda anomala.

3.

«Buongiorno Martina, scusami per ieri sera. Devo essere crollato davanti alla TV e ho letto tardi la tua buonanotte».

«Buongiorno a te Christopher, oggi arrivo tardi in ufficio. Mi sono presa tre ore di permesso, sono in giro con Giorgio a fare un po' di shopping. Gli ultimi acquisti prima della partenza! Non ti preoccupare per ieri sera, avevo immaginato. D'altronde alla tua età è abbastanza normale crollare presto...».

«Simpatica...ma sappi che nonostante l'età mi tengo in forma. Io sono nel mio triste ufficio ma stamattina mi sono svegliato presto e ho fatto una lunga pedalata. Ora però ho le gambe a pezzi, spero che spengano le luci nel reparto geriatria e mi facciano finalmente riposare».

«Ahahahahahaahahah. Non solo sei vecchio, sei pure matto. Sei una delle pochissime persone che riesce a farmi ridere sempre. Ho dovuto leggere il messaggio a Giorgio perché mi vedeva ridere come una scema. Ti adoro. Spero che il tuo compagno di stanza non russi!».

«Non è che ridevi come una scema: tu sei scema! Come ha fatto Giorgio a non accorgersene prima?».

«Con lui ho sempre mascherato bene, con te non riesco! Comunque sei davvero un fenomeno! Se ti fermi un po' in ospedale posso venire a trovarti?».

«Temo mi trattengano qui alcuni giorni per studiare il caso. Puoi venire quando vuoi, ti aspetto. Avviso subito la caposala che riceverò visite».

«Se non vuole mi arrampico dalla finestra».

«Tranquilla, è stata accondiscendente. Ha detto ok, a patto però che tu salga con l'ascensore della palazzina numero due. Lì c'è uno specchio molto più grande e le foto vengono decisamente meglio».

«Ottimo, fatti dire bene però come sono le luci. Non in tutti gli ascensori vengo bene! Ora che ci penso sono già due giorni che non te ne mando una!».

«Se mi spieghi che tipo di luci preferisci cerco di procurarle. Che siano forse quelle da sala operatoria? Guarda che vado immediatamente al piano seminterrato. Dovrebbe essere occupata per un intervento a cuore aperto ma dirò loro che si tratta di emergenza! Mi faccio aiutare da signor Luigi, quello della camera 45, credo si stia annoiando come me. Ah, dimenticavo un dettaglio importante: Luigi è innamorato della caposala».

«Avrei bisogno delle luci calde, ma non importa. Tanto sono bella di mio. Lasciali lavorare in sala operatoria; piuttosto dimmi del signor Luigi, sono curiosa. Quanti anni ha? Che ci fa lì? E la caposala è sposata?».

«Indicativamente potrebbe avere 80 anni, ma è difficile dare un'età alle persone innamorate e lui lo è davvero. Si è confidato, parlandomi dei suoi sentimenti, ed io sono sempre più convinto che l'amore non faccia poi così bene. Non ha affatto una bella cera. Ma forse questo accade solo quando si ama una caposala. Lei si chiama Nunzia, ma tutti la chiamano Nazzarena. Preferiscono usare il suo secondo nome, dicono sia più bello. Lei sostiene di averne anche un terzo, ma nessuno ha avuto il coraggio di chiederglielo. Neanche Luigi. Non è affatto una brutta signora. Ha i capelli color turchino, sotto il camice bianco indossa quasi sempre calze contenitive, sempre smagliate tra l'altro, e zoccoli di legno dai tacchi consumati. Luigi mi ha confessato di volergliene regalare un paio con il pelo, per farla stare al caldo nelle notti di servizio invernali. Gli ho detto che non è necessario, che per me i peli li ha già di suo sui piedi. Credo non abbia capito la battuta, allora gli ho detto che era una bella idea. Nazzarena è vedova, di seconde nozze però. Le prime non erano andate bene. Il signor Battista, il suo primo marito, nonché primissimo fidanzato, l'aveva lasciata per un'avvenente quarantenne. Ora credo non sia impegnata. Almeno sentimentalmente intendo. Per il resto è impegnatissima: legge continuamente riviste di gossip e fa le parole crociate facilitate. Le fa a penna, nonostante io le abbia suggerito più volte che sarebbe decisamente meglio usare una matita. Quindi già dalla prima definizione combina casini. Credo se le inventi. Questo però non voglio dirlo a Luigi. Ci rimarrebbe male. Ho appena curiosato nella sua cartella clinica. Ha 35 anni. L'ho detto io che l'amore fa proprio male.»

«Povero Luigi, Nazzarena non potrà mai ricambiare il suo amore, anche se spero di sbagliarmi. Gli hai raccontato di me? Ehi, scherzi vero quando dici che l'amore fa male? Jovanotti dice che l'amore è una trappola, ma io non voglio crederci, almeno, non sempre! Certe volte ti libera e ti senti una favola».

«Forse hai ragione, Nazzarena non amerà mai Luigi. Ma sai che ti dico? A lui credo non interessi. A lui basta amarla, lo fa sentire vivo. Non gli interessa più di tanto essere amato, preferisce amare.

A loro ho detto solo che sei bella. Che sei arrivata in un momento particolare in cui avevo un bisogno impellente di dire quello che pensavo.

Gli ho detto che sei un arcobaleno, che rappresenti tutti i colori insieme. E che a me non bastano mai. Che vorrei poterti avere sempre accanto, in tutti i momenti. Gli ho detto che in ogni messaggio, in ogni e-mail, in ogni pensiero trovo sempre una gradazione diversa e nuova. E l'arcobaleno prende sempre più forma.

Gli ho detto che mi piaci sempre di più, che la tua bellezza è rara. Speciale. Una bellezza luminosa. Gli ho raccontato che sorridi, che sai farlo in un modo unico. Ho chiesto loro di chiudere gli occhi poi gli ho descritto le tue mani, i tuoi occhi, i tuoi capelli. Sono sicuro che quando arriverai ti riconosceranno senza che tu dica nulla. E saranno felici di portarti da me dicendomi: è arrivato l'arcobaleno».

«Mi emozioni, arcobaleno non me l'aveva mai detto nessuno. È una bellissima immagine e non so se la merito. Quello che vedi tu sono io? Non lo so davvero. Certe volte tutti quei colori che vedi, io non li distinguo. Però mi piace l'idea, vuol dire che esisto, che sono viva. Cerco sempre di non essere scontata. Non voglio finire in qualche stupida statistica, voglio essere diversa dalla media. Non meglio, non peggio. Diversa. C'è una canzone dei Negrita che dice *mi piace scivolarvi fuori da ogni calcolo.* Ecco, mi piacerebbe essere così, una che scivola fuori dai calcoli. Che non sta negli schemi, che non vuole essere etichettata, definita. Vorrei sapere quali altri colori inventerai, cos'è cambiato nella tua vita con la mia presenza. Io non sono arrivata da sola. Sei venuto a prendermi. E a me ha fatto bene essere ripescata da chissà dove. Mi aiuti a tirare fuori quello che era sopito. La voglia di usare le parole. La voglia di non dare nulla per scontato. La voglia di dire alle persone quanto sono importanti. È questo che mi sconvolge. Come hai fatto? Mi fai bene e lo sai. Spero che tutto questo faccia bene anche a te, lo spero tanto.

Il modo di guardare il mondo è importante. Può fare la differenza. È come svegliarsi presto al mattino. È lì che ci sono le cose belle, quando tutti dormono».

«Quanto mi piace leggerti. Sei davvero un bellissimo arcobaleno, sono contento di vederlo e poterlo ammirare. Nelle giornate di sole e in quelle di pioggia. Al crepuscolo e all'alba. Sempre. Sei tutti i colori che voglio. Sei semplicemente bella. Sei semplicemente *te*».

«A volte, se non fossi certa che sei sincero, mi verrebbe da pensare che tu sia un fake del cazzo! Un adulatore, ma so che le cose che scrivi le pensi davvero e mi fa piacere. Mi piace essere un arcobaleno! E sai anche cosa mi piace? Essere *te*. In realtà pensavo di essere *io*, ma è molto bello essere *te*. Voglio essere *te*, ma solo se tu sei *io*.»

«Mi va bene, Io sarò *io* senza problemi se tu sarai *te*. E insieme saremo *io e te*».

4.

«Come procede la nottata? Sono già passate le infermiere?». «Abbastanza bene a parte Ernesto che parla nel sonno e Luigi che gli risponde. Io ho perso a ramino con Nazzarena. E tu? Cosa ci fai sveglia?». «Che bella compagnia che siete!! Io ho una figlia insonne; rischio di non sopravvivere, ma ce la farò. Domani voglio venire a trovarti:devo conoscere Luigi». «Inizio ad essere geloso di questo Luigi. Ci sono anch'io, non pensi più a me? Comunque Luigi è in terapia intensiva. Stanotte ha tentato il suicidio. Voleva soffocarsi, si è mangiato una lettera che aveva scritto lui stesso: era indirizzata a Nazzarena. Era una lettera molto cruda e diretta, ha deciso di farlo dopo che, verso le 01.43 l'ha vista da dietro a culo scoperto piegata sulla scrivania con le calze a metà cosce che ripeteva il nome di Alfonsone. Luigi non era a conoscenza del fatto che Alfonso è l'infermiere corpulento del quarto piano, l'incaricato della puntura quotidiana per la sciatica della Nazzarena. Insomma tutto un grosso equivoco, ma lui non ha retto la scena e a nulla sono valse le nostre spiegazioni». «A volte le storie che ti inventi mi fanno paura. Non essere geloso di Luigi, lo sai bene che mi appassiono alle storie difficili. Sono preoccupata per te, mi dispiace saperti in ospedale. Anche se con tutta la fantasia che hai sono sicura che troverai il modo di non annoiarti! Pensi di uscire dall'ospedale per venerdì 19? Vorrei pranzare con te».

«Penso di sì, ma ho solo un'ora di pausa pranzo. Sai com'è...lavoro».
«Uffa, io il venerdì ho il pomeriggio libero. Non credo faccia cosi bene lavorare, diserta!».
«Temo di non poter disertare, purtroppo».
«Allora sai che ti dico? Che ci toccherà vederci mentrc tutti dormono, proprio quando ci sono le cose più belle!».
«Mi piace!».
«Anche se poi, in realtà, è sempre così. Tutte le volte che ti scrivo, che ti parlo, che ti penso e ti sogno il mondo è fermo. Immobile. Dorme».
«Sei bella, Martina».
«Punta la sveglia, ci vediamo alle 5.00. Una mattina tra il 15 e il 19 luglio. Andiamo a vedere l'alba in piazza del Duomo. Passo a prenderti io!».
«Ci sto!».
«Sono contenta. Mi rendi felice. Sogni colorati Christopher».

19 giugno 2013, ore 6.15

«Sei sveglio Christopher?».
«Bella domanda, non saprei dirlo con esattezza. Sono ancora a letto ma vorrei essere sdraiato al sole su una spiaggia deserta a cullare i miei pensieri».
«Stai attento: a volte il sole brucia. A cosa pensi? Vorrei poter leggere ogni tuo singolo pensiero».
«Ma tu li conosci i miei pensieri! Te ne ho sempre parlato. Penso a tante cose. Anche che il sole brucia, ma che alla lunga non può fare male».
«Pensi a tante cose? È proprio per questo che temo di perdermene qualcuna».
«Tu pensa semplicemente che ti voglio bene. Così non ti perdi nulla. Tutto il resto ci gira attorno».
«Ok, mi accontento della risposta».

«No, mai fare finta. Dimmi, cosa non ti convince?».

«Non c'è nulla che non mi convinca, solo volevo ascoltarti. Tra una settimana parto, Christopher, e ho sensazioni strane. Ho voglia di staccare un po' la spina da tutto e di passare del tempo con Giorgio ed Emma ma so anche che mi mancherai. Mi mancherà non poterti scrivere sempre. Avrò tanto tempo per pensare e non so se sia un bene o un male. Dobbiamo ancora parlare dell'amore, della vita, della morte. Dobbiamo ancora parlare di tante cose io e te, e andare via ora mi sembra quasi un tradimento. Mi dispiace».

«Ehi non dire sciocchezze. Ti aspetto, magari andrò via anche io qualche giorno. Saremo al mare entrambi e, anche se distanti, vivremo le stesse emozioni. E sarà bello ritrovarsi per raccontarci tutto. Lo faremo, vero?».

«Sì Christopher».

«Martina sono felice di averti ritrovata».

«Anch'io sono felice. Anche se mi devo organizzare per tante cose».

«Per cosa devi organizzarti?».

«Per avere un amico così speciale come te, anzi come *io*».

«Non devi fare nulla se non essere semplicemente *te*. Io ci sono sempre. O almeno faccio il possibile per esserci. Ti voglio bene Martina».

«Sorriso, grande :)».

19 giugno 2013, ore 09.15

«Ehi Christopher, sei già in ufficio? Dai dimmi di sì, ho voglia di parlarti. Devo darti una notizia bellissima».

«Eccomi ci sono, dimmi tutto».

«Stasera vado al concerto di Jovanotti, l'ho saputo solo ora; le *WonderGirls* mi hanno trovato un biglietto».

«Le *WonderGirls?* E chi sono? Stasera c'è il concerto di Jovanotti? Non lo sapevo nemmeno...».

Christopher risponde, ma il suo pensiero vola al sogno della notte precedente quando si era ritrovato in uno stadio gremito, a cantare e ballare, circondato da stupidi quindicenni. Che Martina lo stia prendendo in giro? Ma come può sapere del sogno? Non ricorda di avergliene parlato.

«Certo che vivi proprio in un mondo tutto tuo, eh! Com'è possibile non saperlo? Lo sanno tutti, chiedi a chiunque! Stasera ore 21.00 stadio San Siro».
«Ok chiederò a chiunque, promesso! Sono contento per te, mi piace saperti felice».
«Sono davvero eccitata. E vado con le persone più speciali del mondo...avrei voluto parlartene con calma. Lo faccio ora: le wondergirls, anzi le WonderGirls in maiuscolo (altrimenti non rende l'idea) sono un gruppo. Un gruppo di donne. Sei donne per l'esattezza. Ci siamo incontrate per caso in un luogo non ben definito. La rete è magica. Eravamo tutte incinte. Avremmo tutte partorito da lì a poco. Ci confrontavamo sulle cose classiche di una gravidanza. Come va, come stai, come ti senti, hai le gambe gonfie? Poi sono nati i bambini e il confronto è proseguito. Ci siamo conosciute ed è nata un'amicizia speciale. Non siamo solo mamme. Siamo donne intelligenti, interessanti, con le palle. Donne che vanno oltre. O almeno ci proviamo, continuamente. Parliamo di tutto: sesso, figli, libri, medici e anche cazzate.
Facciamo le *WonderGirls* semplicemente perché siamo *WonderGirls*. Siamo molto diverse tra noi, ma ci sentiamo sempre libere di dire quello che pensiamo, di essere quello che siamo. Ci vogliamo bene, un bene profondo e privo di invidie. Ci diamo consigli, ci asciughiamo le lacrime e condividiamo i sorrisi. Viviamo in luoghi più o meno lontani ma ci sentiamo vicine.
Vorrei raccontarti tutto di ognuna di loro, ma non ora, magari prima o poi le conoscerai di persona. Stasera ci trasformeremo tutte in splendide quindicenni, ci scateneremo. Avremo ai polsi i nostri improbabili

braccialetti colorati che ci fanno sentire unite. Mi sento di nuovo una liceale. Ed è bello. Mamma mia quanto è bello!».

Christopher ripensa alle singole parole utilizzate da Martina. A quella sua euforia, a quella sua voglia di scatenarsi e divertirsi. Pensa ai braccialetti colorati e alle stupide quindicenni. Come sono possibili tutte quelle analogie con il sogno appena fatto? Come può sapere ogni singolo dettaglio di quelle immagini? Com'è possibile che si possa verificare nella realtà una situazione così assurda? Chiude gli occhi, fa un grosso respiro e riprende la conversazione senza fare il minimo accenno al sogno.

«Dio mio, se non fossi stata tu a parlarmene, avrei davvero avuto paura di un gruppo di donne così. Invece mi fanno tenerezza, mi ispirano simpatia. Lo ammetto però, le donne simpatiche, quelle che ti fanno ridere sono pericolose. E quelle intelligenti ancora di più. Vorrei conoscerle tutte, parlare con loro. Ascoltare mentre parlano dei loro figli, delle loro vite. Vorrei conoscere qualche segreto e cosa si augurano per il futuro dei loro figli. Poi i loro sogni, i loro progetti. Di me non direi niente. Lo sai che sono di poche parole. Aggiornale tu se vuoi».

«Certo che gli parlerò di te. Stasera mi farò la più grande scopata collettiva del secolo. Sessantamila orgasmi contemporanei. Respirerò forte. Respira anche tu. L'ossigeno dà alla testa e ti senti euforico. È bello, meglio della cocaina. Credo».

«Tu respirerai sicuramente a pieni polmoni. Quelle belle boccate d'ossigeno che fanno così bene al cervello e al cuore. Io senza di te, senza leggerti in qualsiasi momento, faccio invece una gran fatica a respirare».

«Ti bacio Christopher».

«Ti bacio Martina».

Sono in macchina sotto casa. Rischio di addormentarmi, volevo solo dirti che è stata una bellissima serata. Ti ho pensato tanto. Ho vibrato, mi è venuta la pelle d'oca, ho pianto. Le emozioni volavano alte, ho gridato per azzerare le distanze, stasera più che mai. Il cielo su Milano era bello, mancavano solo la pioggia e il vento ma c'era tanto sangue nelle vene. Eravamo belle noi. Tutte insieme e non perdevamo occasione per abbracciarci e fotografarci. E ci sentivamo fortunate, perché ci stavamo regalando un sogno. Ognuna di noi aveva la sua storia ma in fondo tutte le nostre storie si stavano ritrovando in quelle parole, in quell' ombelico del mondo in cui ci siamo trovate più strette e unite che mai. *Il nostro ombelico del mondo.* E il mio pensiero da quindicenne stupida volava da te, Christopher. Non ti vedevo ma sapevo perfettamente che eri lì con me, a meno di un centimetro di distanza, ad osservarmi e sorridermi. Tu che mi conosci come nessun altro, che mi desideri e che mi pensi continuamente. Non devo fare fatica a trovare le parole, nemmeno il modo per farmi sentire. Non devo sforzarmi, tu lo sai, sai perfettamente che questa era la vita che sognavo da bambina. E quando ha cantato *bella* ho pensato a *io e te* e a quelle cinque fottutissime lettere.

E nell'aria vibravano le parole che avrei voluto sentissi e che avrei desiderato scrivere per te:

E c'è una parte della vita mia
che assomiglia a te.
Quella che supera la logica,
quella che aspetta un'onda anomala.

Buona notte Christopher.

«Buongiorno wondergirl. Anzi, WonderGirl maiuscolo. Così ti sembra di essere più importante».

«Vaffanculo».

«Ma vaffanculo tu cazzo!».

«Sai che sei davvero uno Stronzo? Anzi, uno stronzo minuscolo. Così ti senti un po' meno importante».

«Sei ripetitiva, me lo avevi già detto. Ricordi? Già esaurita la fantasia?».

«Ti avviso che non ho voglia di litigare, tantomeno in chat».

«Capisco che tra shopping, concerti e preparativi per le vacanze tu sia stanca e affaticata».

«Ti sembra il modo di iniziare una giornata? Se vuoi farmi del male sappi che ci stai riuscendo».

«Mi devi tenere testa, lo faccio solo per allenarti. Non voglio che arrivi mai nessuno che ti distrugga senza che tu combatta».

«Non voglio allenarmi, faccio fatica e sono pigra».

«Serve per il futuro. Quindi impegnati e niente domande. Fidati e basta».

«Perché dovrei fidarmi?»

«Perché sì».

«*Perché sì* non è una risposta».

«Perché sei davvero importante per me, Martina».

«E il semplice fatto di essere importante per te cosa mi garantisce? Niente».

«Che avrò sempre rispetto dei tuoi sentimenti. Che custodirò gelosamente e proteggerò tutte le tue emozioni».

«Non credo sia possibile. Magari le intenzioni sono buone ma poi la realtà è sempre diversa».

«Come lo sai? Come puoi realmente sapere che non sarà così?».

«Semplicemente perché ci sono anche i tuoi sentimenti di mezzo».

«Tu non pensare ai miei, pensa ai tuoi. *Mo chuisle*».

«Che cosa vuol dire *mo chuisle*?».

«Troppo complicato, cancellalo. Fai come se non avessi detto nulla».

«Voglio saperlo!».

«È un termine gaelico. Significa mio tesoro, mio sangue. Viene utilizzato in *Million dollar baby*. Clint Eastwood è un anziano allenatore, un po' burbero, che inizia ad allenare una giovane ragazza. Non le insegna solo a boxare e difendersi, ma anche a ritrovare se stessa, a vivere e sopravvivere. Insomma cerca di farla sorridere, di renderla felice. Tra di loro, col tempo, nasce un sentimento pulito, libero e privo di secondi fini, rivolto esclusivamente alla ricerca di emozioni intense e al superamento di limiti e paure. Anche quella di comunicare e condividere. E la chiama così: *mo chuisle*. Tutto qua».

«Tutto qua? Ti sembra poco?».

«No, assolutamente no».

«E io a cosa mi sto allenando?».

«A ritrovare ciò che, per un motivo o per l'altro, hai perso. Quello che sei nel profondo».

«Credo che sarà un lavoro lungo, Christopher. E soprattutto molto duro».

«Meglio, non ho voglia di annoiarmi e ho tutto il tempo che vuoi».

«Ma non potevo incontrare uno per strada, farmi una scopata e far finire tutto lì?».

«Certo che avresti potuto. Ti può ricapitare tutti i giorni a dire la verità. Può succedere stasera quando torni a casa, domani mattina o quando sarai in vacanza!».

«Non credo, ma sarebbe più facile. Sarebbe decisamente più semplice che gestire la mia voglia continua di condividere quello che sono e quello che vivo con te».

«Allora perché non lo fai se è più facile?».

«Semplicemente perché non ho bisogno di scopare con uno che incontro per strada, lo faccio già bene con chi ho a casa».

«Cosa cazzo c'entra se lo fai già bene a casa? Anche a casa mangi da Dio ma a volte vai al ristorante, o sbaglio? E non paragonare quello che c'è tra di noi con una scopata con il primo che passa. Non farlo mai!».

«Non fraintendermi, non lo sto paragonando. Il nostro rapporto non è lontanamente paragonabile ad una scopata con uno sconosciuto. Ho detto solo che sarebbe più facile vivere un'avventura che inizia e finisce senza portare con sé un coinvolgimento emotivo. Hai capito?».

«No».

«Ti sto dicendo che mi coinvolgi, che mi stordisci, che mi viene voglia di raccontarti di me senza freni. E questo è più complicato da gestire. Ieri ho detto a Giorgio un mio pensiero, che se il paradiso esistesse per me profumerebbe di mirto. Si è messo a sorridere e mi ha guardato strano, ho anche fatto finta di arrabbiarmi perché mi prendeva in giro».

«Hai fatto bene, fa sempre scena fare finta di arrabbiarsi, molto più che arrabbiarsi veramente».

«Se l'avessi detto a te cosa avresti risposto?».

«Boh forse che sarebbe stato bello e che mi sarebbe piaciuto sentire quel profumo».

«E se te lo avesse detto la tua fidanzata?».

«Le avrei detto che sicuramente era così e le avrei proposto di andare insieme a scoprire tutta quella bellezza!».

«Sei tanta roba Christopher, tanta roba davvero. Dimmi come mi definiresti in una parola».

«Sei una finestra. Da dove si può ammirare il mondo. Ed io, fino ad oggi, ho guardato attraverso quei vetri, ma da fuori. Mi piacerebbe prenderti per mano e osservare insieme il panorama dall'interno. Ho voglia di tè, Martina. Va bene *earl grey*?»

«È inutile che fai lo scemo, lo so benissimo che quel tè di cui hai voglia sono io, anzi *te*».

«Vero. E tu di me quindi non fare la fighetta e non te la menare».

«Non me la meno, ma mi stai tremendamente sul cazzo. Ti odio per come sei».

«Lo so che non mi sopporti. Puoi chiuderla quella finestra, puoi rendermi il panorama invisibile mettendo una bella tenda scura».

«Quella finestra, a differenza della tua, è sempre stata aperta. E aperta vuole restare. E chi vuole vedere il panorama con me è sempre il benvenuto. Infatti, se non te ne sei ancora accorto, al di qua è sempre pieno di gente. Il problema è che tu non solo sei entrato senza chiedere il permesso, hai anche spaccato il vetro».

«Puoi sempre sbattermi fuori».

«Puoi sempre andartene tu, la strada la conosci. Mi sembri portato per scappare, una volta in più o in meno non dovrebbe scalfirti».

«È vero, non amo particolarmente la gente. Non avevo voglia di mettermi in fila per vedere il panorama. Ho rotto il vetro per fare spaventare tutti e poter restare un po' da solo con te, perché l'ambiente aveva bisogno di essere messo a posto».

«E tu chi sei per dirlo? Era tutto in ordine, non c'era casino. Era molto più a posto di quanto lo sia adesso. E il panorama che si poteva vedere era bello. Guarda, guarda che danno hai fatto. Ci sono pezzi di vetro ovunque».

«Stai mentendo, non trovavi più niente in quel casino ed è da troppo tempo che fingi di stare bene».

«Hai fatto un corso accelerato di psicologia questa notte? Avresti potuto dirmelo, non sarei andata al concerto e avrei partecipato anche io. È tutto al proprio posto ed io sono sono esattamente dove devo essere. E tu non sei il centro del mondo, Christopher».

«Hai ragione, io sono semplicemente il centro del mio mondo. Sei circondata da gente che ti vuole bene, che crede di sapere alla perfezione le tue coordinate. Dove sei, cosa fai e come stai. Sai cosa ti dico: se ti perdi? Saprebbero davvero dove venirti a trovare? Io so che ci arrivo con o senza navigatore, in una giornata luminosa di giugno o in una buia e nebbiosa di novembre. Sì, penso che tu sia circondata da un sacco di gente ma che nessuno sappia realmente ciò che sei. Ed è un peccato».

«Perché mi stai dicendo queste cose?».

«Perché la tua finestra, se proprio vuoi sentirtelo dire, non aveva senso messa lì così. E ho deciso di rompere il vetro perché tu, dietro quella finestra, non ci stavi bene».

«Non era interessante guardarmi da fuori? Non ti bastava?».

«No non mi bastava. Vedevo una ragazza gentile, sensibile, attenta, sempre disponibile e sorridente. Poi ho pensato che la mia vicina di casa non era poi così diversa. Anche lei aveva tutte quelle qualità. Io e te però c'eravamo scambiati pensieri ed emozioni. Non avevo voglia di mettermi in fila e aspettare. Perché credo tu sia bella e voglio davvero starti vicino. Perché mi piaci».

«Lo so che ti piaccio. E mi piaci anche tu, tanto. Sai cosa vorrei ora? Appoggiare la testa sulle tue gambe e farmi accarezzare i capelli».

«Ti assicuro che sei sdraiata qui vicino a me ora, e ti accarezzo i capelli mentre ti sussurro che ti voglio bene».

«Ti voglio bene anche io. Anche se so che ci faremo male».

«Perché?»

«*Perché sì.*»

5.

25 giugno 2013

Ci siamo. È il giorno della mia partenza. Il giorno tanto atteso è arrivato. Non so dire esattamente quello che provo. Dovrei essere contenta di allontanarmi un po' ma, sinceramente, ho paura. Non mi piace pensare di non voler trascorrere del tempo con Giorgio ed Emma. No, non se lo meritano proprio.
È solo che già ora sento la sua mancanza, e nei prossimi giorni questa sensazione sarà ancora più forte. Mi mancherà tutto di lui: la sua presenza continua, la sua voglia di ridere, le sue attenzioni. Mi mancheranno i nostri continui scambi, il nostro cercarci ovunque.
Ieri sera ho fatto l'amore con Giorgio e per un secondo ho pensato a Christopher. È successo. Probabilmente perché mentre si fa l'amore si è più scoperti, più vulnerabili e grazie a lui sto migliorando, sono di nuovo leggera e serena. Qualunque ne sia il motivo, non mi sento in colpa.
Non l'ho detto a Christopher perché so che prima o poi se ne andrà. Sì allontanerà: una storia così non può durare per sempre. Rischia di farsi male, io non voglio farlo soffrire.
Se prova per me davvero quello che credo, alla lunga sarà impossibile starmi vicino. Io non lo sopporterei a letto con un'altra donna, non ce la farei proprio.
Non voglio dirglielo, ora, è ancora troppo presto. Non voglio se ne vada ora. Sono egoista, lo so.
Avevo fatto anche uno scatto speciale per lui, ma non gliel'ho inviato. Non era la solita foto, una di quelle che gli mando tutti i giorni dall'ascensore dell'ufficio, ogni volta con

una smorfia diversa. Ero appena uscita dalla doccia, indossavo l'accappatoio e avevo i capelli tutti bagnati. Mi piaceva il mio viso rilassato, ancora un po' arrossato dall'acqua calda. E so che sarebbe piaciuto anche a lui. Però mi sembrava idiota mandargliela, un po' da stronza esibizionista.

E allora mi sono sdraiata sul letto e ho ripensato a tutto quello che è successo in questi giorni, a tutti i pensieri e le emozioni che insieme abbiamo condiviso. A come mi sento e a come sono cambiata.

Non so dove ci porterà tutto questo, in realtà non credo di essere in grado nemmeno di capire da dove sia partito. Sono disarmata di fronte a lui, mi fido di tutte le sue parole e di ogni singola attenzione che mi rivolge. Nel mio egocentrismo di merda mi sento bene.

Ed è una droga, è una droga sentirmi dire che sono bella. Una droga che mi sta aiutando a tirare fuori un'altra parte di me, una parte che pochissimi conoscono, forse nessuno.

Io mi ricordo esattamente come mi sentivo cinque anni fa. Mi alzavo al mattino con il suo pensiero, con il desiderio di ricevere sue notizie dall'altro capo del mondo. Avevo voglia di giocare, di ridere, di chattare.

E io mi divertivo, mi divertivo da matti a cercare di superarlo, di vincere nei nostri giochi stupidi. Mettevo tutta me stessa per superare quel cervello folle che si ritrovava. Nessuno aveva mai giocato così con me.

Eravamo due pazzi, già allora sulla stessa linea d'onda. Non facevamo male a nessuno, ogni tanto maliziosi, ogni tanto no.

Ci scambiavamo anche dei pensieri più profondi, qualche volta forse abbiamo anche litigato.

Ed ora eccoci qua, sempre uguali, ma diversi.

Non mi sento sbagliata però ho paura, se qualcuno me lo chiedesse non sarei in grado di spiegare quel che vivo. Faccio fatica a capirlo anche io, come potrei spiegarlo a qualcuno?

Io non voglio assolutamente abbandonare la mia vita perché la amo, l'ho scelta, la sto costruendo giorno per giorno. Amo mio marito, adoro mia figlia, ma ho anche bisogno di tutto questo.

Ora come ora non sono affatto sicura che mi tirerei indietro se lui provasse a baciarmi.

È per questo che non ne parlo con nessuno, anche se vorrei far capire alle mie amiche quanto è bello svegliarsi una mattina con una mail che celebra un sogno, con una e-mail che elenca una serie di motivi. E quella mail è per te, quei motivi sei tu.

È totalmente un altro mondo, un altro pianeta. È la parte sinistra dell'emisfero del cervello che non ha filtri e regola le emozioni.

Non potrà essere sempre così intenso, lo so. Spero davvero con tutta me stessa che in tutto ciò troveremo un equilibrio, mi piacerebbe pensare che lui possa diventare una presenza fissa della mia vita. Una presenza di cui non aver paura, perché le emozioni che mi regala sono fottutamente forti.

A volte vorrei dirgli che lo amo, ma come faccio a spiegargli che tipo di amore è?

Ti amo non vuol dire sempre la stessa cosa.

Io non lo so cosa siamo insieme. Non siamo amici, non siamo amanti, non siamo conoscenti. Non riesco a classificare il nostro rapporto e a dargli un nome.

Quello che so è che ci sono due parti di noi che combaciano e hanno voglia di combaciare. Queste due parti stanno bene insieme in un mondo a metà tra il reale e il virtuale, tra la terra e il cielo. Si cercano, si esplorano. Parlare con lui per me è una scoperta continua. Mi sento me stessa senza nessuna maschera e nessun trucco e tranello. E non so perché con lui è stato così facile spogliarmi.

Me lo chiedo in continuazione ma a questa domanda non ho risposta.

Sapevo che sarei arrivata a provare queste sensazioni. Lo sapevo dal primo fottutissimo giorno. Lo sapevo perché anni fa ero emozionata la prima volta che l'ho visto e sapevo dell'intesa che c'era tra di noi. La conoscevo, e mi ricordavo benissimo quanto stessi bene con lui.

Vorrei che fosse sempre esistito, da prima, da prima di prima. Una presenza fissa, come il sonetto 16 di Shakespeare: *un faro sempre fisso che sovrasta la tempesta e non vacilla mai.*
Un porto sicuro. Sarebbe stato questo per me: un porto sicuro.
Però, nella vita le cose capitano, per fortuna.
Io non voglio rinunciare a lui, vorrebbe dire rimettere a tacere quella parte di me che solo lui riesce a far venire fuori senza fatica.
Mio Dio, ho trentacinque anni, una vita che tutte le mie amiche mi invidierebbero. Ma lui mi fa sentire una ragazzina. E a me piace. Ho ancora tante cose da fare e quella parte di me non vuole tornare a tacere. Vorrei riuscire a continuare in questo modo, senza fargli del male. Anche se in realtà so perfettamente che gliene sto già facendo.
Mi prendo tutto quello che mi dà, tutto.
E oggi ho voluto da lui un impegno, una promessa che è al tempo stesso uno scambio.
21 grammi ciascuno. Mischiati. Gli ho chiesto di vederci, una mattina tra il 15 e il 19 luglio. L'ho fatto dopo aver letto una sua e-mail ricevuta due mattine prima. L' oggetto era: e*cco perché mi piaci* e conteneva semplicemente un elenco di motivi.
A Christopher piaccio perché sono la A, l'inizio della sua giornata, perché sono bella e colta. Perché sono donna con la D maiuscola. Perché sono femmina, perché sono come lui.
Perché sono lacrime e sorrisi, anche contemporaneamente.
Perché sono mamma e sono preziosa.
Perché sono la notte in cui vorrebbe perdersi e la luce che lo scalda.
Perché sono Z, la fine della sua giornata.
E pensare che lui non poteva essere a conoscenza, che proprio la sera prima avevo chiesto a Giorgio: «Mi ami?».
E lui mi aveva risposto: «Sì certo che ti amo».
Allora gli avevo chiesto: «E ti ricordi perché mi ami?».
E lui quasi imbarazzato: «Perché sei tu».

174

Ecco, poche ore dopo questo scambio con mio marito era arrivato lui dal nulla con una e-mail che ogni donna vorrebbe ricevere. È per questo che non posso permettermi di perderlo.

A me Christopher piace perché è vero, perché non usa mezzi termini e perché non è così forte come vuol far credere.

Mi piace perché si prende cura degli altri per non prendersi cura di se stesso, perché è spiritoso, intelligente e matto da legare.

Mi piace perché ride alle stesse battute a cui rido io, perché legge in fondo le cose e perché fa sempre qualcosa che mi sorprende.

Mi piace perché so per certo che sarebbe capace di tenermi abbracciata per ore a guardarmi.

Mi piace perché è intraprendente, perché la vita non lo spaventa e mi sostiene.

Mi piace perché sento il ticchettio dei suoi pensieri anche quando non mi parla.

Mi piace perché è capace di emozionarsi e quando avviene non si vergogna a dirmelo.

Mi piace perché il bambino che c'è in lui non si è spento, perché non si arrende.

Mi piace perché è responsabile.

Mi piace perché non mi dà mai per scontata, mi piace perché trova sempre le parole giuste anche quando fanno male o non mi piacciono.

Mi piace perché è talmente folle che al mio ritorno sarà in piazza Duomo all'alba con me.

PARTE SECONDA *bis*

L'INCONTRO (il ritorno a casa)
16 luglio 2013

1.

Le auto sono ferme, immobili nel traffico; alcune in attesa che scatti il verde al semaforo, altre che aspettano che la signora con le borse della spesa attraversi la strada. Qualche metro più avanti un taxista urla e gesticola ad un lavavetri insistente che si appresta a fare il suo lavoro, non richiesto. Io cammino svogliato senza sapere esattamente cosa fare e dove andare. Sono disorientato. Se mi volto, al di là di quei palazzi, posso vedere ancora le guglie e la Madonnina. Ho appena salutato Martina, sono sceso dalla sua auto senza avere la forza e il coraggio di dirle quello che avrei vuoto. Di venire via con me, di lasciarsi prendere la mano, di lasciarsi baciare ancora a lungo. Di farsi amare.

Osservo distratto le macchine. Quasi tutte portano una sola persona. Una mano sul volante e l'altra sul cellulare. Mi sembra di vederli nell'etere, tutti quei messaggi indirizzati a mariti, genitori, amiche e amanti.

«Amore sto tornando, tra mezz'oretta sono a casa», potrebbe scrivere proprio quella donna sulla trentina a bordo della Fiat Panda blu.

«È stato bellissimo e tu sei stata favolosa...spero di rivederti presto. P.S. Ho ancora il tuo profumo addosso», il messaggio dell'elegante cinquantenne sulla BMW nera inviato alla sua segretaria (prima di tornare a casa dalla moglie).

Chissà quanti racconti, quante storie e dettagli queste persone si stanno inviando per raccontarsi la giornata che sta per concludersi. Mi chiedo dove staranno andando tutti. Chi a casa a riabbracciare i figli, chi al ristorante per una cena di lavoro, qualcun altro magari ad una partita di calcetto o al cinema.

Decido di avviarmi lentamente verso casa, sento il bisogno di fare una passeggiata. C'è una bella luce, molto rumore che arriva dai clacson e da qualche stereo che suona musica reggae proprio in mezzo a gruppi di amici seduti sull'erba; in uno dei tanti prati di parco Sempione. Lo percorro tutto, attraversandolo. Sono stanco, ma non abbastanza per non osservarne i dettagli: una coppia di anziani che si tiene a braccetto, entrambi vestiti decisamente troppo pesanti per la stagione, ma che sembrano non soffrire il caldo. Allungo lo sguardo e vedo ragazzini sudati che indossano magliette di squadre di calcio dai colori improponibili. Che tirano gli ultimi calci ad un pallone prima di risalire sulle loro bici abbandonate per terra e tornare a casa per cena. Due mamme chiacchierano e sorridono spingendo le loro carrozzine. Una ragazza pedala lasciando intravedere, dallo spacco della gonna, le lunghe gambe lisce e abbronzate.

Mi fermo ad una di quelle fontanelle verdi con lo scudo crociato rosso e bianco, lo stemma di Milano: bevo e metto la testa sotto l'acqua. Ho bisogno di reagire.

Ho in mano la lettera di Martina. Non sono riuscito a metterla in tasca, volevo tenerla stretta, sentirla tra le dita. Cammino lungo un viale alberato, alla mia sinistra, a poche centinaia di metri, l'Arco della Pace mentre a destra, in lontananza, il Castello Sforzesco e, molto più vicino, un campo da basket dove dieci ragazzi si sfidano in una partita con parecchie spettatrici interessate.

Arrivo a casa senza ricordare il tragitto appena percorso, le strade scelte. Una sensazione che mi capita spesso in autostrada, quando durante un viaggio mi fermo per una sosta. Non ricordo nulla degli ultimi chilometri percorsi e non mi sembra possibile aver guidato in quello stato, quasi incosciente; di aver superato macchine, guardato cartelli stradali e magari anche cantato le canzoni che suonavano nei CD. Ho fatto tutto in uno stato di completa assenza.

Entro in casa, mi spoglio, mi asciugo il sudore con la maglietta prima di buttarla per terra e mi tolgo le scarpe: adoro la sensazione dei piedi a contatto con il pavimento freddo. Mi dirigo in cucina, più precisamente verso il frigorifero, prendo una bottiglia di birra ghiacciata, mi siedo sul divano e do due sorsi. Butto all'indietro la testa, chiudo gli occhi e sospiro. Apro il foglio che ho ancora stretto in mano e inizio a leggere, questa volta ad alta voce, senza paura di non riuscire a farcela:

«Sai già perfettamente ciò che ti voglio dire. Quello che non sai, forse, è quello che non ti vorrei dire. Ma visto che non sono sicura di volertelo dire davvero, allora te lo scrivo. Siamo arrivati, si scende: il treno è arrivato in stazione. Non ho voglia di scendere, ma è come se qualcuno mi spingesse, mi tirasse. Ecco: mi stanno tirando giù a forza. Però devi sapere che non si scende mai del tutto da un treno come questo. Non è possibile, non lo è per me. Voglio che tu sappia che ho amato tutto di te, ogni fottutissimo dettaglio. Ho amato le tue risate, le tue parole, il modo in cui hai immaginato di fare l'amore con me. Ho amato i tuoi silenzi, le tue emozioni, la tua voglia di raccontarti senza filtri. Il tuo modo di tenermi per mano, la tua forza, la tua fragilità. Avrei voluto amare anche tutte quelle parti che non mi hai mostrato perché non ce n'é stato tempo, perché abbiamo corso troppo, perché il tuffo è stato così profondo da non avere quasi il tempo di tornare in superficie: troppo ossigeno o troppo poco, danno alla testa e tu mi hai dato alla testa. Grazie per quello che sei, per quello che sei stato con me. E non mi dire che non devo ringraziarti, ho semplicemente voglia di farlo. Non so cosa succederà adesso, non so se avrò la forza di lottare per far sopravvivere la Martina che hai conosciuto tu o se tornerò dov'ero prima. Non lo so. Questo viaggio è stato importante per me. È un viaggio che non avevo mai fatto. Per questo fa così male: mi sento morire e le lacrime non bastano a placare il dolore. Spero che tu possa essere felice, felice davvero. In qualsiasi parte del mondo, con qualsiasi donna tu scelga al tuo fianco. Vorrei tanto essere sicura di questo, vorrei che tu iniziassi a prenderti cura di te, dei tuoi 21 grammi. Vorrei tanto poterlo fare io, ma adesso non posso. Mi manchi già, mi manchi tanto. Facciamo una promessa: non perdiamoci. Non possiamo più stare lontani, non ci siamo riusciti la prima volta e tanto meno potremmo riuscirci ora. Lasciamo il nostro pianeta lì dov'è, dove io e te siamo veri. Non siamo mai stati dei fottutissimi fake. Non lo siamo e non lo saremo mai quindi

possiamo tornare lì quando vogliamo, quando ne sentiamo il bisogno. E vorrei davvero che un giorno lo facessimo. Questo è tutto quello che non ti dirò mai a voce, ma che ora sai. Comunque Imany non ha ragione. Ti ho fatto sapere ciò che provo per te, tutto quello di cui avevo e avrei ancora bisogno da te. Ti ho amato, Christopher, di un amore non convenzionale, un amore da romanzo a quattro mani, un amore sincero e profondo, un amore che nessuno è in grado di capire, ma a me basta che lo capisca tu».
Te.

PARTE OTTAVA

L'AMORE
07 agosto 2013

1.

Seduto all'aperto in uno dei tanti bar nelle vicinanze del mio ufficio, penso a questi due mesi appena trascorsi, a quanto di bello mi ha regalato la vita.

Cappuccino e cornetto sul tavolino di legno davanti a me insieme a due libri, che sto leggendo contemporaneamente. O meglio, che sto leggendo ad intermittenza.

È da parecchio tempo che non leggevo due libri insieme e devo dire che non è male, anzi, mi piace. Ogni volta che li apro, devo prima concentrami, ripensare ai personaggi e alle storie evitando di confondermi con le diverse trame. Devo stare attento ai dettagli e ricordarmi i particolari, i protagonisti, i loro caratteri. È il modo migliore per immedesimarsi appieno nelle loro vicende e relazioni, l'occasione per chiedermi come mi comporterei se fossi nei loro panni.

Il segnalibro me l'hai regalato tu, è uno di quelli di carta, con l'elastico di tessuto da un capo all'altro. Lo guardo mentre apro il libro: è bianco e sopra c'è una scritta in giallo: *chi non ride mai non è una persona seria*. Sorrido contento di essere una persona seria, anzi, serissima, perlomeno quando sono con te.

A pochi passi da me, una di fronte all'altra, le fermate del tram numero 14, in quel tratto di strada pavé che rende via Broletto e molte altre vie di Milano così affascinanti, ma al tempo stesso così odiate da noi ciclisti. Sono ancora poche le persone che entrano ed escono dalle porte sbuffanti di quei tram che tra poco si trasformeranno in luoghi infernali dove le temperature raggiungeranno picchi elevatissimi e dove sarà impossibile mantenere l'equilibrio. Insomma, il solito tram tram quotidiano per centinaia di migliaia di persone.

È presto e io devo entrare in ufficio alle 09.00. Non guardo l'orologio, ma potrei giurare che non siano ancora nemmeno le 07.30. E pensare che me la sono presa comoda, fermandomi dieci minuti in riva al laghetto del parco per osservare un'anziana signora che dava del pane secco a due cigni e tre papere. O tre cigni e due papere (non ricordo esattamente). Mantengo lo sguardo perso nel vuoto mentre giro ripetutamente il cucchiaino nella tazza per un numero indefinito di minuti. Sono due mesi che tento di rendere più dolce la mia vita. Che tento con tutto me stesso di vivere come piace a me: intensamente, gustandomi ogni singolo momento, cercando di percepire al massimo tutte le emozioni. Esattamente come mi fai sentire tu. La quantità di zucchero però è sempre quella, non cambia, non posso farci nulla. Posso continuare a mescolare all'infinito, ma non diventerà mai più dolce di così. Dovrei avere altre bustine di zucchero, ma con la vita, purtroppo, non funziona così. E quindi? Mi accorgo di essere così concentrato a mescolare il cappuccino, che quando decido di berlo è freddo e molto lontano dalla mia idea di *buono*. Non sono nemmeno capace di gustarmi un cappuccino! Mi sveglio dal torpore e butto lo sguardo e i pensieri altrove. Avvicino le labbra alla schiuma e riconosco il sapore: è quello dei nostri baci in macchina dopo le nostre colazioni così vicino a quel Castello che non rappresenta più solo il simbolo di una città, ma che è diventato la nostra dimora per quanto lo conosciamo bene.
Quante cose non saranno più le stesse di prima, quanti luoghi non saranno più semplicemente luoghi. Oggi, ad esempio è mercoledì, ma non è un mercoledì come tutti gli altri e mai potrà più essercene uno uguale. Questo mercoledì è molto di più di un semplice giorno, di una qualsiasi fottuta settimana.
Rappresenta tutto quello che siamo io e te, Martina. Io e te insieme, noi. Abbiamo aspettato tanto questo momento. Abbiamo parlato per giorni interi, ci siamo conosciuti, abbiamo sognato insieme. Abbiamo fatto l'amore con le parole, ci siamo baciati. Ma entrambi sappiamo che questo

mercoledì è diverso e lo sarà sempre. Come del resto sappiamo che non è normale darsi appuntamento per amarsi, decidere di viverci mezza giornata dalle ore 14.00 alle ore 18.00 come un classico turno di lavoro pomeridiano, come se fosse un gesto meccanico equivalente alla timbratura cartellino nel badge aziendale. Forse non faranno mai un film romantico su noi due, la nostra storia non sarà mail il filo conduttore di un romanzo rosa. A noi non importa.

Non ho troppe certezze, ma di una cosa ora sono sicuro: io e te insieme siamo talmente belli che Londra, Roma, New York, Pechino, Mosca, Atene, Johannesburg, Rio de Janeiro o qualsiasi altra città nel mondo prima o poi ci dedicherà una sua via.

Ho voglia di scrivere e inizio a farlo buttando giù velocemente tutto quello che mi viene in mente senza un ordine preciso. Scrivo su un semplice foglio di carta che diventerà il biglietto di un regalo che ti darò oggi. Prendo la penna, sposto la tazza, butto via le briciole e allontano uno dei due libri, il più voluminoso. L'altro lo metto sotto il foglio di carta e inizio a scrivere:

«Ce l'ho fatta: ti ho iscritto. E desidero dirtelo oggi, darti oggi quel regalo per il tuo compleanno, quella piccola promessa che mi ero fatto un po' di tempo fa: metterti nelle condizioni migliori per scrivere, farti conoscere qualche scrittore che ti possa aiutare, dare consigli, indirizzare verso ciò che ti piace fare. Verso ciò che a mio a mio avviso, fai già benissimo. È un corso di scrittura creativa. E voglio dartelo oggi, voglio essere al tuo fianco per guardarti, osservare la tua espressione sorpresa, i tuoi occhi che si illuminano. Sì lo so: è un regalo strano ma è qualcosa di dovuto per quello che siamo io e te. Ho pensato a lungo a qualcosa di prezioso da regalarti, qualcosa che avrebbe potuto contribuire a farti sentire viva. Qualcosa che avrebbe potuto essere anche un po' nostro. Non è stato poi così difficile scegliere. Tu sei come me e questo regalo, se tu lo vorrai, sarà nostro. Oggi sono accanto a te e ci starò ancora per molto tempo anche se non in questo modo semplicemente perché quello che ci lega non si può spezzare. Le nostre mani sono fatte per stare insieme, i nostri occhi per guardarsi, le nostre menti per capirsi senza

parlare, i nostri cuori per amarsi. Con questo regalo ti do una
grande responsabilità. Non solo dovrai tenere viva te ma dovrai
trovare anche il modo di far sopravvivere noi, io e te insieme.
Nei modi e nei tempi che vorrai, ma dovrai farlo. So che ne sei
capace, mi fido di te. Nulla di noi deve andare perso. Parole ne
abbiamo dette tante, scritte ancora di più e molte altre ne
pronunceremo ancora. Mettile tutte in un romanzo. Scrivi di noi,
sarà bello ed emozionante rileggerci.
Ora lasciamo spazio ai baci, agli abbracci, a tutto quello che ci fa
volare lontano. In alto.
Sei bella.
Ti amo Martina, non scordarlo mai...
Io».

Inserisco la data e il luogo e piego in due il foglio. Sul retro
scrivo una frase letta qualche giorno prima: s*crivere è*
leggere in se stessi.

Non ci sbagliavamo allora, io e te insieme non ci sbagliamo
nemmeno adesso. Le nostre sensazioni non ci deludono mai.
Me ne accorgo quando ti vedo arrivare sotto casa mia.
Un'altra volta. Sei sempre più bella.
Non posso non dirtelo, ancora. La maglietta vista in una foto
inviata direttamente dal camerino prima di comprarla ti sta
d'incanto. Ti guardo. Finalmente posso farlo con calma. Mi
si scaldano gli occhi e il cuore. Il mio sguardo si perde su di
te. Da questo momento sei mia, solo mia. E i miei occhi
devono farti sentire bella come non mai, sensuale,
desiderata, amata, protetta, posseduta. Devono farti sentire
quanto sei importante. Martina, sai una cosa? Non è facile
amare tanto una persona e sapere che ogni volta può essere
l'ultima. Oggi, questo mercoledì, fa ancora più male.
Perché so che stanotte, domani, sempre, vorrò vedere quei
tuoi occhi felici, vorrò sentirti ansimare in un orgasmo che
mi riempie, che mi fa godere insieme a te. Perché so che
stanotte, domani e sempre vorrò dirti quanto sei bella e
sussurrarti quanto ti amo addormentandomi addosso a te.
Penso tutte queste cose in una frazione di secondo, che però

sembra eterno. E non ti dico nulla perché avrebbe poco senso farlo. Quanto è difficile stavolta.

È da pazzi andare lentamente, consapevolmente verso una cosa che ti farà inevitabilmente soffrire. A volte penso che non sia giusto e mi vien voglia di urlare, ma mi trattengo. Allora scarico l'amore che ho, tutto l'amore che posso, sfiorando il tuo corpo, coccolandolo, quasi consumandolo. Tu sei mia, sei il mio amore. E non può essere solo per oggi. Il modo in cui ti amo, il modo in cui tu mi ami è unico, il nostro amore eterno. È questo il motivo delle lacrime, degli abbracci. Sapere di amarsi così tanto; sempre e per sempre, con la stessa passione, delicatezza, sensibilità, ma doverlo fare a distanza, fa male.

«Vado dritto?».
«No, devi andare di là».
«A destra?».
«No! Altrimenti avrei detto a destra. Devi andare di là».
«Ah, ok».

Andiamo nel posto che abbiamo scelto, una suite all'ottavo piano di un hotel ultramoderno del centro, dalle cui finestre è possibile ammirare tutta Milano. L'ingresso è imponente, camminiamo mano nella mano sulla passatoia rossa come fossimo divi di Hollywood alla notte degli Oscar. Il maître all'ingresso ci saluta educatamente, forse felice per l'assenza di bagagli. Tutto quello di cui abbiamo bisogno siamo solo noi.
Ci avviciniamo al desk e non siamo per nulla imbarazzati quando la receptionist ci chiede i documenti, nemmeno quando capisce che siamo due amanti clandestini costretti ad incontrarsi in una camera d'hotel. In fondo ha ragione, è così.
Saremmo potuti andare a casa mia. Ne avevamo anche parlato, ma abbiamo preferito un posto nuovo per entrambi, solo nostro. Ogni cosa con te dev'essere speciale.
Saliamo in ascensore, non riesco più ad aspettare e ti bacio mentre la mia mano cerca la tua. La porta si apre e

percorriamo un lungo corridoio buio prima di arrivare alla nostra camera. Apro, tu mi segui, sento il tuo respiro dietro me. Ti faccio entrare e chiudo il mondo fuori. Ci togliamo le scarpe e ci mettiamo comodi sul grande divano rosso. Ci abbracciamo mentre i nostri piedi nudi si sfiorano. Stiamo in silenzio, poi parliamo e poi ancora in silenzio. Ti consegno il mio regalo e bevo qualche tua lacrima prima di iniziare a baciarti, ovunque. Prima che le mie mani inizino ad accarezzare quel corpo così sensuale. Prendo il tuo respiro e tu il mio con baci che fanno girare la testa. Senza riuscire a staccarci, ci mettiamo più comodi sul letto e mentre cammino, sento i tuoi capelli sul mio viso. Accendiamo la nostra playlist per avere in sottofondo le nostre parole. Non smetto di guardarti mentre ti sfilo la maglietta, vedo il reggiseno bianco che ho scelto proprio io. Anche tu mi sfili la maglietta e guardi il corpo che proprio tu hai scelto.

I baci si fanno più intensi, le nostre lingue si esplorano, la passione aumenta. Le mani cercano zone nuove da esplorare, cercano il piacere e lo trovano in ogni centimetro dei nostri corpi. Ci spogliamo, senza guardare dove vanno a finire i vestiti. Come nei film. Ma il film, adesso, siamo noi. Restiamo completamente nudi, senza aspettare di sapere cosa il regista ha deciso per noi: conosciamo a memoria il copione, le battute, le pause. Adesso tocca a te, ed eccoti che scendi. Mi baci, inizi ad assaporarmi con avidità, con passione, cerchi con la lingua e le labbra la mia voglia. La senti, la gusti, la fai tua. Ti aiuti con le mani e mentre lo fai, mi guardi, dopo che ti ho spostato i capelli per ammirarti. Mi accarezzi, ovunque. Tocchi dolcemente anche le mie cicatrici che arrivano nell'anima. Lì dove solo tu sei riuscita ad arrivare. Ci guardiamo, in un modo difficile da spiegare. Ci stiamo amando, ci stiamo regalando noi stessi. Ti prendo sotto le ascelle e ti riporto con forza a me, voglio baciarti ancora, voglio che mi lecchi la faccia. I nostri sessi si sfiorano ma sappiamo che è ancora presto. Ci desideriamo da troppo tempo ma sappiamo che ancora non è il momento. Ci abbracciamo e sentiamo il nostro desiderio mentre ci giriamo. Prendo la tua mano e me la porto alla testa mentre mi abbasso. Ti bacio ovunque, mi soffermo su quei seni così perfetti e sodi. Le mie mani li modellano mentre la mia bocca e la mia lingua stuzzicano i capezzoli ormai turgidi. Mi concentro sull'ombelico e poi sui fianchi, ti lecco dappertutto. Continuo senza fermarmi mentre sento le tue gambe inquiete e inizio a sentire il sapore, il profumo del tuo sesso. Ti bacio le gambe, tutte. Prima la destra poi la sinistra. La tua mano lascia la mia testa e le tue braccia si allungano sopra la tua, mentre il tuo viso si piega leggermente a sinistra e ti mordi il labbro. Sento i tuoi respiri diventare piano piano più affannati. Arrivo ai piedi, mi inginocchio sul letto e bacio le tue dita, una ad una. Apri gli occhi e mi guardi. Mi guardi mentre ti lecco i piedi. Osservi il mio sesso eccitato davanti a te. Ti tocchi il seno mentre ti divarico le gambe lisce e tese e inizio a scendere lentamente. Ripercorro ogni centimetro in senso opposto e non smetto di baciarti e leccarti. Sento tornare la tua mano sulla mia testa e stavolta premi con forza, indirizzandomi sul tuo sesso. Inizio a bere, voglio gustarti, prendermi tutto il suo sapore. Stimolo il clitoride con la lingua e sento il tuo ventre muoversi, il bacino alzarsi. Esploro le grandi labbra per poi passare alle piccole e penetrarti con tutta la lingua. Ti arrivo ovunque, poi esco per raggiungere il perineo, dove mi soffermo e poco più sotto inizio a fare piccoli cerchi con la lingua. Con le dita inizio a penetrarti, sento il tuo calore ovunque, il tuo piacere che è anche il mio. Torno a stimolarti il clitoride aspettando insieme a te l'orgasmo. Lo aspettiamo insieme e quando lo sentiamo arrivare, esplode così forte e potente che non riesci a fare altro che urlare e io mi impegno a placarti. Una mia mano sul tuo ventre e l'altra sul tuo sesso, entrambe immobili, cercano la quiete, mentre il mio viso tutto bagnato riposa tra le tue gambe.

Lasciamo passare qualche minuto in silenzio, sentendo le nostre canzoni fino al momento in cui vuoi baciarmi per sentire il tuo sapore. E io te lo ridò. E mangiamo le M&M's. Sorridiamo e parliamo. Ma il nostro desiderio è ancora forte, la voglia di unire finalmente i nostri corpi, porti il mio sesso voglioso a incontrare il tuo, più bagnato che mai. E ci amiamo, questa volta con tutta la dolcezza che conosciamo, con tutta la passione che abbiamo. Ci lasciamo andare senza inibizioni, per raggiungere quell'orgasmo che vogliamo sia simultaneo. E ci riusciamo:

«Ti amo Martina».

«Ti amo Christopher».

I nostri corpi si incastrano alla perfezione. Ora lo sappiamo. E ancora ci stupiamo dei brividi, delle emozioni, degli sguardi. Le parole sussurrate mentre i nostri corpi si desiderano, si cercano, si trovano, si incastrano e si amano. Non ricordo di avere mai provato qualcosa di simile. Non ricordo di essermi mai sentito così al posto giusto con la persona giusta. E di essere mai stato ricambiato in questo modo. Mai. È questo credo, è questo tra noi: sapere che ci amiamo davvero. Senza filtri, un amore intenso, vero come lo siamo noi.

Sapere che la persona che hai di fronte ti ama, si fida di te, ti vuole bene, ti rispetta, ti desidera è la cosa più bella che possa capitare. E a me è capitata. E non oggi, non questo mercoledì. Da sempre e farò tutto il possibile affinché tu possa rimanere sempre così. Bella, di una bellezza disarmante.

Le ore a nostra disposizione sono volate. Dobbiamo salutarci e dividerci. Non è facile, ma dobbiamo farlo. Ancora una volta, anche se oggi sembra impossibile riuscirci.

Ti abbraccio e ti sussurro che non ti lascerò sola, che ti osserverò da meno di un centimetro. Sarò pronto a tenerti la mano quando penserai di non farcela. Amare vuol dire anche questo. Almeno credo, almeno spero.

Arrivo a casa e mi sdraio sul divano. Penso, continuo a pensare. Mi piace immaginare che le mie dita, le mie mani sappiano ancora di te. Adoro avere il tuo sapore addosso.

La notte trascorre lenta, sono le 03.15 e sono ancora sveglio, ma non è una novità. Rileggo centinaia di messaggi, tutte le nostre conversazioni. Ho voglia di scriverti, una voglia matta di chiederti di scappare, di tornare da me, di dirti che ho ancora una voglia tremenda di amarti. Ma non posso farlo e lascio che i miei occhi stanchi si chiudano.

Al mio risveglio, soltanto qualche ora più tardi, c'è ancora un buio innaturale. Eppure le persiane sono aperte. Osservo il cielo pieno di nuvole scure, forse ha voglia di piangere proprio come me.

Ho sete. Bevo di corsa, come se avessi appena attraversato un deserto, come se avessi la mia testa tra le tue gambe. Bevo e subito dopo mi accorgo di avere più sete di prima. Mi sento inquieto, potrei essere ovunque ma vorrei essere solo dentro di te.

2.

È mercoledì, finalmente. Ma non è un mercoledì qualsiasi, è *il mercoledì*. Quel mercoledì di cui ho sognato ogni istante, vissuto ogni paura, timore, desiderio. Un giorno che aspetto da tanto tempo. Mesi, anni...sono quattro, forse cinque. Non so esattamente, so solo che lo sento vivere dentro me che sembra una vita intera. La mia. Ormai sono talmente sottosopra da non avere più nessun giramento di testa, da farmi sembrare normali i pensieri più insensati, tipici di chi guarda il mondo a testa in giù. E non perdo occasione di dirtelo Christopher, non lascio più nulla al caso. D'altronde lo sappiamo bene entrambi: per noi i dettagli sono l'essenza, ci comunichiamo ogni singola sensazione, ma non perché sia un atto deciso a tavolino come quando si decide di andare dallo psicologo. In quel caso sei cosciente, racconti tutto. O meglio, racconti tutto quello che vuoi raccontare. Cerchi di capire da dove nasce un disagio, un problema, qualcosa che ti turba. Ma tra noi non è così. Noi lo facciamo semplicemente perché pensiamo davvero sia bello farlo, perché ci piace essere il centro di tutto. Ci piace conoscerci e riconoscerci, scoprirci e riscoprirci giorno dopo giorno. Spesso accade che l'indomani scopriamo le stesse cose del giorno precedente, altre volte notiamo particolari diversi e contrastanti. Quanto mi piace questa sensazione! È mercoledì e non è assolutamente un giorno come un altro, non può più esserlo. È tutto pronto. Ho organizzato la parte pratica in modo dettagliato, ma la cosa mi mette un po' d'ansia. Odio dire bugie. L'ipocrisia e la falsità sono da sempre miei acerrimi nemici, ma ora sono necessari. Voglio sentirmi viva, ho bisogno di vivere a pieno quella che sono. Voglio sentire sulla mia pelle quello che sentono le nostre anime. La mia e anche la tua. Non si tratta di fascino del proibito. Non è come rubare le caramelle che ti hanno detto di non mangiare. È molto di più: qualcosa di profondo, intenso, unico. È amore, non può essere che amore. Ma quello vero, quello con tutte le lettere maiuscole. Dalla prima all'ultima, dalla *A* alla *E*. Dalla *A* alla *Z*. Il primo pensiero del mattino e l'ultimo prima di sognarti. Mi sveglio presto, come è ormai consuetudine. Non riesco più a dormire molto. Mi capita sempre più spesso di svegliarmi nel cuore della notte e di avere bisogno di un contatto, un cenno, una carezza. E possono essere le tre, le quattro, le due o le cinque, che questi arrivano puntuali, senza alcuna richiesta esplicita, come se ci fossimo dati appuntamento, come se avessimo puntato la sveglia e sapessero che li sto aspettando. Non sono sensazioni che cerco nel mio letto, da mio marito, l'uomo che dovrebbe essere tutto e invece rappresenta poco in questo momento. Queste sensazioni arrivano da chilometri di distanza fisica e da un centimetro di lontananza reale, forse meno. Mi alzo, mi sento inquieta, non riesco proprio a stare a letto. Corro sotto la doccia e penso alla biancheria intima da indossare. In realtà ho già deciso, ho già le idee chiare. Deve essere qualcosa di intrigante, che mi piace, ma allo stesso tempo che mi faccia stare bene. Scatto una foto a due completini intimi che ho posato sul mobile del bagno.

Scrivo:

«Scegli!», premo invio e pochi secondi dopo:

«Bianco».

«Avrei comunque indossato quello».

«Lo so».

Sorrido, quasi nascondendomi dalla possibilità che qualcuno possa percepire quello che sto provando. L'emozione che pulsa nelle mie vene solo all'idea di scegliere un paio di mutandine e un reggiseno. So già come vestirmi, l'ho deciso giorni fa al negozio in centro. La maglietta ha ancora l'etichetta, come se anche lei aspettasse questo mercoledì. Le scarpe ovviamente sono sempre le stesse, i jeans quelli più scuri, che mi fasciano senza stringere, quelli che ti fanno dire ogni volta «Ehi ma lo sai che hai proprio un bel culo?».

Sì, perché anche questo è un dettaglio importante. Per te non sono i jeans che mi fanno un bel culo: è proprio il mio fondoschiena ad essere così. Cerco di sistemare i capelli, devono essere perfetti. Un filo di trucco che quasi non si nota. Mi specchio e mi vedo bella. Voglio i tuoi occhi addosso. Desidero che mi vedi bella anche fuori. Voglio essere bella solo per te. Faccio un lungo respiro e sento di stare bene, finalmente. Trascorro la mattinata in giro per negozi, cercando di occupare il tempo che sembra non scorrere per niente. Sono impaziente, vorrei che fosse già ora e tormentata perché so cosa mi aspetterà dopo. È il momento di andare. Adesso mi sembra di essere anche un po' in ritardo, forse troppo in ritardo sull'orologio della vita. Come se fossi fuori tempo. O forse no. Vorrei correre come quel giorno all'alba. Vorrei sentire la macchina volare, vedere il contachilometri schizzare mentre tutti dormono. Ma oggi non è possibile, sono tutti svegli. Anzi, credo che dormano pensando di essere svegli, non può essere altrimenti, perché se fossero svegli, si accorgerebbero di me, della mia ansia, della voglia incontrollabile che ho di te, della mia bellezza che vibra sotto i tuoi occhi. Strada libera, si va. Il cuore mi pulsa in testa, sento il desiderio che batte nel cuore, l'istinto che urla nella pancia. Ti mando un messaggio per dirti che sto arrivando, rispondi dicendomi che mi stai aspettando sotto casa. Arrivo. Sali in macchina. Un bacio, due, tre. Non riesco a staccarmi. Non voglio. Poi inizia il nostro solito rituale delle indicazioni stradali, un rituale che ci fa sempre sorridere: di qua, di là, destra o sinistra? Una domanda e una risposta che non significano nulla per il resto del mondo, ma per noi è sinonimo di affinità:

«Vuoi le M&M's?»
«Le ho già!»
«Davvero?»
«Sì».

Non so per quale motivo al mattino al supermercato ho pensato alle M&M's, forse sapevo che me lo avresti chiesto e non volevo farmi trovare impreparata. Sì, deve essere per questo. Saliamo. Ottavo piano. Camera 8o8. Un numero palindromo. Ed è anche la data del mio compleanno. La mia data. Entriamo e il mondo resta fuori. Non può accaderci nulla perché siamo insieme. Il resto del mondo non esiste, può esser sveglio o addormentato, ma a noi non importa. Esiste solo il qui e ora. Tutto il resto non ci interessa. La camera è spaziosa ed elegante. Ampie finestre ci regalano uno spettacolo incantevole dello skyline milanese. Ci sdraiamo sul divano rosso. Scopro che mi piacciono i divani rossi. I piedi abbronzati ci stanno alla perfezione. Non c'è imbarazzo, non c'è tensione tra noi. I nostri occhi parlano e sembrano dire «Eccoci qua. È il nostro giorno». Baci, carezze e poi un regalo. Un foglio piegato in una busta. Inizio a leggere. Sento le lacrime che vogliono uscire, un'emozione che sconvolge, la mente che non crede a quello che gli occhi leggono. In queste righe ci sono io, ci siamo io e te. I tuoi occhi mi scrutano mentre leggo, le tue labbra sfiorano la mia spalla. Volevi essere lì in quel momento, a guardare i miei occhi, a sentire i miei respiri, a leggere l'emozione sul mio viso. E sei lì. Chiudo la lettera e inizio a baciarti, dolcemente. I baci sono da sempre, per noi, il secondo modo di amarci, dopo le parole. Vorremmo spostarci nella stanza accanto per stare più comodi, ma i nostri corpi, pur muovendosi all'unisono, sembrano non riuscire a spostarsi da quel divano, come se fare quattro passi per cambiare stanza, potesse interrompere quell'idillio. Niente sarà più come prima dopo questo mercoledì, ne sono certa, nulla potrà essere uguale. Non sarò la stessa io, non sarai lo stesso tu. Non sarà più la stessa la nostra vita. Mentre questi pensieri invadono la mia mente, senza smettere di baciarmi, mi metti un braccio intorno alla vita e mi guidi verso la stanza accanto. Da quel momento, ogni attimo è una fotografia. E io ne scatto centinaia.

Imany che canta in sottofondo. Click.

Noi che ci abbracciamo forte. Click.

Io sopra di te. Click.

I miei capelli sul tuo viso. Click.

Tu mi togli la maglietta, io sfilo la tua. Click.
Il mio reggiseno bianco a pois. Click.
«Dio mio quanto sei bella». Click.
Passione. Click.
Dolcezza. Click.
I pantaloni che si sfilano, i nostri sessi che si sfiorano. Click.
La sensazione di poter volare. Click.
«Fammi scendere, fammi andare giù». Click.
Ti bacio con tutta la dolcezza che conosco. Ti assaporo con tutta la fame che ho. Le mie labbra umide, la mia lingua che esplora. Sento la tua mano che mi accarezza la testa e mi sposta i capelli. Click.
Sento tutta l'eccitazione di questi due mesi e la sento lì, tra le mie labbra. Click.
Bacio le cicatrici, le sfioro. Click.
Voglio un contatto con il tuo passato, scoprire le tue esperienze. Voglio la tua vita. Ci baciamo. Click.
Ancora. Click. Ancora. Click. E ancora. Click.
I tuoi sguardi che mi spogliano, quei tuoi sguardi da bambino. I tuoi occhi dolci. Click. Le nostre facce buffe. I sorrisi delicati, quelli maliziosi. Click.
Tu che ti mordi le labbra, la mia lingua che ti lecca appena può. Click.
Le mie mani sulla tua testa. La tua testa tra le mie gambe. Click.
L'eccitazione che sale ancora, la tua lingua che assapora ogni goccia del mio piacere, l'orgasmo che scoppia violento. Click.
Le mie gambe che stringono la tua testa per non farti andare via. I nostri corpi che vibrano. Click.
La tua mano che placa l'ondeggiare rapido e violento del mio ventre. Click.
Ho i brividi. Tu appoggiato su di me aspetti la mia quiete.
Dopo un tempo infinito e indefinibile, senza dire una parola, mangiamo le M&M's.
Ecco le pagine di un libro che parla di noi, scritto da noi.
Vaffanculo al mondo. Vaffanculo a tutti. La consapevolezza di avere l'anima gemella abbracciata a te e non avere la forza di trattenerla. Noi due sdraiati uno sopra l'altro. Noi che

proviamo le posizioni per dormirci addosso e in meno di un secondo ci incastriamo. Piano. Piano. Senza mani. Senza mani si vola. Tu sopra di me, i tuoi occhi nei miei. I miei nei tuoi. Una volta. Ti prego. Ancora una volta. *One more time.* Fino in fondo. Le mie gambe attorno a te non ti fanno muovere e ti spingono dentro di me. Mi manca il respiro. Mi sembra di toccare il cielo. Forse sono in paradiso. Ti prego, non uscire. Una volta ancora. Ti giuro che è l'ultima. Godo come non è mai successo in tutta la mia vita. Non voglio essere in nessun altro posto, se non qui. Torna la calma, dopo l'ennesima tempesta. Ed ecco che tornano i pensieri. Perché in una relazione senza filtri, un filtro è necessario. Maledetto. Ma non ho il tempo di dare spazio alla mia mente perché vedo il tuo sguardo cambiare, diventare predatore. Decidi, e io mi lascio possedere. Mi lascio guidare. Per una volta abbasso le difese e mi lascio andare. Voglio muovermi ascoltando il mio corpo. Chiudo gli occhi, concentro su altri sensi: tatto, olfatto. Sento le tue dita che mi esplorano. Ti sento dentro me. Sento il tuo piacere e percepisco che vuoi godere con me, contemporaneamente. Sincronizzati come da una vita a questa parte, senza alcuno sforzo, ci riusciamo. Ci muoviamo lentamente e siamo una cosa sola, un corpo solo. Il mio orgasmo arriva piano. Il tuo mi sta aspettando e quando sale, veniamo insieme, a lungo. Ho gli occhi chiusi e non riesco a vederti, ma ti sento. Non vedo il tuo viso, ma sento il tuo corpo caldo sul mio. Le tue mani mi avvolgono, il tuo respiro affannoso. Il tuo piacere dirompente. Siamo noi. Sdraiati nudi su un letto di un hotel, dietro lo schermo di un PC, al telefono. Sempre noi. Nudi. A meno di un centimetro l'uno dall'altra. Le parole che non ci mancano, i pensieri che non ci bastano. Quante volte ci siamo amati prima di questo mercoledì?

Mi sorridi poi guardi l'orologio. Il tempo passa e non ci è concesso gestirlo: non siamo padroni del nostro tempo. Non lo siamo mai stati, e ora lo siamo ancora meno del solito. Non possiamo proprio esserlo. Persa con lo sguardo a fissare un punto imprecisato del soffitto, sicuramente lo stesso che stai fissando anche tu.

Una doccia. La voglia di rifarlo ancora, di ricominciare tutto da capo, da quel tuo *sei bella*. Cinque fottutissime lettere. Sempre cinque lettere tra di noi, come in una dichiarazione d'amore. Dobbiamo andarcene. È l'ora di lasciarci. La coppia degli addii. Ormai, periodicamente ci diciamo addio, pur sapendo che non ci lasceremo mai perché siamo incrociati, incastrati, due pezzi di un unico puzzle. Perfetti. Non abbiamo mai avuto dubbi su questo. E io non posso tenere il mio biglietto, non posso portare a casa il mio regalo. Fa troppo male. Ti lascio al semaforo sotto casa. Non ci guardiamo, come sempre. Ci siamo rotti le palle di lasciarci. Dovremmo stare insieme, andare a cena e fare l'amore, tutta la notte. Invece ci lasciamo, ancora. Non ci guardiamo, il dolore dell'altro fa troppo male e fatichiamo sempre a nascondere ciò che sentiamo.

Parto e me ne vado, ma non scappo da te. Impossibile, non lo farò mai. Non ne sarei capace. Mai. E mi ritorna alla mente una frase di Karen Moning:

«ci sono persone che tirano fuori il peggio di te, altri tirano fuori il meglio e poi ci sono le persone rare, dalle quali diventi dipendente, che tirano fuori solo il più. Di te. Di tutto. Ti fanno sentire così vivo che li seguiresti dritto all'inferno, solo per drogarti ancora una volta di loro».

PARTE NONA

VIVERSI

1.

01 ottobre 2013

Christopher è stanco, la sua giornata è stata particolarmente pesante: tre conference call con la sede inglese e due colloqui con potenziali nuovi clienti lo hanno letteralmente stordito. A volte il suo lavoro è proprio noioso e renderlo stimolante diventa un'impresa difficile, se non impossibile. Lui cerca spesso di alleggerire il clima, affinché le ore trascorse in ufficio siano meno monotone e pesanti, ma Marco e Claudia non sono certo gli sparring partner ideali per sdrammatizzare. Il loro senso dell'umorismo è pari a zero e le uniche occasioni per fare due risate sono il coffee-break in compagnia di Evelyn e le telefonate con Martina. Con lei è sempre tutto semplice, divertente, leggero. Basta davvero poco per trasformare una conversazione normale in una splendida risata. Martina rappresenta il sorriso, la gioia, il pensiero più bello, una continua scoperta. E Christopher, che ha sempre creduto che l'amore non avesse senso se non corrisposto, ora, invece, sorride quando ci pensa. La ritiene addirittura una sciocchezza. Non le dirà mai che la ama per il modo in cui lei lo ama. A lui interessano i suoi sorrisi, la sua serenità. Non gliene frega niente se lei lo ama oppure no. Non è importante, non glielo chiederà mai.

Uscito dal lavoro puntuale, intorno alle 18.00, si dirige subito verso casa senza indugiare, come avviene solitamente, sulla solita panchina del parco a leggere. Appena entrato nell'appartamento, però, si rende conto di non aver voglia di fare nulla. Di mettersi a cucinare non se ne parla, né di sdraiarsi sul divano a guardare la televisione. Il frigorifero e la dispensa urlano vendetta ed è impossibile trovare qualcosa di commestibile da stuzzicare al volo. Potrebbe uscire a mangiare qualcosa, sperimentare qualche nuovo ristorante etnico o riempirsi di arachidi e patatine davanti ad una pinta di birra nel pub all'angolo. Quello di cui ha bisogno è scaricare un po' la tensione. Si cambia velocemente, decide di uscire di casa e rimontare in sella: una bella pedalata lo aiuterà sicuramente. Martina è fuori a cena con le amiche, non la sentirà fino alle 23.00, ora in cui lei lo chiamerà, uscita dal locale, per chiacchierare un po' durante il tragitto che la porta a casa.

Si dirige verso lo stadio per poi proseguire verso la montagnetta di San Siro: ha voglia di un tragitto diverso. Percorre la strada che ha fatto tante volte, da piccolo, quando con suo padre andava a vedere le partite di quella che sarebbe poi diventata la sua squadra del cuore, l'unica cosa nella sua vita che non aveva mai messo in discussione. Che bello il cielo a quest'ora, non fa per niente caldo ed è piacevole sentire l'aria fresca sulle gambe e sul viso. C'è chi cammina, chi corre e chi come lui pedala. Sembra che tutti abbiano voglia di sudare e faticare. Chissà per quale assurdo motivo! Magari per arrivare a casa distrutti, stravolti e crollare fino all'indomani mattina senza pensieri e senza parlare con mogli, fidanzati e amanti.

Impiega circa 45 minuti per completare lo splendido percorso, attraversando tutte le strade sterrate, che alternano salite a discese, proprio a ridosso di quelle autostrade che portano quotidianamente migliaia di auto verso il nord di un paese sempre in movimento. È strano vedere le auto così dall'alto, piccole come formiche, ferme e immobili nel traffico. Perché scappano tutti dalla città?

Ritorna piano piano verso casa, i muscoli delle gambe gli fanno male, ma è quel dolore che lo fa sentire vivo, soddisfatto di non essere rimasto a casa a poltrire. Nelle cuffie la solita musica, la colonna sonora che accompagna i suoi incontri con Martina. Gli è passata la fame, ma ha voglia di una birra ghiacciata e non vede l'ora di scolarsela prima di entrare sotto una doccia rigenerante.

Dopo pochi minuti, ancora bagnato e con l'asciugamano in vita, Christopher si sdraia sul divano mentre la televisione trasmette un vecchio film: *Via da Las Vegas*. Il suo sguardo si perde tra la poesia di quella scena d'amore, mentre il protagonista si lascia morire in un amplesso condito dall'eccesso di alcool nella città più illuminata del mondo. Christopher chiude gli occhi come Nicholas Cage e inizia a sognare. Nel sogno però non ci sono luci, ma buio. Non si vede nulla e il chiarore della luna, seppur bella e piena, serve a malapena ad illuminare il cielo e l'immenso mare intorno a lui. Tira un vento gelido. Lui, sopra un golfino rosso leggero, indossa soltanto una coperta rigida e pesante. Una di quelle che non si userebbero mai sul letto di casa e che non si offrirebbero mai ad un ospite per riscaldarlo. Una di quelle che si utilizzano per coprire gli scatoloni in solaio. Perché allora ce l'ha addosso proprio lui? Per quale motivo gliel'hanno data e soprattutto da chi l'ha ricevuta? Le sue gambe, magre e minute, sono nude e tremanti, i piedi tutti raggrinziti, a mollo nell'acqua da tante, troppe ore, senza le sue scarpe da ginnastica preferite, finite chissà dove.
Si accorge di avere freddo, sta tremando. Eppure i corpi vicino a lui sanno di sudore, emanano un odore così acre e pungente che nemmeno il forte vento riesce ad allontanare. È l'odore della paura, del terrore e della disperazione. Ha nove anni, ma sa leggere negli occhi delle persone il significato di quelle parole. È un bambino come tanti, sensibile e attento, allegro e simpatico. A differenza di altri, però, ha un talento particolare: è davvero bravo a contare. Lo è sempre stato fin da piccolo, era il migliore a scuola, il più bravo di tutti. Con la storia e la geografia non è mai stato un granché, ma la matematica gli piace da impazzire: adora le tabelline, le ripete continuamente; ama i giochi con i numeri, risolve problemi matematici che ai più sembrano impossibili. Ha una predisposizione naturale che però, questa notte, sembra sparita. Ora non ci riesce proprio, non

è in grado di contare quante persone lo circondino. Intuisce che sono tante dalle voci, dai pianti dei neonati, dalle urla degli adulti. Però non riesce proprio a contarle. Com'è possibile? Vede solo la luce dei loro occhi. Si ripete in continuazione di provarci ancora, che è semplice come lo è sempre stato. Deve solo dividere il numero totale degli occhi per due. Un gioco da principianti, davvero elementare per uno come lui. Eppure sembra ipnotizzato, non ci riesce. Gli risulta impossibile pensare a qualcosa, tranne al fatto di non sapere dove si trovi. Tra quante ore saranno sulla terra ferma? Vorrebbe essere nel letto di camera sua, come tutte le notti. Invece sente soffiare sempre più forte quel vento pungente, il rumore impetuoso del mare, la mano della mamma che stringe forte la sua. Aria e poi acqua. Mancano il fuoco e la terra.

Accade tutto in una frazione di secondo. Ecco il fuoco che divampa. Dovrebbero riuscire finalmente a scaldarsi, invece la gente si spoglia per buttarsi in acqua. Completamente nudi, spogliati anche di quei pochi stracci che indossavano fino a qualche attimo prima. Passano le ore nell'acqua fredda e ormai sente che sta per cedere. Da tempo non trova più la mano della mamma. Chi lo chiama, chi lo strattona, chi lo spinge, fino al momento in cui due braccia forti e possenti lo prendono e lo sorreggono. Non capisce nulla, ha solo una gran voglia di piangere. E dopo il fuoco arriva la terra. Sente che dovrebbe esserne felice. Sono tutti lì, sul molo. Gli fanno indossare vestiti che non gli appartengono. Vede tanta gente, ma nessuno con un viso conosciuto o familiare. Nessuno. Neanche i suoi genitori; eppure gli sembra così strano. Dove saranno? Sono stati proprio loro ad insegnargli a nuotare. Osserva uomini che portano sacchi blu. Tutti in fila, ordinati, precisi. Ne arrivano in continuazione, su quel pezzo di cemento tra la spiaggia e il mare. Ora dovrebbe essere più facile contare. Ci prova, ma non ci riesce ancora, anzi, in realtà stavolta non ha proprio voglia di farlo. Non vuole più contare, vuole dimenticare tutti i numeri che sente rimbombare nelle sue orecchie, esplodergli come bombe nella testa. Un uomo urla: «Sono

89». Poi un altro ancora: «Eccone un altro: sono 90». E poi 91, 92. Si tappa le orecchie per non sentirli, pensa ai discorsi dei suoi genitori, di qualche giorno prima. Pensa che vorrebbe essere nuovamente là con loro. Ricorda esattamente il peso delle parole che si scambiavano. La convinzione di non essere clandestini, ma profughi, anche se non conosceva il significato di quei due termini. Per lui erano semplicemente persone. O meglio, forse lo erano fino a qualche ora prima. Persone che avevano deciso con difficoltà di lasciare il proprio paese perché rischiavano di essere uccise. Non può non pensare a quanto sia ingiusto tutto questo: dover scappare dalla propria terra per rifugiarsi in un posto sconosciuto. Pensa che qualcuno avrebbe dovuto badare a lui e alla sua famiglia, che avrebbero dovuto fare tutto il possibile per portarli in un luogo sicuro. Ma questi sono pensieri da grandi e lui grande non è ancora. Lui è ancora un bambino, un bambino a cui piace contare. Ma non lo fa più, ora non gli piace più.

Il suono del cellulare lo sveglia, la luce è accesa. Christopher è ancora mezzo nudo, sudato, frastornato. Cerca di capire dove sia, quel sogno, così incredibilmente verosimile, lo ha spaventato. Gli manca il fiato e fatica a calmarsi. Il cellulare smette di suonare per ricominciare qualche secondo dopo. Lo cerca e lo trova tra i cuscini del divano; illuminato con il nome di Martina. Sul display compare la foto scattata insieme nel letto solo qualche giorno prima. Risponde e sente la sua voce preoccupata:
«Ehi, dov'eri? In mezzo al mare?» e , dopo qualche istante di silenzio, incalza: «Pronto? Christopher ci sei?».
Lui fatica a rispondere, mentre le immagini provenienti dalla televisione testimoniano che a Lampedusa si sta consumando una tragedia.
Sono già due volte che i suoi sogni si trasformano in realtà. Non può non pensare a quella famiglia seduta sulla terrazza di un ristorante al mare. I protagonisti di un altro sogno ricorrente, il più realistico, il più inquietante. Ricorda le urla, le onde impazzite e il viso di quella bambina.

Dalla sua bocca esce un'unica frase: «Sono qui. Non aver paura, Martina».

2.

03 dicembre 2013

Non era mai passato così tanto tempo, così tanti giorni senza vederla e sentirla. Mi sembrava di essere preparato, ma probabilmente non abbastanza, perché sentivo troppo la sua mancanza. Nei giorni precedenti la sua partenza, ostentavo forza e sicurezza. Continuavo a ripeterle che ce l'avremmo fatta, che il distacco era necessario, un inizio per rimettere a posto finalmente le nostre vite. In realtà sapevo benissimo che quella da mettere a posto era solo la sua, perché la mia era in assoluto disordine senza di lei. Ma questo non gliel'ho mai detto. Non meritava il peso dei miei pensieri, non meritava di sapere come stavo ogni volta che si allontanava da me. Tentavo con tutte le mie forze di allontanarla. Violentavo le mie emozioni, i miei sentimenti, i miei desideri più profondi. Cercavo di farlo per lei, perché nonostante tutto quello che mi diceva, sapevo che non avrebbe mai lasciato Giorgio per stare con me. Non avrebbe mai avuto la forza di fare una simile scelta, di dire alle persone che la circondavano che si era innamorata di un altro. Lo sapevo benissimo, ed è per questo che sto ancora tentando di chiudere, provando a farla ragionare, dicendole che ci sarò sempre per lei, ma in un modo diverso. Sapevo che sarebbe arrivato il momento in cui avrebbe detto che non se la sentiva di lasciare tutto, che aveva una famiglia splendida, un uomo che l'amava e la rispettava e che il suo era stato tutto un grosso errore. Non le avevo mai chiesto nulla, non era nelle mie intenzioni, ma non volevo avvicinarmi a quel momento, nemmeno lontanamente, perché il solo pensiero di udire una sua risposta negativa mi faceva orrore.

Quei cinque giorni della sua vacanza a Budapest con Giorgio, Sonia e Luigi stavano passando. Come tacito accordo, era lei che mi mandava messaggi quando poteva; io non osavo farlo, mi sentivo in difficoltà: non lo ritenevo opportuno, avevo paura fosse sempre il momento sbagliato. Così mi limitavo a rispondere ai suoi *buongiorno, buonanotte, ti penso.* Avrei voluto sparire, non rispondere e sarebbe stata l'occasione giusta per farlo: lei circondata dal suo mondo, dall'uomo della sua vita, dai suoi amici di sempre mentre io non c'entravo nulla, non mi sentivo nessuno in confronto a loro, sapevo benissimo che qualsiasi cosa avrei potuto fare non sarebbe mai bastata. Ne ero sicuro, era solo questione di tempo.

Ma questo tempo avrei voluto deciderlo io, per non ritrovarmi da solo quando sarebbe stato troppo tardi. Invece no, evidentemente non mi era concesso nemmeno questo: davanti a lei non riuscivo ad essere deciso. E così, come un ragazzino innamorato, al suo messaggio della buonanotte del terzo giorno della vacanza in cui c'era scritto soltanto: «Magazzini Generali 3 dicembre. Ore 21.00. Imany. Io e te ci saremo», sono riuscito a rispondere soltanto «Ok». Non dopo aver letto e riletto incredulo il messaggio una decina di volte.

E in meno di un minuto ero già su internet; pronto all'acquisto di due biglietti.

Il 3 dicembre sarei stato lì ad aspettarla. E il 3 dicembre arriva in fretta.

E fa freddo, tanto freddo. Una di quelle sere che Milano è più Milano del solito.

Esco prima dall'ufficio. Mi sento emozionato, ma non riesco a capire se è la voglia di vederla o perché è tanto tempo che non vado ad un concerto.

Arrivo alle 19.00, parcheggio ed entro in un locale moderno, un loft con soppalco e ordino una birra media. Mi estraneo, mi capita spesso: penso e ripenso a me, a lei, a noi, a *loro.* Il tempo passa e io aspetto. Mi rendo conto che è tanto che aspetto: un segno, una parola, un gesto, qualcosa di importante che non arriva e che io non chiederò mai: certe cose non si chiedono. Sono stranamente nervoso, ordino un'altra birra ed essendo a stomaco vuoto da stamattina, inizio a sentirmi poco lucido. Lei mi manda un messaggio scusandosi per il ritardo: il traffico l'ha bloccata. Cos'altro la blocca? Io lo so, ma tento di non pensarci, cerco di essere forte, anche se stasera mi sento diverso. Come se la stessi perdendo. Non conosco il motivo di questa brutta sensazione; in fondo è quello che ho sperato negli ultimi mesi. Dovrei essere felice, eppure mi sento strano. Voglio fare uno sforzo, devo farlo per lei, per noi.

E mentre i pensieri offuscano la mia mente ancor più della birra, eccola entrare nel locale. La osservo mentre si guarda intorno, poi mi vede e sorride. Si avvicina, mi abbraccia, con una stretta che mi arriva nel profondo.

In un abbraccio fatto su misura per me, che avrei potuto indossare tutto l'inverno senza mai sentire freddo.

Ci guardiamo, parliamo a malapena. Ordiniamo due hamburger ed altre due birre. Lei mi chiede come sto, io rispondo nervosamente. Lei mi dice che sono uno stronzo, io le dico che ha perfettamente ragione. Perché solo uno stronzo può aspettare qualcuno sempre.

Solo uno stronzo può vivere con il pensiero di lei vicino ad un altro uomo.

Solo uno stronzo può amarla così tanto da sentire un male fisico.

Solo uno stronzo la metterebbe sempre al centro di tutto, quando a lei sembra non importare minimamente.

Le mie parole escono velocemente, non riesco a trattenerle. Le chiedo scusa quando la blocco mentre tenta di alzarsi per andarsene. Ripeto le mie scuse, nel dubbio non fossero state prese sul serio. Provo ad abbracciarla. E mentre l'abbraccio le sussurro all'orecchio che non volevo. Le parole erano dettate dalla rabbia. Mi era mancata tanto, troppo. Mai avrei pensato potesse essere così difficile.

Non le dico però tutto il resto. Che non ho mai avuto paura delle cose difficili. Anzi, le ho sempre cercate. E sono quelle che ho amato di più, che mi hanno reso più felice in assoluto. Anche adesso nonostante tutto. Le cose difficili, non quelle impossibili. Le cose impossibili già in partenza invece, non sono divertenti, no per niente. E ancora meno lo sono le persone che te le chiedono. E lei ora lo sta facendo, me le sta chiedendo. Non userò mai la testa dove la testa non deve essere usata. E se qualcuno mi chiede di usarla dove non ha senso...be' allora sì, lo ammetto: mi incazzo.

Dopo l'abbraccio, allento la presa e ci risediamo; finiamo di mangiare guardandoci negli occhi e tenendoci per mano fino al momento in cui lei mi dice: «forza stronzo, è ora: portami a ballare».

Sono 22, al massimo 24 i passi che ci dividono dal palco. Contando solo quelli a sinistra ovviamente, quindi un totale di 44, al massimo 48 tra destra e sinistra. Siamo io e lei e una cantante. Non c'è nessun altro; come sempre abbiamo lasciato fuori il resto del mondo. La musica e le parole in sottofondo le conosciamo a memoria: sono la colonna sonora della nostra storia, del nostro amore.

Non siamo altro che noi, l'atmosfera, le sensazioni: solo noi. Siamo tutto, lo siamo da sempre. Ci ascoltiamo, ci muoviamo, ci guardiamo. Ci amiamo a modo nostro. Quel modo che ci fa impazzire, che ci fa esplodere, che ci fa sentire vivi. Riusciamo ad essere ovunque e da nessuna parte nello stesso istante. Quel modo di amarci che conosciamo solo noi, che nessun altro ci potrà mai regalare. Mai.

La sfioro, non la lascio nemmeno per un secondo. Resto sempre attaccato a lei, a meno di un centimetro, come le ho detto tante volte. È mia. Deve sentirlo, stasera più che mai. La accarezzo. Voglio che senta la mia presenza, il mio calore, quello che rappresenta per me. Voglio che senta il mio amore per lei, quello che vorrei ogni istante della mia stupida vita per renderla meno stupida, per renderla unica.

Deve sentire le mie mani ovunque, ogni centimetro di quel corpo deve essere mio: la schiena, il collo, le braccia, i fianchi, il sedere, il suo sesso. Lo sento e lo tengo al sicuro, come piace a noi. Deve sentire le mie mani sulle gambe e poi sul viso. E dove sono i miei occhi, lì sono le mie mani. È così bella, talmente bella che non deve sentire il distacco. Nemmeno tutte le volte che mi allontano per prendere da bere. Per annebbiare con l'alcool qualcosa che non si può annebbiare perché lo vedrebbero tutti. Tutti quelli che non riempiono con noi quello spazio di soli 44 passi che ci divide dal palco.

Mi allontano, ma di poco. Lo faccio consapevolmente, lo faccio tutte le volte che è necessario e anche qualcuna in più. Per un semplice motivo: voglio metterla a fuoco. Mi allontano e mi fermo a pochi metri da lei. Alle sue spalle, in modo che non mi veda. Mi allontano un po' e la osservo, guardo i suoi movimenti: le sue mani che cercano il braccio come lo cercavano le mie fino a qualche secondo prima. La guardo appoggiarsi alla colonna, cercando il sostegno che fino a qualche istante prima le davo io. Dio mio quanto è bella. Non posso fare a meno di osservare le sue forme, le sue curve così morbide e sexy. Osservo le sue gambe che tante volte mi hanno fatto godere. Osservo il suo fondoschiena sodo e non posso non ricordare i cerchi della mia lingua che la fanno tremare. Guardo i suoi passi, i suoi piedi che adoro baciare mentre la amo dolcemente e i nostri corpi nudi si mischiano. Osservo i suoi movimenti dolci e scatenati al ritmo della musica. Torno poco dopo con una birra. La beviamo insieme, mentre alle sue spalle continuo a cercarla. Le sue mani cercano le mie, si intrecciano come le nostre vite e immagino che, nonostante tutto, non si possano lasciare mai. Così i nostri corpi, le nostre menti. E i nostri cuori. La musica arriva proprio da lì: *You will never know*.

Balliamo e, con noi, ballano le nostre anime così leggere. Balliamo come non abbiamo mai fatto. E non ci interessa nient'altro. Siamo solo noi. Io e te.

Ci fotografiamo, i nostri corpi si uniscono. Lei, finalmente, riesce a vedersi con i miei occhi. E io sono la persona più felice del mondo.

Non posso fare a meno di pensare a quanto sono fortunato ad averla, anche così.

Non posso fare a meno di pensare a quanto la voglio.

Non posso fare a meno di pensare quanto la amo.

Non posso fare a meno di pensare a quanto è bella.

Non posso e non potrò mai fare a meno di pensare a lei. A te.

Alla mia Martina.

Al suo sorriso.

Sempre.

3.

03 dicembre 2013

Che voglia che ho! Che voglia che ho di tornare da lui, dal suo sguardo, di farmi guardare in quel modo che solo lui conosce. Che voglia dei suoi baci, di farmi abbracciare e avvolgere dalle sue braccia. Non ce la faccio più, giuro. I giorni a Budapest mi sono sembrati eterni. Ho tentato in tutti i modi di staccare la spina, di godermi le giornate con Giorgio, Sonia e Luigi. La nostra vita, la mia. Ci ho provato, davvero, ma credo sia stato tutto inutile. Non ci sono con la testa, è inutile. Non c'è la mia testa, non c'è il mio cuore. Non c'è niente di Martina lontano da Martina, perché non esiste una Martina lontana da Christopher. Non c'è niente che mi piaccia, niente che mi faccia stare bene, che mi dia sollievo e mi faccia sentire leggera. Posso fingere, posso fingere anche bene. Ma non posso farlo con me stessa né tantomeno con Christopher. Ero lontana fisicamente, lo ero molto più del solito, ma avevo comunque quella sensazione, che non mi abbandona mai, di averlo accanto. Una sensazione pazzesca, che non avevo mai conosciuto prima. Con nessuno. E so perfettamente che mai nessun altro potrà mai darmi. Come posso riuscire a non pensarlo? Dopo tutto quello che c'è stato, come posso non volerlo vivere, amare, continuamente?
È entrato nella mia vita sorridendo. Mi ha preso per mano, portandomi in luoghi dove nessuno mi aveva mai portato.
Mi ha fatto conoscere parti di me che non sapevo esistessero.

Mi ha fatto ridere di cuore. Mi sono sentita leggera, importante, come una principessa al centro dell'universo...il suo universo.

Mi ha guardato come ogni donna desidera essere guardata da un uomo, almeno una volta nella vita.

Mi ha spogliato con gli occhi, mi ha amato con le parole e con lui mi è sembrato di volare.

Mi ha insegnato a non avere paura dei miei pensieri, ma a leggerli ad alta voce, come se fossero pagine di un libro.

Mi ha fatto riscoprire la voglia di sentirmi bella, di prendermi cura di me, di farlo anche e soprattutto per me.

Mi ha aiutato a guardare le cose dalla giusta distanza, da una nuova angolazione, proteggendomi dalle delusioni.

Mi ha fatto respirare aria nuova, ha sincronizzato i suoi respiri ai miei, ha placato la mia ansia quando ero inquieta.

Mi ha fatto sentire viva.

Mi ha fatto vibrare.

Mi ha fatto correre e piangere.

Bella, è così che è stato in grado di farmi sentire: bella.

E dentro questa parola di sole cinque lettere ci sono milioni di sensazioni.

Mi sono sentita bella fuori, tutte le volte che gli ho inviato una foto scattata in un ascensore, e sexy tutte le volte che, guardandomi allo specchio, ho scelto con cura cosa indossare. Come se ogni volta lo facessi solo per lui.

Mi sono sentita desiderata, tutte le volte che ho incrociato quegli occhi scuri.

Mi sono sentita spogliata, tutte le volte che mi ha letto dentro senza che io aprissi bocca. Mi sono sentita una bambina, tutte le volte che ho fatto i capricci e profonda, tutte le volte che ho aperto la mia anima.

Mi sono sentita stupida, di una stupidità imbarazzante, tutte le volte che ho fatto una battuta che ha fatto ridere solo noi.

Mi sono sentita così. Proprio così.

Bella. Donna. Amata. E solo lui è riuscito in tutto questo.

E adesso, come posso staccarmi da tutto questo? Sento di non volerlo, di non farcela. E non è giusto che lui me lo chieda. È uno stronzo egoista a chiedermi una cosa del genere.

Perché non mi chiede di scegliere? Perché è un codardo, un uomo senza palle. Se mi chiedesse di scegliere, mi farebbe sentire incapace di lasciare ciò che a fatica ho tentato di costruire. D'altronde non mi chiederebbe nulla di nuovo. Cos'è la vita se non un insieme di scelte?

Si sceglie. Ogni giorno si sceglie qualcosa. O qualcuno.

Scale o ascensore, maglia bianca o blu, jeans o pantaloni. Il primo tram che passa o il secondo, cornetto alla crema o vuoto. Cappuccino o spremuta.

Prendiamo decisioni continuamente, in ogni momento della nostra vita, anche quando ci sembra di non scegliere nulla.

Anche quando pensiamo di non essere capaci di scegliere e allora prendiamo tutto, così, per non sbagliare.

Anche quando ci troviamo di fronte a due mondi diversi, che sembrano non avere nulla a che fare l'uno con l'altro scegliamo, così come quando la testa va da una parte e il cuore in direzione opposta e contraria.

Quando siamo così confusi che facciamo fatica a capire quali sono le cose tra cui scegliere. Anche in quel caso scegliamo.

Certo, sarebbe molto più semplice se avessimo un indicatore di scelta giusta; se da qualche parte ci fosse una luce verde che ci strizza l'occhio dicendoci: «prendi il cornetto vuoto stamattina, la crema fa schifo!».

Invece non c'è nessuna luce, nessuno che ci possa fare l'occhiolino e indicare la strada corretta, quella che ci renderà felici.

Allora ci ritroviamo fermi, immobili, credendo di aver fatto la scelta giusta, ma non essendo così sicuri che sia quella che ci renderà felici.

I saggi e i vecchi dicono che sarà solo il tempo a darci le risposte. Io di tempo non ne ho e non sono una persona paziente.

Quindi? Quindi non scelgo. Sarà lui che dovrà arrivare a chiedermi di scegliere. Io non sono in grado di farlo. Adesso mi rendo conto di essere io la fottuta egoista perché non vedo l'ora di essere con lui al nostro concerto, dove una

cantante canterà solo per noi le nostre emozioni. Canterà il nostro amore, con le parole che potremmo averle suggerito noi in questi sei mesi, tanto rispecchiano la nostra storia. E noi balleremo. Sì che balleremo, lo so.
Anche se non so ballare, sento un ritmo che gli altri non sentono.
Non riesco nemmeno a distinguere il basso dalla chitarra. Per di più sono goffa. No, direi che ballare non fa proprio per me.
Eppure stasera mi ritrovo ad un concerto che non avrei perso per nulla al mondo.
Avevo voglia di ascoltare dal vivo quella voce che mi ha tenuto compagnia, di sentirmi cantare addosso le parole della mia vita, di una storia d'amore travolgente.
Lei era lì che cantava per me. E per lui.
Non so come sia successo, ma mi sono ritrovata a ballare. Non l'ho deciso: è semplicemente successo.
Ho sentito il mio corpo muoversi a tempo, cercare i suoi occhi e sentirmeli addosso.
Mi sono ascoltata, ho ascoltato il mio corpo e il ritmo che risuonava dentro di me e ho ballato.
Mi sono sentita leggera, come parte di una cosa sola. Lui seguiva il miei movimenti, il mio ritmo, le mie sensazioni.
È stato emozionante; entrambi ballavamo ad un tempo solo nostro, senza regole, senza intrusioni, perfettamente sincronizzati.
Ho scoperto che ballare con lui è come fare l'amore: un incastro perfetto. Due corpi che si desiderano, si cercano, si sfiorano, si allontanano e poi si riprendono.
E ballano, sempre insieme, con dolcezza, forza, passione.
La tensione magnetica di due sguardi che vanno oltre, che raccontano molto di più di quello traspare.
Solo noi. Io e lui, nessun altro, tutto il mondo fuori.
Chiunque potrebbe dire che era solo un concerto.
Effettivamente avrebbe potuto essere un concerto come tanti: bella musica, gente allegra che salta e balla, canzoni urlate.

Ma non è stato così, è stato il concerto più intimo della mia vita. Il locale era pieno, ma era come se le altre persone non ci fossero, contribuivano solo a regalare energia.

Eravamo in tre, una era la cantante, le altre due erano un mondo a sé.

Sentivo le sue mani ovunque: per tutta le sera non hanno smesso un attimo di accarezzarmi, di toccarmi, di sfiorarmi.

E il suo tocco, il calore delle sue labbra sulla mia schiena è rimasto persino quando si è allontanato per andare a prendere da bere.

Ci siamo guardati negli occhi, anche quando si è allontanato qualche centimetro per mettermi meglio a fuoco. Ha scattato foto. In quella pellicola che ama così tanto e che custodisce con cura. Click.

E ho provato il piacere di essere spogliata in mezzo a tutte le persone che per noi non esistevano, ho provato la sensazione delle sue mani sui miei fianchi, sotto la mia gonna.

A sfiorare le mie gambe su quel tratto di pelle lasciato nudo dalle autoreggenti che finalmente ho avuto il coraggio di comprare e indossare. Per lui, per noi.

Ho letto la felicità dentro i miei occhi, riflessi nei suoi mentre cantavo me stessa.

Io non mi sono vista, non sono riuscita a guardarmi da fuori. Non ho visto la ragazza che ballava, non l'ho vista mentre gli cantava una canzone ascoltata per caso qualche mese prima.

Non ho visto i suoi occhi brillare, né i suoi sorrisi, le sue lacrime. Non ho visto niente perché ero troppo impegnata ad ascoltare le emozioni, a sentire il cuore battere, la voglia di muovermi a ritmo, il calore delle mani su di me e i brividi delle sue dita tra le mie gambe sotto la gonna. Ero troppo presa a sentire i suoi occhi addosso, a perdermi in quello sguardo che mi spogliava ed eccitava, tutto quell'amore vero, regalato così, senza pretendere niente in cambio.

Amore, sì, questo è fare l'amore.

Amarsi è dimenticarsi di essere in mezzo alla gente, fare l'amore con lo sguardo, con i movimenti, godere intensamente di ogni attimo, di ogni gesto.

Amarsi è essere intensi, essere veri, così, come noi.

Amarsi è ritrovarsi nudi in macchina in una notte fredda, in un parcheggio illuminato, credere di non farcela, ma guardarsi negli occhi e lasciarsi andare e godere.

Un concerto, avrebbe potuto essere solo un concerto. Non potevo certo immaginare che fosse l'inizio di una nuova vita.

PARTE DECIMA

UNA NUOVA VITA (247 giorni dopo)
08 agosto 2014

1.

La mia creatura è vivace, lo era anche prima di nascere. Talmente tanto che decide di venire al mondo con quasi quattro settimane di anticipo.
È la mia seconda volta, dovrei conoscere tutto alla perfezione, dovrei sentirmi tranquilla.
E invece le circostanze hanno fatto sì che io sia alla deriva. Che non sappia realmente più nulla. L' ansia si è impossessata di me e faccio fatica a rimanere lucida. Piango continuamente, infatti.
È inutile che te la raccontino. Che ti continuino a ripetere che il parto è la cosa più naturale del mondo, che noi donne siamo programmate per partorire. Minchiate, tutte minchiate. Ti insegnano per mesi a respirare, a metterti a gambe in su, in giù, a destra, a sinistra. Non serve a niente. Te la fai sotto comunque e se non stai bene con te stessa e con il mondo è ancora peggio.
Ogni giorno che passa, dal momento in cui hai saputo di essere incinta, è un giorno in più in cui ti metti ad ascoltare attentamente il tuo corpo alla ricerca di segnali che hai paura di non saper mai riconoscere. «Com'è una doglia?». «Se mi si rompono le acque cosa faccio?».
Ho fatto tutte le ecografie per essere sicura che il mio bambino stesse bene. E l'esito sempre identico: «Signora, tutto ok. Procede secondo programma».
Ottimo, evviva. Non mi resta nient'altro da fare che aspettare, allora. La salute del piccolo è a posto, è questo che conta. Il resto, mi dico, in qualche modo si sistemerà.
Nel frattempo però, questa creatura che si sta impossessando del mio corpo, continua a tirarmi calci a intervalli regolari. Sono stati mesi lunghi e difficili in cui mi è sembrato davvero che ce l'avesse con me. Come se sapesse

già tutta la verità e stesse cercando di dirmi qualcosa, di farmi ragionare.

E io che faccio di tutto per non ascoltarlo, non ho la forza di affrontare la situazione. Capita, capita eccome di avvicinarsi al fondo, di sentirsi precipitare. Di sentirsi così giù che sembra che tutto il mondo ti guardi dall'alto in basso. E stavolta, purtroppo, sta capitando proprio a me. Sono in mezzo fino al collo e faccio una fatica immensa anche soltanto a respirare. Mi sembra così assurdo non riuscire a prendere aria. Sono inerme e incapace di fare la cosa più semplice di questo mondo: parlare, dire la verità. Soffoco, non riesco a trovare sollievo. Eppure fino a poco tempo fa ero così leggera, ero così brava insieme a lui, mi sembrava addirittura di volare. Devo solo ricordarmi tutto quello che mi ha insegnato, devo solo essere in grado di ritornare lassù. Lo devo a lui e tra poco lo dovrò anche a nostro figlio. Spero soltanto non sia troppo tardi.

È sera inoltrata, l'ultima volta che ho guardato l'orologio, mentre Giorgio stava recuperando alcuni indumenti asciutti in macchina, erano le 21.31. Ho tutte le gambe bagnate ma non ci faccio caso, la priorità è asciugare Emma e non smettere di coccolarla. In lontananza vedo delle sirene: un camion dei sommozzatori dei vigili del fuoco, due ambulanze e tre macchine della polizia si fermano a pochi metri dalla spiaggia. Emma, finalmente, sembra essersi tranquillizzata, si guarda intorno incuriosita solo un po' frastornata dalla gente che continua ad affluire numerosa in spiaggia. Mi parla e sorride, risponde ad una mia domanda con tutta la naturalezza del mondo, ma la sua risposta mi fa tremare, Un brivido mi prende e le mie mani fanno appena in tempo a coprirmi la bocca per soffocare un grido di dolore che sarebbe stato troppo forte.

Emma, sorpresa e spaventata, mi chiede: «Mamma che succede? Tutto bene?».

«Sì amore mio, sto bene», rispondo senza esitazione anche se in realtà mi sento morire.

Inoltre credo anche di essermi fatta la pipì addosso. Sento le mutandine inzuppate e un liquido caldo mi cola lungo le cosce.

Mi guardo e mi accorgo che non sto facendo pipì: no non è proprio quella la sensazione.

Mi si sono solo rotte le acque. Il mio bambino ha deciso che è ora. L'ha deciso lì, in quel luogo maledetto e in quel preciso istante.

Evidentemente era stanco di assistere passivo a tutti quegli eventi, non ne poteva più.

Non voleva più permettere a niente e nessuno di sfasciare, uno dopo l'altro, i pezzi della sua vita ancora prima di venire alla luce. Ma quanti pezzi erano rimasti ancora? Forse era già troppo tardi. «Ecco il destino ancora una volta, ecco cosa continua a riservarmi in questo giorno!».

I medici, che non sono lì per me, capiscono immediatamente la situazione e mi caricano sulla barella. Se solo sapessero che quelle lacrime e quelle grida non sono per i dolori del parto, forse farebbero tutto più lentamente.

Giorgio ed Emma salgono in macchina, l'unica cosa che sento dire da mio marito è: «Forza piccola andiamo. Sta arrivando il tuo fratellino».

Arriviamo al pronto soccorso, mi visitano: «Signora tutto ok, si sono rotte le acque ma è presto. Le contrazioni non sono regolari, ci vorrà un po' di tempo».

Tempo, che strana parola, assurdo risentirla proprio ora.

Ricordo quello che mi diceva Christopher: «l'amore non ha tempo, non è possibile viverlo con l'orologio in mano. Le lancette sono troppo dritte per convivere con la curva dei sorrisi. Troppo razionali quei numeri che non vanno d'accordo con le emozioni».

Ok, mi dico, aspetto. Mi asciugo le lacrime e provo a quantificare *un po' di tempo* mentre continuo a pensare a quella giornata che ancora una volta stava cambiando del tutto la mia vita. Come diavolo era possibile che fosse andata proprio in quel modo? Che non fossi riuscita a parlare con Giorgio, che avessi lasciato Emma da sola in spiaggia?

Magari sono stanca, è tutto solo un incubo. Magari. Tento di tranquillizzarmi, respiro come mi hanno insegnato al corso preparto, ma i dolori iniziano a farsi sentire e sembrano destinati ad aumentare.

Resto da sola. Non voglio Emma vicino e tantomeno Giorgio. Ora come ora non sarei nemmeno in grado di guardarlo. Le sale parto sono tutte occupate. Sono rinchiusa in una piccola stanzetta dove arrivano urla di qualche poverina che sta cercando di compiere l'impresa più grande della sua vita. La mia ansia continua a salire.

Dopo qualche minuto che sembra eterno:

«Signora, si è liberata la sala parto, tra poco la spostiamo di là».

Ok, è arrivato il momento. Io con questi dolori non resisto più. Fatemi partorire vi prego.

Mi visitano: «Ok, è partito il travaglio, deve dilatarsi ancora qualche centimetro».

Ho perso completamente la ragione, ed io, evidentemente non sono nemmeno più in grado di interpretare le misure. Quando Christopher era ad un centimetro da me, mi sembrava comunque sempre troppo distante.

Mi concentro sui centimetri che servono per far venire al mondo mio figlio. I dolori aumentano. Non sopporto il dolore, non ora, non sommato a tutto quello che mi è successo. So di non farcela da sola. Chiedo l'epidurale.

L'ostetrica che mi segue è gentilissima. Mi dice di rilassarmi, il bambino deve solo scendere un altro po'. Nella successiva mezz'ora, la più lunga della mia vita, non cambia nulla, nemmeno di un millimetro.

Sono le 23.15. Dalla finestra del quarto piano di quel piccolo ospedale vedo il cielo stellato e la luce della luna piena illuminare parte del cortile sottostante.

Vorrei tanto poter tornare bambina. Quando non avevo le risposte, quando quelle che tutti mi davano non mi piacevano, proprio allora chiedevo alla luna. Vorrei poterlo fare anche ora.

Chiedere alla luna perché la vita è così difficile, perché quando tutto sembra andare per il verso giusto qualcosa

puntualmente ti sconvolge. Perché alcune persone entrano nella tua vita in modo così dirompente che dopo due minuti capisci che non ne potrai fare a meno. Avrebbe dovuto andare tutto in modo diverso. Non riesco ad allontanare la tristezza che ho dentro.
Inizio davvero a essere stanca. Non ce la faccio quasi più.
Non vedo l'ora di vedere quella creatura che abita dentro di me, per rivederne gli occhi e la bocca del padre, ma lui ora sembra aver cambiato idea, non ne vuole più sapere. È lì, a testa in giù ma non scende di più.
Fino a quando si decide ed io inizio a sentire il bisogno impellente di spingere.
Ok, finalmente ci siamo. Un pool di personaggi si materializza intorno al mio letto in pochi secondi.
Ci sono tutti tranne quello che vorrei ora al mio fianco. E per sempre.
Al corso preparto ti parlano del parto in piedi, di quello in acqua.
Naturalmente io sto partorendo supina con le gambe all'aria.
Arriva la prima contrazione forte, il dolore è immenso. Ho ancora una volta una scusa per piangere e disperarmi, ma quanto potrà durare?
«Signora quando la sente arrivare spinga».
Ci provo. Urlo. Urlo fortissimo, non ce la faccio.
Altra contrazione, ancora più forte. Sembra quella decisiva.
Ho la testa di mio figlio tra le gambe. Vorrei potesse allungare la sua mano per placare il mio ventre che ondeggia velocemente al ritmo dei respiri proprio come l'orgasmo di quella volta.
Non piange, non è ancora uscita tutta. Ci vuole l'ultima contrazione.
Arriva. Dolore fortissimo. Ci metto tutta la forza che ho, tutte le energie che mi sono rimaste sono concentrate su mio figlio, sulla spinta che devo dare per farlo nascere.
«Dai, forza piccolo, esci».
Spingo e tutto il dolore che sentivo in un secondo sparisce.
Per la seconda volta in quella sera le mie gambe sono bagnate da un liquido caldissimo. Mio figlio è nato. Tremo

come una foglia e sono tutta sudata. Sono le 23.58, ancora l'otto di agosto. Il mio giorno.

Non piange subito. Gli infilano delle cannucce nel naso, devono aspirare il liquido che è rimasto lì, deve respirare. Poi finalmente dei vagiti e il nostro primo pianto insieme è una liberazione, un inno d'amore.

Lo prendo in braccio e il cuore mi batte fortissimo. Sincronizzo i miei respiri ai suoi e mi accorgo che è facilissimo. Lo guardo e attraverso i suoi occhi mi vedo bella. Lo amo con tutta me stessa e con tutto l'amore che ho sempre ricevuto da suo padre.

Gli accarezzo il viso mentre si attacca al mio seno e riesco, tra le lacrime, a dire solo tre parole:

«Ti amo, Leonard».

PARTE UNDICESIMA

LE ALTRE STAGIONI

1.

24 dicembre 2013

E anche quest'anno, puntuale come sempre, è arrivato Natale.
Ci siamo, manca davvero poco. Ogni angolo della città è pieno di luci già da più di un mese. Oggi la gente, appena avrà un attimo libero, si accalcherà per le strade e nei negozi alla ricerca degli ultimi regali. E sembrano tutti felici. L'atmosfera è calda anche se le temperature invernali scendono velocemente, ma non abbastanza da spiegare questo freddo.
Io sono qua a casa solo, non ho voglia di uscire, non ho voglia di fare niente.
Fino a qualche giorno fa non avrei nemmeno lontanamente immaginato di non averti al mio fianco, di non poterti scrivere una e-mail, di non andare in centro per farti un regalo. Invece è proprio così: è precipitato tutto, e quasi non me ne sono accorto. Talmente velocemente da rendere tutto incredibilmente difficile da spiegare e capire.
Due giorni fa ci siamo visti, abbiamo parlato. Eravamo un po' tesi entrambi, forse stanchi di vederci solo di sfuggita, di corsa. Sempre come due amanti clandestini, per riempirci di baci rubati in ritagli di tempo decisi più da altri che da noi stessi. Ci siamo parlati come sempre, ma con un tono diverso rispetto al solito. Entrambi eravamo sulle difensive, io mi sono sicuramente spiegato male sulla mia difficoltà di non poterti vivere ogni giorno e del mio malumore ad affrontare queste due settimane di ferie che inevitabilmente mi avrebbero impedito di vederti. Tu mi hai detto di essere

dispiaciuta, che il Natale era importante per te. E poi Giorgio ed Emma e altre stronzate simili. Che tutti al posto tuo avrebbero agito in quel modo. E non sono riuscito più a stare zitto. Ho avuto una reazione di cui ora quasi mi vergogno. Ho alzato la voce, buttandoti in faccia la mia rabbia, dicendoti che non ce la facevo più ad aspettare una tua decisione. Che non avevo più nessuna intenzione di capire la situazione, che non avrei più sopportato l'idea di essere sempre e solo la seconda scelta. E me ne sono andato, lasciandoti da sola in quel bar dove eravamo soliti incontrarci.

Ed ora eccomi qua, avrei dovuto scriverti qualcosa per il Natale, avrei davvero voluto scriverti qualcosa di bello. E avrei voluto anche farti un regalo, Quello giusto. È davvero difficile stavolta stare qui. Lontano a regalarti qualcosa che non avrei mai voluto. Il Silenzio. Solo silenzio. Nessuna parola. Non ti dirò davvero più nulla. Nemmeno un pensiero, nemmeno il più piccolo e insignificante tra quelle migliaia che mi circolano in testa. Come ho sempre fatto del resto, ma con la piccola differenza che una volta li conoscevi uno ad uno. Non te li dirò, no non lo farò, perché non ho voglia e non servirebbe a nulla. Nemmeno nella notte di Natale, quella notte in cui i desideri si avverano. Forse.

Tra le varie cose che non ti dirò, non ti dirò nemmeno: «buon Natale». No non te lo dirò; semplicemente perché te lo diranno tutti. E io non sono *tutti*, non lo sarò mai. Mi spiace.

E poi non ti dirò nemmeno che sei bella. Non te lo dirò proprio, perché ho deciso di non dirti ciò che vedo e ciò che ho dentro.

E tantomeno sai cosa non ti dirò? Che ti amo. E non perché nessuno te lo dirà, eh? Ma solo ed esclusivamente perché nessuno te lo dirà mai come te l'ho detto io. E come te lo direi proprio ora.

È Natale. E a Natale sono tutti più buoni. Ma io non sono *tutti*.

2.

31 dicembre 2013

«Non siamo amanti», tu mi dicevi. «Non saremo mai fidanzati»; ribattevo io. Nemmeno amici. Ma eravamo qualcosa e quel qualcosa, a me, piaceva. E mi manca da morire. Anzi, mi manca da vivere. Perché senza te non vivo, mi sento morire. Eravamo noi, Christopher. Eravamo io e te. Sempre. Per sempre. So che non festeggi, so che non hai niente da festeggiare in questa data. Quest'anno forse hai anche un motivo in più per non farlo. Però ho voglia di offrirti da bere lo stesso. Ho voglia di brindare con te. A noi, alla nostra vita, al nostro amore, che è reale, anche se non possiamo viverlo. Al nostro universo. Alle nostre mani incrociate, al loro incastro perfetto. Al volo, al nostro modo di volare, così unico e impossibile da imitare. Alle onde, che trovano sempre la forza di riprovarci, anche se sbattono continuamente contro lo stesso scoglio. Ai tumulti dei nostri cuori, alle lacrime, ai sorrisi, agli abbracci. Alle parole urlate e a quelle non dette. All'alba in piazza Duomo. Alla mia Station Wagon. A Nunzia e Luigi, al loro amore in una corsia d'ospedale. Al mio reggiseno, che tu hai scelto e che io avevo già deciso di indossare. Agli M&M's. Ai risvegli notturni. Al concerto di Jovanotti, al Museo del Novecento. A *Follia*. Al centimetro che ci separa. Ai nostri orgasmi. Al cappuccino peggiore della storia, che diventa il migliore se bevuto con te. Alle ore passate al telefono. Allo scambio di emozioni. All'anima gemella. A tutte le volte in cui abbiamo fatto l'amore. Alle canzoni sussurrate senza musica. Ad Imany, colonna sonora di questa nostra vita. Agli addii che sono un *a presto*. Ad un legame che non può spezzarsi. A due menti intriganti, affascinanti, folli e per questo pericolose. Ai pensieri letti al volo, a quelli detti sottovoce, a quelli letti anche ad occhi chiusi. A noi. Perché non siamo più solo *io e te*: siamo e rimarremo *noi*.

Alzo lo sguardo, ma non posso smettere di scrivere. Seduta davanti ad un computer che cerca di interpretare i ticchettii delle mie dita sulla tastiera. Vorrei che fossi qui, a guardarmi, come quando ero seduta in terra a scriverti una lettera su quel foglio di carta. Quel giorno in cui tu, distante, mi osservavi. Le mie dita oggi vanno ancora più veloce. I pensieri sono tanti. Tantissimi. Sicuramente non saranno ordinati.

A noi. Perché noi siamo tutto questo, lo siamo stati fino ad oggi e lo saremo da oggi in poi.

A te che ti dondoli su di me. A te che mi baci per ore. Ai nostri respiri sincronizzati. Ai tuoi scherzi. Ai libri, pieni di noi. Alle All Star, le scarpe più trendy di tutte. Ai nostri sogni, quelli ad occhi aperti e quelli fatti di notte, mentre si dorme. Alla luna, che rende la pelle di un argento vivo. Alle fantasie erotiche. Alla voglia incontrollata, incontrollabile, costante. Al tuo profumo addosso a me. A me addosso a te. Al dormire dalla parte dei piedi. Ai momenti di trascurabile felicità e a quelli di felicità pura. Alle discussioni che non sono mai litigi. Alle risate di cuore, che ti lasciano senza fiato e ti fanno venire le lacrime agli occhi. Alla vita che ci siamo scambiati, ai minuti generosi che ci siamo regalati. Alle bugie che non ci siamo mai detti e alla verità che abbiamo sempre difeso. A cinque fottutissime lettere che mi hanno fatto perdere la testa. Alla tua testa tra le mie gambe. Ai respiri che si fermano, la schiena che si inarca e ai brividi che salgono. Alla tua sete. Alle mancate inibizioni. Alla paura di lasciarci andare. Alle tue lacrime, che non mi vuoi far vedere. Alle tue mani sulla mia faccia. Al tuo sguardo che mi desidera e mi fa sentire nuda anche in mezzo alla gente. Alla mia passione che esplode e alla tua dolcezza che la placa. Al male che non mi fai. Al sangue che ribolle nelle vene. Alle cose normali che forse non potremo mai fare e a quelle folli che abbiamo sicuramente fatto. Al primo pensiero del mattino e all'ultimo della sera. Al mio sesso bagnato a chilometri di distanza. Alle bocche che si cercano. Alla mia lingua che ti lecca il viso. Al tuo orgasmo, forte e dirompente. Alla tua capacità di sapere già tutto quello che mi piace prima che te lo dica. Alla mia capacità di capire cosa fare prima ancora che tu me lo chieda. Alla magia. Alla fantasia. Alla leggerezza. Ai voli senza paracadute, con le mani unite. Alla forza che mi dai. Alla tua gelosia. Al tuo mettermi sempre al centro. Al tuo amarmi alle mie condizioni. Al tuo stare un passo dietro che mi permette di sentire il tuo sostegno, sempre e comunque. Al corso di scrittura creativa. Al nostro romanzo che è stato bello immaginare di scrivere insieme. Alla voglia che ho di sentire la tua voce. Alla mia testardaggine. Alla voglia infinita che ci possa essere un modo diverso di vivere questa storia. Alla fatica che faremo e a quella che abbiamo già fatto. Ma ne è valsa la pena, rifarei tutto da capo. Al sesso che è sempre stato amore. All'esperienza che ci ha reso quello che siamo. Alle cicatrici sul tuo corpo, perché sei così anche grazie a loro. Alle mie cicatrici nell'anima, sulla mia corazza, che ho tolto grazie a te e con te. Alla sintonia e sinfonia tra noi, alla matematica e alla chimica. Alla tensione erotica. Alle canzoni che parlano di noi e che, da domani, ascoltarle potrebbe farci male. Al dolore che stiamo sentendo in questo momento. Alle parole e i ricordi che sono l'unico sollievo. Alla forza che saremo in grado di darci. Alla voglia di non perderci. Nella vita nulla succede per caso. All'inquietudine, la mia, la tua. Alla tua mano sulla mia pancia. Alla quiete. Alla bonaccia, che non ci piace: è tranquillità ma è anche ristagno. All'adrenalina. A te che mi guardi seduto sul water mentre faccio la doccia. All'estate del 2013, ricca di emozioni. Ai sei mesi più vivi della mia vita. Alle asticelle che si alzano. Ai cuori che non si accontentano. Alle teste che si cercano. Agli amori che si amano. Alle vite che si intrecciano e non sono più capaci di tornare indietro. A tutte le maledettissime volte in cui ho pensato al perché tutto questo non è successo quattro anni fa. O cinque. Al perché non ti ho preso e tu non mi hai cercato. Alla possibilità che non ci siamo dati. Agli occhi lucidi. Agli allenamenti continui. Alla testa che gira. Alle orecchie che fischiano. Agli occhi lucidi. Alla A. Alla Z. A te che mi scopi ogni volta che ti scrivo, ogni volta che mi leggi. A te che fai l'amore con me. A *Amami* di Jovanotti, perché ci chiede di farlo come se fossimo soli al mondo. Al chiudere il mondo fuori. Alla gioia del mondo dentro. Alle mie braccia, che a me non piacciono e a te molto. Alla vita. La nostra. Insieme. A noi due Christopher. Non siamo amici, non siamo amanti, non siamo compagni, siamo solo e semplicemente io e te. Ed è inutile cercare di capire, non c'è niente da capire. È bello e basta. Cinque lettere, sempre e solo cinque. Potrei continuare ancora, ma questo 2013 sta per finire. Auguri Christopher.

3.

16 gennaio 2014

Ennesima notte insonne. Le ambulanze con le loro fastidiose sirene mi tengono compagnia anche se ne farei volentieri a meno. Succedeva spesso anche all'inizio della nostra storia. Sì, perché noi eravamo insieme eh? Lo eravamo davvero. Almeno, io lo pensavo veramente, l'ho sempre creduto. Forse per te e per il resto del mondo non era così, ma per me lo era.

E ricordo che a qualsiasi ora ci telefonassimo, all'alba o al tramonto, a notte fonda o in pieno pomeriggio, in qualsiasi posto fossimo, c'era sempre un'ambulanza a sirene spiegate in sottofondo a disturbare le nostre conversazioni. Quei suoni così acuti in lontananza erano una sorta di colonna sonora. E non era l'unico: molte situazioni vissute per caso ci piaceva trasformarle in consuetudini, veri e propri rituali, come rispondere *ehi* alle telefonate, o rispondere *ah, ok* a qualcosa di assurdo detto dall'altro come se fosse la cosa più normale del mondo. Io, ogni volta che sentivo le sirene gridavo: «Fermatevi, è qui. Fermatevi, è lei che ha bisogno di aiuto. Fate in fretta, è grave». E se nessuna sirena ci interrompeva, allora diventava una semplice scusa per prolungare la telefonata.

Sento la mancanza di quei momenti. Non avevamo troppe occasioni per vederci e stare insieme e quando capitava avevamo talmente voglia di noi, di amarci, toccarci, viziarci, guardarci, che non perdevamo un attimo in convenevoli. Le nostre telefonate invece, erano qualcosa di diverso, più profondo. Erano i nostri momenti belli da condividere, quelli in cui ci raccontavamo le nostre giornate, ciò che ci aveva fatto divertire, annoiare, incazzare. Erano i momenti in cui avevamo più bisogno l'uno dell'altro, quando, anche se distanti, ci sentivamo vicini. Ogni singola parola, così come le pause, i silenzi e le risate improvvise ci facevano sentire vivi, dando linfa al nostro cuore così assetato d'amore e vita alle nostre anime desiderose di cambiare direzione, di andare lontano, insieme. In particolare ricordo una telefonata. Ero sul tram in mezzo al caos, come sempre di ritorno dall'ufficio, in una serata fredda e piovosa. Tu in macchina da qualche parte bloccata in tangenziale. Dopo aver riso e chiacchierato, una lunga pausa interrotta bruscamente da una tua domanda: «ehi che fai?». Io non avevo potuto fare altro che rispondere «Niente, ascolto i tuoi respiri». Tra noi era proprio così: riuscivamo sempre a prenderci il meglio, a godere al massimo di ogni momento.

Stanotte però le ambulanze sembrano più numerose di tutte quelle che abbiamo sentito insieme. Quante saranno? Decisamente *troppe*. Mi chiedo se abbiano inaugurato nel quartiere un nuovo pronto soccorso. Se così fosse, non ne sarei a conoscenza. Ma com'è possibile che io sia sempre così fuori dal mondo, all'oscuro di tutto? Davvero potrebbe essermi scappato un cantiere sotto casa? Magari si sono limitati a ristrutturare il supermercato qui all'angolo: già mi immagino il reparto neurologia al posto delle casse, le sale operatorie al banco salumi e la camera mortuaria nel reparto surgelati. Non so più distinguere la finzione dalla realtà, non so nemmeno dire se le sirene esistano veramente o se le sento solo io.

Tra un suono e l'altro un'altra domanda destinata a rimanere senza risposta: i camion della nettezza urbana, chi li ha inventati? Sicuramente un genio del male, uno che soffriva d'insonnia. No, perché anche loro sembrano molto più numerosi questa notte. Non si fermano mai, fanno rumori assurdi, sbuffi simili a lamenti che neanche i maiali poco prima di diventare prosciutti. Questi dannati ammassi di ferraglia su quattro ruote con milioni di ingranaggi elettrici che alzano quintali e quintali di immondizia e che per un attimo vorrei esserci io lì dentro, sudato fradicio proprio in uno di quei sacchi. Sarebbe l'unico modo per riuscire a chiudere occhio, o forse tutti e due: per sempre! Invece quei maledetti lampeggianti intermittenti di colore arancione illuminano a giorno la mia stanza. Un secondo luce e l'altro buio. Un secondo sì e l'altro no. Ora sì e ora no. E via così per ore ed ore. Sembra L'Amnesia di Ibiza; mancano soltanto le drag queen, ma confido che nel giro di pochi minuti il mio letto si possa riempire di bolle per il tanto atteso schiuma party. Se domattina trovo anche solo un osso di pollo in uno dei cestini sotto casa giuro che mi incazzo.

Mi sembra di impazzire, riesco a sentire tutti i rumori più strani e indecifrabili, perfino il respiro pesante del piccione che dorme sul mio balcone mi da fastidio, per non parlare dello sciacquone del water della novantatreenne che abita al sesto piano nel palazzo di fronte al mio. Non dormo, non ci riesco proprio. Impossibile rilassarmi, allontanare i pensieri. La vita vera, quella che desidero e mi rende felice, ultimamente è solo quella che sogno. E vorrei viverla anche questa notte, dormendo e sognando te. Sotto le coperte ho sempre fatto sogni sopra la media. Invece no, questa notte è diversa da quelle di quest'ultimo periodo. Non solo non sei qui con me fisicamente, ma non sei nemmeno nei miei sogni. Sono inquieto: l'idea di averti persa anche nei sogni è devastante, mi rimbomba in testa lasciandomi soltanto tristezza, malinconia e rabbia. Non posso nemmeno immaginare di non trovarti al solito posto quando ti dicevo di incamminarti e raggiungermi là. Terza stella a sinistra, lontano da tutti. Lontano da quella seconda stella a destra dove c'è sempre troppa confusione per i nostri gusti. Io e te, diversi da tutto, diversi dal mondo. Non è poi così difficile capire il perché non stavamo insieme, perché non ci svegliavamo nello stesso letto: io e te siamo fatti della stessa sostanza dei sogni. E i sogni la mattina svaniscono. Ognuno di noi, come il più feroce dei serial killer, decide di aprire gli occhi e uccide un sogno. Anche quelli più belli.

Le ore, i minuti e i secondi sembrano non finire mai, il tempo scorre lentissimo. Mi conosco: so benissimo che quando è così, l'unica soluzione è vestirsi e uscire; a piedi, per le vie della città o in macchina, vagando senza meta. Però questa volta non riesco nemmeno a trovare la forza di alzarmi dal letto e fare quei pochi metri necessari per buttarmi sul divano davanti al televisore spento. Mi volto e mi rivolto nel letto, sapendo però che l'unica cosa che dovrei realmente fare è dimenticarti: voltare pagina. Ma non ce la faccio, non voglio. È passato quasi un mese da quel giorno in cui ci siamo visti per l'ultima volta. Abbiamo discusso, come ci era capitato spesso nell'ultimo periodo. Ci siamo detti anche cose importanti, forti. Parole rabbiose, cattive, che hanno soltanto sortito un effetto simile al sale sulle ferite. Non posso dimenticare di averti detto che per me non saresti più esistita, che non ci sarei stato più in caso di bisogno, di non cercarmi più, di sparire per tutto quello che mi avevi detto. Quando mi ero sentito dire di essere egoista, di non avere mai provato a capire la situazione, ero come impazzito. Dopo sei mesi trascorsi insieme, non mi sembrava di aver chiesto qualcosa di così difficile; avevo erroneamente pensato che saresti riuscita a scegliere una strada, prendere una decisione. Dopo mesi di fatica ti avevo detto di non sapere quanto tempo avrei ancora resistito a viverti in quel modo, dividendoti con un altro uomo e un'altra vita. Ma tu ti sei fatta scudo con Emma, hai continuato a ripetere che non te la sentivi, non potevi farlo, non sarebbe stato giusto. Proprio tu che mi avevi scritto che non avresti mai e poi mai messo davanti a tutto tua figlia come tutte le classiche mamme, tu che *la mia libertà e la mia vita vengono prima di tutto*, non ti sei dimostrata diversa da tutte le altre. Usare i bambini come scusa per non prendere delle decisioni credo sia la peggior cosa che esista al mondo e, quel giorno, te l'ho detto in modo sincero e diretto. È questo che non sei mai riuscita a perdonarmi. Questo ha causato la nostra rottura definitiva: quello che abbiamo sempre fatto, dirci la verità, parlarsi in modo sincero, ci ha allontanati per sempre.

«Le parole hanno un peso, Martina». «Le parole hanno un peso, Christopher». Quante volte ce lo siamo detti, quante volte l'abbiamo vissuto sulle nostre pelli. Ora questi pesi ci impediscono di respirare, ci stanno facendo annegare.

In questo periodo mi sono impegnato, sono stato bravo, ho imparato a vivere da solo, senza di te, senza la tua presenza così ingombrante. Ho imparato a bastarmi. Il problema però è sempre un altro: sei tu che non mi basti mai.

E adesso avrei così tante cose da dirti che non sarebbe sufficiente scriverti una lettera perché mi servirebbe tutto l'alfabeto. Ed è proprio questo che dovrebbe fare la differenza: le cose che due persone hanno da dirsi, da condividere.

Esistono delle differenze che fanno la differenza. Stare con una bella donna non è poi così difficile. O meglio, molti uomini ce la fanno e a molte donne basta. Stare invece con una donna e farla sentire sempre la più bella è profondamente diverso. E questa è una differenza che fa la differenza. Non mi era mai successo in passato. Avevo sempre saputo cosa era giusto fare, come comportarmi. A volte l'avevo fatto, altre avevo preferito provare l'esatto contrario. Sapevo anche cosa sarebbe stato meglio dire, quando e come dirlo. Avevo sempre fatto di testa mia. Non avevo mai avuto paura di stare solo, non avevo mai cercato in una donna il senso della mia vita. Non avevo mai detto a nessuna che non sarei riuscito a vivere senza di lei. Semplicemente perché era vero: io ce la facevo benissimo. E anche adesso la penso ancora nello stesso identico modo. Anche adesso so benissimo di potercela fare senza una donna. Il problema è un altro. Il problema ora è che quella donna sei tu: e non voglio farcela senza te.

Se solo avessi saputo che sarebbe andata a finire così...l'avrei fatto lo stesso. Lo rifarei anche adesso, subito, ogni cosa, da capo. E alla fine, cerco di convincermi che tu sia solo una tra le tante, una tra miliardi di persone. Una tra tante al supermercato, in coda nel traffico o in tangenziale. Una tra tante a quel concerto, che balli e ti muovi come tutti gli altri. Una tra tante che passa ore ed ore davanti ad un PC in un ufficio qualsiasi. Ogni singolo istante di ogni giornata devo credere che tu sia solo una tra milioni e milioni di persone. Dovrebbe essere così. Sarebbe tutto maledettamente più semplice e invece non lo è perché tu sei completamente diversa. Invidio quegli uomini e quelle donne tra gli scaffali che incrociano i tuoi sguardi in mezzo a mozzarelle, pannolini e detersivi. Proprio io che odio i supermercati.

Vorrei essere a quel concerto, al tuo fianco tra la folla o l'automobilista fermo accanto a te al semaforo, per osservarti mentre ti controlli il trucco.

Vorrei essere una qualsiasi persona che in ogni istante di ogni giorno, ti ha vista e ti ha avuta più vicina di me. Anzi no. A pensarci bene, sono contento di non esserlo perché nessuno ti avrà mai così come ti ho avuto io.

Perché il supermercato è mio e solo io ti vedo in tutte le telecamere a circuito chiuso; miei sono gli occhi in cui ti specchi per guardarti e vestirti. Sono io il cantante sul palco per cui balli e ti muovi e sono ancora io nella foto sul desktop del tuo PC. Sempre, lì, fermo a pochi centimetri da te.

E tutti gli altri vadano a farsi fottere.

Più mi guardo intorno in questa casa e più mi sento circondato di cose inutili. A cosa serve questo libro sul comodino se non mi parla di te? A cosa serve la musica se non suona le nostre emozioni? E un cellulare che non squilla mai con il tuo nome? A cosa serve il sole dopo la pioggia se non disegna un arcobaleno? E tutto quello che ho da dare se non posso regalartelo?

Quel mare in tempesta se non possiamo navigarlo insieme e sentirne la sua forza addosso? E soprattutto a cosa serviamo io e te se non siamo noi?

Queste domande mi assillano la mente; per l'ennesima volta mi rigiro nel letto, scostandomi il lenzuolo che mi pesa addosso come un macigno.

Mi sto sforzando, mi impegno, ce la metto davvero tutta per cercare di convincermi, ma è tutto inutile, perché anche se mi ribalto, se mi guardo al contrario, da un'altra prospettiva, io non cambio. E tu sei in ogni mio singolo atomo.

Basta. Mi alzo. Devo porre fine a questa agonia.

Sono convinto che esistano luoghi che aiutano a pensare, a scrivere e casa mia non è di certo uno di questi, tanto meno il mio letto. Inoltre, da sdraiati si ha una visione distorta della realtà e si immagina sempre qualcosa che non esiste. È ora di tornare a vivere, è ora di affrontare il mondo su due gambe, è ora di rimettersi in piedi.

Mi vesto velocemente senza far caso agli indumenti che trovo nell'armadio; mi accorgo che i jeans non sono stirati e son piegati da un po' perché li sento rigidi sulla pelle, la maglietta è scura a mezze maniche. Nessuna felpa né altra maglia: mi infilo il giubbotto di pelle perché voglio sentirlo a contatto con la mia pelle, nonostante il freddo di questi giorni: è pazzesco come la memoria del corpo aiuti a rivivere certe situazioni in modo così profondo e ti riporti esattamente ad un momento ben preciso, vissuto chissà quanti mesi prima. Prendo il cellulare e, nonostante l'ora, chiamo in ufficio. So che non mi risponderà nessuno, ma lascio un messaggio sulla segreteria di Evelyn per dirle di avvisare il capo: per due giorni non sarò in ufficio. Prendo lo zaino ai piedi del letto e ci butto dentro un ricambio, gli auricolari, gli occhiali da sole, prendo lo spazzolino e il dentifricio dal bagno ed esco di casa. Sono le 5.05 ed è ancora buio, non ho per niente le idee chiare, ma sento solo una voglia matta di partire. Proprio come mi capitava anni fa, aspetto un taxi in mezzo alla strada. Fa davvero freddo, il cielo è nero e la luna è ancora alta. Le auto in giro sono decisamente poche. Esattamente sei mesi fa a quest'ora, stavo guardando l'alba con te in Piazza Duomo. Salgo sul taxi, ho la testa completamente svuotata e quasi senza accorgermene, rispondo al tassista che mi chiede la destinazione: «Aeroporto di Linate». Il tassista ha tutta l'aria di quello che ha dormito meno di me, probabilmente ha lavorato tutta la notte o, magari, come me, non è riuscito anche lui a dormire a causa di ambulanze e camion della nettezza urbana e ha deciso di fare gli straordinari. Glielo chiedo e mi risponde che lavora tutte le notti eccetto il sabato; aggiunge di aver scelto proprio questo lavoro perché soffre d'insonnia. Incuriosito, gli domando quanto costa una licenza e come si può fare per ottenerla e mentre lui continua a chiacchierare raccontandomi di quanto sia duro e faticoso, io mi immagino di guidare per le strade di Milano, a scarrozzare vip con il mio bel tassametro davanti e il massaggia-schiena sul sedile. La città è ancora deserta a quest'ora e la sua bellezza mi lascia sempre senza parole. Guardo i palazzi che scorrono velocemente attraverso il finestrino, avvicino la mano al vetro quasi per toccarli e la sensazione di freddo si diffonde su tutto il corpo. Al fondo della strada, sotto un lampione, mi sembra di scorgere un clochard appoggiato al muro, rannicchiato accanto a un carrello della spesa, pieno di stracci e qualche borsa. Allungo lo sguardo e fisso lo sguardo sulle luci rosse dei freni delle auto di fronte. In meno di dieci minuti siamo su viale Forlanini e in lontananza scorgo un aereo che atterra. Mi è sempre piaciuto guardare gli aerei, immaginare da dove stessero arrivando o verso quale meta fossero diretti. Mi chiedo sempre se i passeggeri mi possono vedere, a cosa stanno pensando. A volte mi è addirittura successo di pensare di assistere a qualche tragedia: un aereo che esplode in fase di decollo o a un altro che va lungo sull' hangar all'atterraggio. Ma forse oltre a me, solo i bambini fanno pensieri di questo tipo; almeno, lo spero. Scendo dal taxi, pago la mia corsa e saluto quello che a breve potrebbe diventare il mio prossimo collega e mi trattengo da desiderio di dirgli che ci vedremo presto in giro. Cammino in fretta, quasi fossi in ritardo; arrivo davanti alle partenze internazionali e mi fermo qualche secondo davanti alle porte girevoli. Tento di capire bene il loro funzionamento e i loro tempi, mi guardo intorno per vedere se c'è qualcuno che mi osserva. Non so perché ma ho un po' timore di quei movimenti meccanici, soprattutto quando entrano in rotta di collisione ai miei. E se mentre mi accingo a varcarne la soglia Clark Kent decidesse di utilizzare proprio quel luogo come camerino? Mi faccio coraggio ed entro, sopravvivo ai due giri di giostra (quando capisco come funziona mi piace strafare) e, con passo spedito, mi avvio verso il bar per fare colazione. Seguire le indicazioni in un aeroporto è una delle cose più difficili al mondo: percorro interminabili corridoi e mi ritrovo al gate per Città del Messico. Torno indietro, svolto due volte a destra e poi a sinistra e dopo 15 minuti mi trovo alla toilette in compagnia di altri quattro allegri personaggi che mi guardano come per dire: «anche lei voleva fare colazione?».

Dopo aver chiesto aiuto ad un inserviente filippino addetto alle pulizie e ad una hostess oversize raggiungo finalmente il bar. Ordino la colazione prima di sedermi su uno sgabello che mi fa sentire Kareem Abdul Jabbar all'apice della carriera. Guardo in basso e, con un certo senso di vomito e vertigini, cerco qualcuno che mi saluti o che stia immaginando la destinazione del mio viaggio. Apro lo zaino e prendo il libro. Con il cellulare scatto una foto e la posto su Instagram. Devo riuscire ad inquadrare tutto, la vetrata che dà sulla pista di atterraggio, la tazza, le briciole dei cornetti e la mia mano sulla copertina di *Strade Blu*. Scatto, riscatto. Fino a quando scelgo quella giusta da modificare in stile vintage.

Non so ancora esattamente cosa ci faccio qua, non so nemmeno dove andare. Per ora mi limito a rileggere qualche frase sottolineata del libro:

«Talvolta l'esistenza dell'uomo somiglia alla lancetta dei secondi che, pur correndo rapida su tutto il quadrante, compie sempre lo stesso percorso».

Ripenso all'orologio davanti al mio ufficio, sempre fermo sulle 11.35. Se fosse un bel momento, be' allora che gran godimento! Ma se invece fosse brutto...povere lancette, che vita da dimenticare!

Riguardo il titolo del libro e penso alla mia vita come ad una strada. A volte è stata in salita, terribilmente ripida e faticosa, piena di tornanti, ricca di buche ed ostacoli. Altre, invece, è stata in discesa, bagnata e scivolosa ma panoramica. E lo spettacolo che mostrava era da lasciare senza parole. Non voglio più percorrerla da solo, voglio una persona accanto a me. Voglio poter condividere le fatiche del viaggio e la gioia dell'arrivo a destinazione. Voglio percorrerla insieme alla persona che amo. Perché non mi è concesso?

Trovo un'altra frase sottolineata:

«Un uomo diventa ciò che fa».

Alzo lo sguardo al di là del bancone: se scelgo la sinistra torno a casa, se scelgo la destra prendo un aereo. Alcune parole rimbombano nella mia testa, voglio girare a destra. Scendo dallo sgabello, pago la colazione ed esco. Il destino oggi mi è amico, arrivo davanti al tabellone elettronico delle partenze.

06.19 Amsterdam.

06.35 Londra

06.38 Copenhagen

06.45 Parigi

Mi fermo, guardo l'orologio: segna le 06.05. Dovrei farcela a comprare un biglietto per la Francia ed imbarcarmi. *On y va*. Si parte.

In meno di 20 minuti faccio tutto e mi dirigo di corsa verso il check-in. Al mio fianco uomini eleganti, donne che parlano con la erre moscia e bambini che piangono e urlano con la erre dura. Troppo dura per i miei gusti.

Posto 22 C. Finestrino. Al decollo sono sempre teso. Preferisco di gran lunga il treno, forse perché viaggio sempre seduto con le spalle rivolte alla destinazione finale. Non è un caso, non può esserlo. Credo che mi venga regalata una preziosa opportunità: quella di scegliere. Guardare ciò che si lascia, tutto quello da cui ci si allontana. E se si decide di non scendere immediatamente, o in nessuna delle stazioni intermedie, vuol dire che non è stato poi tanto sbagliato partire. Ma in aereo? In aereo non si può. Fisso lo sguardo sulla pista e mano a mano che il velivolo rulla, ecco che si allunga fino alle distese di campi che circondano l'aeroporto. Troppo tardi per cambiare idea.

Alle 08.35 arrivo all'aeroporto Charles de Gaulle. Ho bisogno di un taxi, ne cerco uno libero tra le centinaia che caricano e scaricano passeggeri e bagagli. I miei prossimi colleghi d'oltralpe sembrano ancora non riconoscermi; come dargli torto? È ancora mattino presto, saranno addormentati. Salgo a bordo del taxi e accenno una piccola conversazione dopo aver detto senza esitazioni: «Louvre, s'il vous plait». L'autista attacca a parlare ininterrottamente per una ventina di minuti. Ma di cosa? Della politica estera di Obama? Della TAV Torino-Lione? Del cambio sulla panchina del Psg da Ancelotti a Blanc? Il francese non è il mio forte, ma sembro deciso con il mio ripetere «mais oui, mais oui assurément», che fa sempre scena. Finalmente arrivo a destinazione: chiedo se accetta gli euro perché non ho fatto in tempo a cambiare in franchi. Non ride alla battuta semplicemente perché ha capito che non si tratta di una battuta. Vabbe' mi sono sbagliato con Londra, vorrei vedere lui nei miei panni: fino a due ore fa non sapevo nemmeno dove andare! Mi chiede 125 euro e io a mia volta gli domando se accetta finanziamenti. Questa volta ride, non capendo però che nemmeno stavolta era una battuta.

Ed eccomi qui, davanti al Louvre. Cosa diavolo ci faccio qui? Devo forse fare qualche ricerca approfondita per Dan Brown? Non ricordo. Forse voglio semplicemente vedere se la Gioconda dal vivo è meglio che in foto? La prima volta che l'ho vista mi aveva un po' deluso a dire la verità. Ero in prima superiore, la gita di fine anno. Avevo provato una strana sensazione di euforia, proprio come ora, ma ci ero rimasto male quando mi ero trovato davanti a quel quadro così piccolo. Tutta quella strada, 12 ore di pullman per questo quadretto? Ero rimasto davanti alla tela per una decina di minuti nei quali tra me e me insultavo Leonardo, tutta Vinci e tutta la Toscana. Fino al momento in cui avevo deciso di andare ad affogare la mia tristezza in una baguette di un metro e mezzo farcita e due Coca Cola. «No grazie, la Perrier ve la bevete voi», avevo detto con aria di sfida al cameriere.

Decido di entrare, di snobbare le visite guidate e soprattutto di non passare nemmeno nelle vicinanze della Sciura Lisa o Monna Lisa o come diavolo si chiama. Chiudo gli occhi sforzandomi di ricordare qualcosa delle lezioni di storia dell'arte. Cerco di farmi venire in mente tutte le cose che mi piacevano maggiormente e che potrei vedere. Ecco: voglio vedere le stampe di Marilyn di Andy Warhol, mi guardo intorno e cerco le indicazioni per la *sala Warhol*. Dopo cinque minuti mi arrendo con la consapevolezza di essere nel posto sbagliato. Ecco, trovato! La cappella Sistina! Quella sì che mi piaceva! Magari è a Parigi ora, in tour per farla vedere a tutti i francesi. Mi dirigo verso il banco informazioni e chiedo alla guida se hanno opere provenienti da Roma da visionare in questo periodo. Lui mi risponde, in un italiano più chiaro del mio, che al bar se faccio di corsa posso trovare ancora qualche *grattachecca*. Io ringrazio e non capendo la battuta chiedo se sa già dirmi se ce l'hanno all'amarena così mi evita una strada inutile. Non ride e mi rendo conto che i francesi, almeno stamattina, non sono molto simpatici. Prendo un opuscolo da uno scaffale, apro una pagina a caso e mi si illuminano gli occhi. Vedo qualcosa di una bellezza devastante. Ecco cosa mi ha portato qua, come potevo non ricordare? Io e te ne abbiamo parlato spesso, ne abbiamo condiviso le emozioni, la grazia. Ed io ora sono qui, a pochi passi da lei. Amore e Psiche è qui. Divento curioso. Leggo la descrizione di quest'opera alla ricerca di qualcosa che avevamo condiviso insieme:

«L'opera, realizzata in marmo bianco, levigato e finemente tornito, rappresenta, con un erotismo sottile e raffinato, il dio Amore mentre contempla con tenerezza il volto della fanciulla amata, ricambiato da Psiche con una dolcezza di pari intensità.
Le due figure sono rappresentate in un momento carico di tensione; l'atto subito precedente al bacio.
La gestualità e il movimento introducono la dimensione del tempo eternizzato dall'artista in un attimo sublime, che rimane in sospeso. Anche i personaggi, nei corpi adolescenziali e con le loro forme perfette, sono idealizzati secondo un principio di bellezza

assoluta e spirituale. Le due figure si intersecano tra di loro formando una X morbida e sinuosa che dà luogo ad un'opera che vibra nello spazio.

L'opera del Canova è un capolavoro nella ricerca d'equilibrio, le due figure sono disposte diagonalmente e divergenti fra loro. Questa disposizione piramidale dei due corpi è bilanciata da una speculare forma triangolare costituita dalle ali aperte di Amore. Le braccia di Psiche invece incorniciano il punto focale, aprendosi a mo' di cerchio attorno ai volti. All'interno del cerchio si sviluppa una forte tensione emotiva in cui il desiderio senza fine di Eros è ormai vicino allo sprigionamento.

L'elegante fluire delle forme sottolinea la freschezza dei due giovani amanti: è qui infatti rappresentata l'idea di Canova del bello, ovvero sintesi di bello naturale e di bello ideale».

Richiudo l'opuscolo e alzo lo sguardo. Ritorno indietro di qualche mese col pensiero. Sorrido, ripenso a quella sera in cui, nel letto, eravamo io amore e te psiche.

PARTE DECIMA *bis*

LA FINE
08 agosto 2014

1.

È presto e il sole dorme ancora dietro l'orizzonte. Sembra non abbia voglia di sorgere. Quasi non volesse dare inizio a questo nuovo giorno, consapevole che potrebbe rappresentare il capolinea inatteso di un viaggio iniziato tanto tempo prima. Ciononostante Christopher decide di alzarsi dal letto. Quella che sta finalmente per concludersi è stata una lunga notte. Il tempo non passava mai. I minuti eterni si susseguivano lentamente, incatenati ad un orologio incapace di indicare l'ora precisa perché perennemente in ritardo di qualche secondo. Eppure Christopher ci era abituato. Negli anni, con calma e dedizione, aveva tentato parecchie volte di sistemarlo, sempre però con scarsi risultati: quell'orologio restava sempre indietro. Poco davvero, ma abbastanza da non permettergli di vivere appieno ogni singolo momento della sua vita. A lui però non importava più di tanto. Anzi, da quando aveva conosciuto Martina, quasi gli piaceva. Non voleva essere sincronizzato con il mondo, voleva esserlo solo con lei. La sua vita non era altro che lei. Quei secondi si erano trasformati in qualcosa di importante, di unico e bello. Qualcosa da proteggere, di cui essere geloso. Gli consentivano di averla sempre davanti, di poterla osservare e guardare dalla giusta distanza. Per mettere a fuoco la sua bellezza rara, speciale, disarmante. Capace davvero di lasciare senza fiato. Luminosa e colorata come la più bella delle auree. E lui ne aveva sempre approfittato, osservandola da qualsiasi angolazione possibile, come si fa con i quadri più belli e con le opere d'arte. Ora, purtroppo, era decisamente più lontana, ma i pensieri, le emozioni e i sentimenti erano sempre identici, e quelli sì, sempre sincronizzati. Ancora adesso gli è sufficiente chiudere gli occhi per risentirli, riviverli proprio con la stessa intensità di allora. E anche in questa notte interminabile, trascorsa sdraiato sul letto senza dormire, non è stato diverso. Lui le ha accarezzato i capelli, l'ha coccolata, baciata ovunque e amata. In attesa di quel nuovo giorno che inevitabilmente avrebbe messo la parola *fine* a tutto. Quel *tutto* che però adesso è ancora lì, dannatamente presente come allora. Soltanto un secondo di ritardo, meno di un centimetro di distanza. La consapevolezza di poterle prendere ancora una volta la mano, nonostante tutto, lo fa stare bene.

Sin dall'inizio della loro storia Christopher ha sempre saputo che, prima o poi, Martina si sarebbe allontanata. Che si sarebbe accontentata della sua realtà, di quella vita costruita a fatica negli anni. È stato proprio lui a dirglielo tante volte, a suggerirle di farlo fino a quel giorno in cui lei l'ha fatto davvero. Entrambi sapevano che sarebbe stata la cosa giusta e che Christopher, in un modo o in un altro, sarebbe rimasto una presenza importante nella vita di Martina. Pronto a sorreggerla e a darle forza e sostegno nei momenti del bisogno. Avrebbe fatto tutto questo per lei, per ciò che rappresentava la loro storia. Perché la serenità di Martina era più importante di tutto. Anche di quei pochi secondi di ritardo accumulati con il mondo.

Sfortunatamente, però, lei decise di andarsene in un modo del tutto inaspettato. Successe tutto velocemente, con rabbia, proprio quando lui, a torto, stava iniziando a credere che lei avrebbe trovato la forza di sfidare il mondo, le persone che la circondavano. Di non temere l'opinione della gente. Per poter stare finalmente con lui.

Invece andò tutto diversamente, quasi senza una spiegazione, senza il tempo di ragionare, di parlare e decidere insieme se il loro viaggio poteva davvero finire lì. Che quell'estate stava per terminare.

Christopher non le aveva mai chiesto esplicitamente di lasciare tutto, ma come diavolo poteva pretendere o solo pensare che sarebbe stato in grado ancora a lungo di dividerla con un altro uomo? Di saperla ogni notte a letto con il padre di sua figlia? Davvero pensava potesse essere una cosa possibile? Sicuramente Martina si sarà sentita con le spalle al muro, incapace di prendere una decisione così grande, di lasciarsi alle spalle un marito, una casa, la serenità familiare, l'opinione delle amiche e della famiglia per poter vivere liberamente l'amore e la felicità. Avrebbe però potuto trovare l'occasione per dirlo a Christopher, senza lasciare coltivare in lui la speranza che dopo il Natale la situazione sarebbe finalmente cambiata. Perché era ovvio che il Natale si sarebbe trasformato presto in Pasqua, poi in Ferragosto e poi chissà quale altra ricorrenza solo ed esclusivamente per posticipare la decisione. Eppure Martina aveva sempre sostenuto che la sua libertà veniva prima di tutto. Ora però la stava mettendo all'ultimo posto in nome di una figlia che mai e poi mai avrebbe potuto desiderare qualcosa di diverso dalla felicità della propria madre.

Non ci fu alcuna spiegazione. La storia d'amore più bella e importante della loro vita finì in quel modo: con la consapevolezza che non avrebbero mai più cercato la felicità insieme e il timore che sarebbero andati incontro ad una vita di maschere e bugie.

A Christopher sarebbe bastato che Martina l'avesse guardato negli occhi per dirgli:

«Christopher, la nostra estate termina oggi. La stagione più bella della nostra vita, l'estate che, se fossi Bryan Adams, ci avrei scritto una canzone. Termina oggi, Christopher. Nessun equinozio, nessun solstizio. Finisce e basta. Da oggi farà buio presto e farà anche più freddo. L'umidità ci entrerà nelle ossa e nulla potrà più scaldarci come quel raggio di sole di giugno.

Non avrei mai voluto arrivasse l'autunno. Ma è ora. È ora di vivere anche le altre stagioni, il sole a volte brucia e alla lunga può fare male. Non possiamo più stare scoperti».

A Christopher sarebbe bastato, invece non successe.

Non si sentono da sette mesi. Nessuno dei due sa più niente dell'altro. Nessuno dei due può anche solo lontanamente immaginare ciò che l'altro ha provato, vissuto e sofferto in questi mesi. Oggi però Christopher tornerà da lei, annullerà

la distanza che si è creata. Lo farà in modo definitivo, perché la sua vita così non ha senso. Finalmente ha la risposta alla domanda di Martina:
«Quali altri eventi mi riserverà il futuro da festeggiare proprio in questa data?».
La risposta, anche se fa terribilmente male, ormai sembra quasi certa. È lì, sempre presente nel suo sogno ricorrente.

Appena scoccata la mezzanotte ha acceso il PC e ha scritto una e-mail a Martina per il suo compleanno:
«...sicuramente non sono io la prima persona a farti gli auguri, ma senza dubbio sei te la prima persona a cui penso in questa giornata. La mia *A*. Proprio ora, qualche minuto dopo essere stata la mia *Z*. Come avviene da molto tempo; l'inizio e la fine di ogni mio giorno, il primo pensiero al risveglio e l'ultimo prima di addormentarmi.
Tanti auguri Martina. Di cuore, sinceri. Che sia un giorno speciale, proprio come te. E che sia un giorno felice come quello di cui parlava Neruda nella sua *Ode al giorno felice*:

Questa volta lasciate che sia felice,
non è successo nulla a nessuno,
non sono da nessuna parte,
succede solo che sono felice
fino all'ultimo profondo angolino del cuore.

Camminando, dormendo o scrivendo,
che posso farci, sono felice.
Sono più sterminato dell'erba nelle praterie,
sento la pelle come un albero raggrinzito,
e l'acqua sotto, gli uccelli in cima,
il mare come un anello intorno alla mia vita,
fatta di pane e pietra la terra
l'aria canta come una chitarra.

Tu al mio fianco sulla sabbia, sei sabbia,
tu canti e sei canto.
Il mondo è oggi la mia anima
canto e sabbia, il mondo oggi è la tua bocca,
lasciatemi sulla tua bocca e sulla sabbia
essere felice,

essere felice perché sì,
perché respiro e perché respiri,
essere felice perché tocco il tuo ginocchio
ed è come se toccassi la pelle azzurra del cielo
e la sua freschezza.
Oggi lasciate che sia felice, io e basta,
con o senza tutti, essere felice con l'erba
e la sabbia essere felice con l'aria e la terra,
essere felice con te, con la tua bocca,
essere felice.

Vorrei dirti molte altre cose, ma adesso non hanno senso e poi so che già le conosci.
E se invece non le conosci, be' allora avrebbero ancora meno senso.
Però ho scritto tante altre parole e ci ho fatto un libro. Ho messo su carta la mia storia, quello che sono io e subito dopo ho scritto di te. E poi ancora di io e te.
È un romanzo, il più bello che abbia mai letto, il più intenso e quello più vero. Sono pagine ricche di vita, la nostra vita. Come se l'avessimo scritto insieme. Il nostro romanzo a quattro mani, ricordi?
Allegate a questa e-mail trovi le pagine iniziali.
È questo il mio regalo. Pensato, creato e voluto. Spero ti rendano felice, che riescano a toccare le corde giuste, quelle della memoria. Suscitando curiosità ed emozioni. Un regalo, in fondo, dovrebbe servire a questo.
Presto riceverai anche il resto e quando succederà ti basterà chiudere gli occhi per sentire la mia presenza. Pur non conoscendola ora ti posso assicurare che la fine è molto più vicina di quanto tu possa anche solo immaginare ed è tremendamente uguale a quel 10 giugno di un anno fa.
Sei sempre con me Martina, in ogni istante. Sei nel mio cuore, sei il centro di tutto.
Un consiglio: scatta sempre tante foto e non smettere di cercarti nelle cose più belle. È lì che ti ho sempre trovato. Ed è lì che ti trovo adesso e dove continuerò a trovarti.
Meriti di essere lì. Non cercarti altrove.
Buon compleanno, Martina.
Io».

Con la luce ancora spenta si dirige in cucina. Gli sembra di essere rimasto sdraiato un'eternità senza dormire. La musica in sottofondo gli ha tenuto compagnia ma era talmente lontano con i pensieri, in una dimensione così distante che a memoria non ne ricorda nemmeno la melodia. Il suo volto è segnato dalla stanchezza, l'espressione non è solo pensierosa ma anche triste. Ha gli occhi lucidi, le lacrime hanno lasciato dei solchi sulle guance che sembrano quasi rughe. È davvero possibile che stia per realizzarsi tutto? E se fosse solo un grande equivoco? Continua a porsi queste due domande, ricorda ogni dettaglio di quel sogno che lo agita da tanto, troppo tempo. Sa cosa deve fare per far sì che Martina non perda il sorriso per sempre, conosce perfettamente il disegno del destino.

E mentre beve il latte freddo direttamente dalla bottiglia, bagnandosi il petto, il rumore del mare gli rimbomba dentro. Ora più che mai.

2.

Martina è sdraiata sul fianco, proprio sul bordo del letto. Sul suo comodino, oltre ad una piccola abat-jour con lo stelo d'acciaio e un paralume color crema punteggiato di stelle dorate, trovano spazio una radiosveglia, che indica le ore 04.18 e cinque libri, alcuni letti, altri non ancora cominciati. Vicino alla parete, su una sedia di plastica moderna e trasparente, sono accatastati disordinatamente un reggiseno chiaro a pois e un vestitino leggero sulle tonalità dell'azzurro privo di cuciture, ma con un pizzetto bianco lavorato a mano che rifinisce elegantemente i bordini della gonna e delle maniche. Per terra, ai piedi della sedia, sandali di cuoio, semplici e senza tacco, ricamati con dei fiori e una borsa a tracolla. Non sa dire esattamente da quanto tempo è sveglia. Ferma così, immobile in posizione fetale. Sicuramente parecchie ore, che questa notte sembrano eterne. Le braccia sottili sono piegate, rispettivamente, sotto il morbido cuscino e lungo il fianco. Una mano accarezza delicatamente il ventre, con movimenti dolci e leggeri, soffermandosi a lungo sull'ombelico, molto più sporgente rispetto al solito mentre l'altra è ormai addormentata sotto il peso della testa. Le gambe, con le ginocchia raccolte, sono totalmente scoperte e tra di esse due grossi guanciali. Un lenzuolo blu scuro copre solo in parte i piedi con le unghie pitturate di una tonalità rosso fuoco. I capelli, di un lucente nero corvino lunghi fino alle spalle, le girano ordinati dietro alle orecchie dove si intravede un semplicissimo orecchino di perla. Al collo una catenina d'argento con un delfino che riposa lì, proprio nel solco creato da due seni sodi e generosi dai capezzoli turgidi. Indossa culotte e canottiera a costine bianche. La pelle liscia, leggermente abbronzata, sembra più morbida che mai. Ha gli occhi aperti nonostante sia molto presto, nonostante il buio non lasci intravedere nulla e nessuna luce filtri dalla tapparella della porta finestra proprio di fronte a lei. Giorgio sta dormendo, come al solito a pancia in su, occupando gran parte del loro letto matrimoniale mentre Emma russa pacifica nel suo lettino posizionato ai loro piedi.

Martina è triste. I suoi occhi verdi sono carichi di lacrime, già scivolate copiosamente tra quei nei così perfetti da sembrare quasi disegnati. Minuscoli puntini messi lì non certo a caso ma secondo un preciso criterio estetico, sul viso, sul collo e anche sulle spalle.

Nonostante questo il suo viso ha lineamenti talmente perfetti ed eleganti, da sembrare rilassato. Non riesce a smettere di pensare al messaggio ricevuto da Christopher qualche ora prima, proprio un minuto dopo la mezzanotte. L'ha letto e riletto quasi un centinaio di volte, sarebbe perfettamente in grado di ripeterne a memoria ogni singola parola. Era sicura che le avrebbe scritto, ne era certa. Era stata sveglia apposta fino a tardi la sera precedente seppur stesse crollando dal sonno e nonostante il mal di schiena. Giorgio ed Emma erano andati a letto presto, lei invece era rimasta seduta sul divano davanti alla televisione accesa, con il cellulare in mano. Sette mesi che non si sentivano, sette lunghi mesi senza sapere nulla l'uno dell'altro. Fino alle 00.01, minuto esatto in cui era arrivato il suo messaggio e lei, leggendolo, non aveva potuto fare a meno di sorridere e piangere contemporaneamente. Più forte del solito, più forte di tutte quelle volte che lo aveva fatto in silenzio in tutti quei mesi.

E gli rispose:

«Lo sapevo, Christopher, ti giuro che lo sapevo. Ti stavo aspettando.

Voglio la pagina numero uno, la pagina tre, la sei, la sette, la otto e tutte quelle che seguono del nostro romanzo, del nostro pezzo di vita. Voglio poter scrivere tante pagine nuove insieme a te.

È bello e tu sei molto bravo, lo sei molto più di me. Io non riesco nemmeno a mettere insieme i pezzi di una me stessa che non riconosco più.

Oggi è il mio giorno, per la prima volta in 36 anni vorrei che questo giorno non esistesse.

È stato bello ricevere le tue parole, bello davvero, emozionante.

Vorrei tanto essere felice, lo vorrei davvero. Non so se ne sono realmente capace ma ti assicuro che ci sto provando. Spero non sia troppo tardi.

Ti abbraccio, Christopher.

P.S. È il regalo più bello che potessi farmi, tocca le corde giuste, i 21 grammi. È la tua mano sulla mia pancia.

Dolce notte.

Te».

Decide di alzarsi e fare colazione.

Vuole regalarsi del tempo per far viaggiare veloce i suoi pensieri, prima di affrontare quella giornata che le cambierà la vita. La decisone di dire tutto a Giorgio, di ammettere finalmente a se stessa che non ha più alcun senso fingere, che non vuole più vivere una vita senza amore. Sa che sarà difficile ma sa anche di essere pronta e il messaggio ricevuto da Christopher le ha dato l'ultima spinta. Lui è ancora lì ad aspettarla, si prenderà cura di lei e dei bambini. Nonostante tutto, non ha mai smesso di amarla, la perdonerà per non avere avuto il coraggio e la forza di stare con lui quando il loro amore era così vivo e forte. Sarà in grado di perdonarle quel segreto che non ha saputo confessare a nessuno, nemmeno a lui.

Come poteva pensare di farcela senza Christopher? Di scappare, di lasciarlo fuori dalla sua vita? Che stupida.

Lei e lui avevano tutto. Lo avevano quotidianamente, l'avevano costruito insieme. Era tutto nelle loro mani, nei loro abbracci, nei loro baci. Era nel loro modo di guardarsi, nelle loro mille parole e in tutti i loro lunghissimi silenzi. Era nel loro modo di comunicare, sempre così intenso, sempre nuovo e diverso. Era nel loro modo di prendersi in giro, di sentirsi importanti ed unici. Era nel loro modo di preoccuparsi l'uno dell'altro, di preoccuparsi delle loro vite. Avevano tutto e lo condividevano ridendo, piangendo, amandosi. Ma lei non lo aveva ritenuto sufficiente. Avevano tutto ma quel tutto per Martina non era la realtà. Quella no che non ce l'avevano. La realtà era ben altro. Nella realtà secondo lei non si poteva avere tutto, e non si aveva nemmeno il diritto di desiderarlo. Era quasi un peccato farlo. Com'era considerato qualcosa di sbagliato voler essere felici. Se si aveva tutto...be' allora si stava vivendo in un mondo parallelo, irreale. Non riteneva possibile vivere soltanto di emozioni, di sogni e d'amore. Ma perché? Che stupida era stata! Chi l'ha detto che non si possono vivere i sogni? Dove sta scritto che le nostre vite non possono essere il sogno che ci piace così tanto?

Fanculo la realtà, non è troppo tardi. Non può essere troppo tardi.

Entra piano in cucina, prepara la caffettiera e si siede sullo sgabello di fronte alla penisola di acciaio. Fa volare finalmente i pensieri, pensando che la vita, in fondo, è questione di attimi, un susseguirsi infinito di attimi che si possono riempire di emozioni e azioni. Attimi ordinati in fila indiana, senza che nessuno di loro voglia superare l'altro.

Ha voglia di scrivere e inizia a farlo. Inchiostro verde su carta bianca. L'inchiostro che piace a lei, sulle pagine della sua Moleskine rimasta a lungo chiusa e incartata.

Su quelle pagine avrebbe potuto scrivere numerose vite oltre quella che sta vivendo. I momenti sono mutevoli, cambiano a seconda di quello che siamo, o vorremmo essere.

Si appoggia allo schienale dello sgabello. Gioca come una majorette con la penna tra le dita prima di portarla alle labbra e morsicarla.

Alza lo sguardo in cerca di qualcosa. Guarda la finestra chiusa. Non riesce a vedere fuori, tende scure la coprono quasi interamente. Ha bisogno di aria, deve aprirla. Vuole sentire il suo corpo reagire all'aria fresca del mattino, vuole respirarla. Vuole prendere fiato, ha bisogno di aria nuova per continuare a scrivere. Il fresco la ossigena, come quando toglie i collant dopo una giornata intensa. Sente il fresco sulla pelle nutrirla, accarezzarla come se fossero le mani di un amante che sfiora la sua amata dopo tanto tempo.

Respira a pieni polmoni, lancia lo sguardo oltre l'orizzonte e pensa alle possibili alternative.

E se quella volta non avesse percorso quella strada? Se avesse preso il primo tram per tornare a casa? Se invece avesse passeggiato a lungo?

Domande, domande e ancora domande che non trovano risposta. Perché quella strada, lei, l'ha percorsa. Su quel tram ci è salita perché aveva paura di perderlo. Se lo ricorda bene. E non ha passeggiato. Ha scelto di non passeggiare perché aveva fretta di sentirsi come solo lei sapeva che si sarebbe potuta sentire. Ed ora vuole di nuovo tornare a sentirsi così. È vero, la vita, alla fine, è questione di attimi ed oggi è l'attimo dedicato alla sua felicità.

Si asciuga le lacrime, ha bisogno di una bella doccia rilassante.

Senza accendere la luce, cercando di fare il minore rumore possibile, si reca in bagno. Si chiude a chiave la porta alle spalle e si spoglia lasciando cadere per terra la biancheria che indossa. Si osserva allo specchio. Non può non pensare a quanto sia cambiata, a come sia diversa rispetto ad un anno prima, a come siano differenti le sue emozioni i suoi pensieri e quel corpo così ingombrante che in ogni istante gli fa rivivere la sua più bella storia d'amore: il suo segreto più grande.

Quello specchio propone anche oggi un'immagine molto diversa da come lei si sente. Raramente era riuscito riflettere esattamente quello che lei aveva dentro.

Succedeva solo quando si preparava per uscire con Christopher e immaginava gli occhi che avrebbe avuto addosso da lì a poco. Capitava allora che desiderasse avvicinarsi sempre più al suo riflesso per guardarsi meglio e sentire crescere l'agitazione, percepire nello stomaco quelle farfalle che non erano altro che voglia di vivere.

E lo specchio allora sembrava sorriderle, come se si illuminasse. Non era proprio possibile però riuscire a scorgersi con gli occhi di quell'uomo che amava così tanto, non ne era capace, non poteva esserne capace. Ma era bella la sensazione che riusciva a ricreare guardando quell'immagine riflessa nello specchio. E allora sceglieva tutto con attenzione, curava i dettagli perché sapeva che quello sguardo li avrebbe catturati per non dimenticarli. E si sentiva bene, sentiva il desiderio di quegli occhi che avrebbero guardato nel profondo, talmente a fondo che l'avrebbero lasciata nuda senza toglierle i vestiti. Che avrebbero accarezzato la sua anima fino a farla sentire al sicuro. E non voleva più farne a meno. Li avrebbe voluti sempre addosso, e per sempre. Quanto le mancano quegli occhi. Quanto le manca Christopher. Quanto le manca il padre del figlio che le sta crescendo dentro.

3.

Christopher esce di casa velocemente. Si chiude la porta alle spalle senza voltarsi, come se volesse rinchiudere definitivamente in quelle quattro mura tutta la sua vita, tutti i suoi ricordi. Cerca di non pensare a nulla, non vuole correre il rischio che la malinconia prenda il sopravvento e possa fargli cambiare idea su ciò che ormai è inevitabile. Deve essere lucido, deciso e forte. Ancora per qualche ora.

Vorrebbe essere già arrivato a destinazione, in quella località marina che ha frequentato a lungo in gioventù ma che, fino alla settimana precedente, da molto non visitava.

Era andato proprio il lunedì prima, si era preso una giornata di ferie per capire se quel presentimento potesse essere vero, se quel sogno ricorrente non gli stesse mentendo. Come aveva temuto, ne aveva ricevuta conferma.

Era partito a metà mattina. Nel tragitto da casa all'imbocco dell'autostrada si era fermato in libreria per comprare un libro.

Come sempre si era ipnotizzato davanti alla classifica dei più venduti, dal numero uno al dieci. Erano lì, di fronte a lui in tutto il loro pseudo splendore. Li aveva guardati, sfiorato le copertine, letto le trame e le informazioni sugli autori. Aveva osservato e studiato per parecchio tempo i romanzi sul podio. Tutte le volte però che in passato aveva comprato un libro nelle prime posizioni era sempre rimasto deluso. Andò alla cassa e chiese il romanzo all'undicesima posizione. Quello più in basso di quello più in basso.

Adesso è pronto a ripartire. Questa volta sarà un viaggio senza ritorno. Vorrebbe poter essere già sugli scogli da dove è possibile ammirare quella lunga spiaggia ricca di ombrelloni, ordinatamente disposti su più file, dominati qualche metro sopra, al termine di una ripida scalinata, da una splendida terrazza panoramica di un elegante ristorante.

Mentre esce dal portone prende il cellulare e compone il numero di mamma Julie. Sono due giorni che non la chiama, ha voglia di sentire la sua voce. Sente il bisogno di dirle, dopo tanto tempo, che le vuole bene. La telefonata è breve ma così intensa da far commuovere entrambi. Sente i battiti del cuore in gola e gli trema la voce. Percepisce l'imbarazzo dall'altra parte del ricevitore, l'imbarazzo di una mamma che, davanti alle parole d'amore inaspettate di un figlio, non riesce a fare altro che rimanere in religioso silenzio. Negli ultimi 15 anni non sono mai stati così vicini. Christopher chiede notizie della nonna e di Silvie, si raccomanda di mandargli due abbracci enormi. La bacia e riaggancia quasi senza aspettare il saluto ma non prima di averle detto di non preoccuparsi: lui è felice e sta bene.

Indossa jeans, maglietta grigia e scarpe da ginnastica. Ha in mano un libro. Sulla copertina si vedono due scarpe identiche che si sfiorano e un titolo: *Senza Te non sono Io*.

Sale sulla sua Jeep parcheggiata nella via privata laterale alla sua casa e si dirige verso l'ufficio postale più vicino. Impiega circa una ventina di minuti per smaltire la fila e per dare tutte le indicazioni necessarie all'impiegato. Lo osserva con attenzione mentre inserisce il libro nella busta gialla imbottita sulla quale spicca il nome *Martina* proprio sopra l'indirizzo del suo ufficio. È il regalo che si aspetta. Nessun biglietto, nessun messaggio. Il libro è dedicato a lei.

4.

Martina, Giorgio ed Emma sono in macchina, finalmente diretti al mare.
È l'8 agosto, da sempre il loro giorno. Ci sono sempre tante cose da festeggiare: l'anniversario del loro fidanzamento, quello del matrimonio e i compleanni di Martina ed Emma. Come sempre hanno deciso di trascorrerlo nel solito posto. La mattinata e le prime ore del pomeriggio le hanno dedicate all'acquario di Genova e ora procedono verso Chiavari. Mamma e figlia hanno giocato tanto insieme. Si sono divertite e hanno visto tante specie diverse di pesci. Sulla strada verso Chiavari, Emma, guardando la mamma con quegli occhi curiosi e intelligenti, le chiede:
«Mamma che cos'è il tempo?».
Martina esita qualche secondo prima di rispondere. Non può però non sorridere ripensando a quello che qualcun altro le aveva detto molti mesi prima. Sospira, sapendo benissimo che non avrebbe potuto riportare a sua figlia quella frase, soprattutto davanti a Giorgio. Inspira profondamente guardando l'orizzonte, perdendosi nei riflessi e nella luce del sole e le chiede:
«Hai presente quando ti saluto la mattina prima di lasciarti a scuola e tu piangi?».
«Sì mamma», risponde Emma attenta a non perdere il filo del discorso.
«Ecco il tempo è quella cosa che sembra non passare mai proprio quando ci annoiamo, quando stiamo facendo qualcosa che non ci piace fare. E ti ricordi i giochi con la sabbia in spiaggia e i tuffi abbracciati nelle onde dell'estate scorsa? Ecco il tempo, è quella cosa che corre veloce, che ci scappa di mano proprio quando stiamo bene e quando

siamo felici. E quel vestitino rosa consumato, quello che ti piace così tanto e che hai riprovato l'altro giorno che non ti entrava più? Ecco il tempo è quella cosa che ci fa diventare grandi, che ci fa crescere. Il tempo lascia tristi ma ci fa anche sorridere. Il tempo è la luce e il buio, È la vita che viviamo, il nostro compagno di viaggio. Il tempo è un nostro amico, non dobbiamo mai aver paura del tempo».

Seguono attimi di silenzio assordanti in cui i loro sguardi si perdono proprio nella stessa linea d'infinito e in cui i pensieri sembrano viaggiare alla velocità della luce. La piccola pensa alla scuola, alla sabbia, al mare e al suo vestitino preferito prima di chiudere delicatamente gli occhi abbandonandosi al sonno e alla stanchezza.

Martina, guardandola, va oltre. Il suo pensiero vola a qualche mese prima. Da quella persona e sente esplodere dentro l' eco di quella frase: le picchia ancora adesso in pancia, le picchia in testa. Quella frase che l'aveva resa felice, fatta sentire ancora una volta importante. Al centro. Parole forti e intense proprio come la loro storia, la loro passione. Parole che avevano lasciato il segno, parole che sembravano davvero rappresentare sempre ciò che stava vivendo: «Il tempo è quella cosa che senza di te non ha senso. Non è un cazzo».

Già. Il tempo per Christopher sembrava davvero non aver significato senza di lei. E a Martina piaceva quel significato. Le piaceva tanto.

Eh no, però, pensa ancora sorridendo tra sé e sé. Non avrebbe potuto decisamente spiegarlo in quel modo ad Emma.

Non si ha mai l'età giusta. Si è sempre troppo piccoli o troppo grandi per capire che il tempo ha senso solo se trascorso con chi si ama.

Lei forse ora lo ha capito, per questo ha deciso di parlare con Giorgio, di dirgli la verità su quella gravidanza. Di dirgli che la creatura che sta crescendo dentro di lei è di un altro uomo, l'unico che lei abbia mai realmente amato: Christopher.

5.

Christopher arriva a destinazione all'ora di pranzo. Lascia la sua macchina in un parcheggio a pagamento in un vicolo del centro, non lontano dalla caratteristica zona pedonale.
Si incammina verso il lungomare dove, in un bar all'aperto, si ferma a mangiare un gelato crema e nocciola, con i due gusti chiesti contemporaneamente. Oggi non ha importanza, oggi non conta più nulla.
Osserva la gente passeggiare, quella sdraiata in spiaggia o dentro ai negozi. Che bella l'estate, i ragazzi si godono le meritate vacanze divertendosi, urlando e cantando, e poi entrando e uscendo dall'acqua. Dietro occhiali scuri Christopher li scruta, prova tenerezza e nostalgia allo stesso tempo per la spensieratezza di quella gioventù, per la freschezza di quelle amicizie e quegli amori. Nota una ragazza incinta e il suo pensiero vola a Martina. A quella donna così bella , sognata e risognata, che le somigliava così tanto. Che sapeva benissimo essere lei. Pensa al suo sorriso, al suo viso. A quel viso che ha amato come non aveva mai fatto prima e in un modo in cui non sarà più possibile.
Pensa a come sia in grado di essere al tempo stessa donna e mamma.
Pensa ad Emma, immagina la sua felicità e forse quel briciolo di gelosia per la nuova creatura che andrà a dividere con lei l'amore dei suoi genitori, ma che contribuirà a formare una famiglia perfetta.
Christopher farà di tutto affinché questo accada, per permettere a Martina e alla sua famiglia di vivere la felicità che meritano.
Si alza per andare a finire il gelato alla ringhiera, dove la lì a poche ore, ci sarà Martina a scrutare l'orizzonte.

Christopher, invece, osserva una coppia sdraiata sulla sabbia. I due conversano a lungo. Da quanto tempo lui non parla realmente con qualcuno? Gli succede spesso: tante cose da dire ma poca voglia di parlare. Peggio, nessuno con cui farlo. Domande arretrate che restano sospese in aria senza motivo. O forse troppi. Troppi per contarli, anche per uno come lui. Troppi per tentare di spiegarli e capirli. Rimangono lì, pesanti. Ingombranti come le domande. E sgomitano, si fanno male. E si guardano con cattiveria senza muoversi, incapaci di volare.

Il volo è decisamente un'altra cosa. È movimento naturale, leggero, gioioso, soave, libero. È armonia, voglia di scoprire. E i suoi pensieri, le sue domande non sono nulla di tutto ciò. Lo sono stati in passato, ma ora non più. Vederli così, in questo stato lo intristisce. Farli tornare quelli di un tempo è impossibile perché i giorni corrono, gli attimi sfuggono e la vita li lascia indietro. Le parole non dette sono molto più importanti di quelle dette; gli abbracci e i baci non dati sono molto più emozionanti e veri di quelli dati e il tempo non vissuto insieme è molto più prezioso di quello vissuto lontano.

Basta. Davvero. Christopher ha deciso che può bastare, che da oggi cancellerà tutti i ricordi. Sì perché i ricordi non aiutano a vivere meglio, anzi, tutt'altro. Aiutano solo a sopravvivere. E lui non è giovane, ma nemmeno così vecchio da accontentarsi. Non si sente ancora pronto, non ha questa esigenza: sopravvivere. No, non fa proprio per lui.

Quindi basta. Non esiste un motivo logico per vivere di ricordi. Si è stancato di fare cose senza senso. Perché mai i ricordi dovrebbero essere ricordati?

I bambini sono felici e il motivo principale di questa felicità è la completa assenza di ricordi. Vivono il presente. E lui vorrebbe poter vivere il suo proprio come un bambino, senza rivivere continuamente il suo passato. Da oggi Christopher non ricorderà i ricordi. Da oggi smetterà di sopravvivere. E di vivere, forse. Perché vivere senza Martina non ha proprio alcun senso.

Senza te non sono io si è ripetuto un sacco di volte. Ed è davvero così.

6.

Sul lungomare tira vento. Ma non è un vento forte, sembra più una brezza, forse destinata a crescere. Martina cammina lentamente, i suoi capelli mossi dal vento, appaiono comunque perfetti. Con continui movimenti della mano cerca invano di sistemarli. Forse le danno fastidio ma il modo in cui li tocca ha qualcosa di unico, delicato ed elegante.

Grossi occhiali scuri le coprono la parte superiore del viso. Lasciano immaginare uno sguardo perso verso un orizzonte così lontano, che sembra poter vedere solo lei.

Giorgio le parla ma lei sembra distratta, pensierosa, alla ricerca di qualcosa che le manca. Forse di quelle parole che peseranno come macigni nelle loro vite future.

All'improvviso si volta, si toglie gli occhiali, li mette in testa per fermare finalmente i capelli, mostrando così al mondo la lucentezza dei suoi occhi. Sono splendidi, verdi e luminosi ma sembrano inquieti: si guardano intorno continuamente, impazienti, curiosi. Il suo sguardo viaggia lontano, si perde nel vuoto, alla ricerca di un aiuto, un appiglio, un motivo per sorridere.

Fissa l'orizzonte. Giorgio sembra non accorgersi di tutta quella bellezza e delicatezza. Le parla con fervore, ma non sembra esserci passione in ciò che dice. I suoi occhi sono scuri, non hanno nemmeno l'ombra della luce di quelli nei quali cercano di riflettersi.

Stanno decidendo se prendere un aperitivo o passeggiare sulla spiaggia in attesa di andare al ristorante. Martina non sembra interessata al programma della serata se non al momento in cui potrà rimanere da sola con Giorgio e dirgli, finalmente, la verità. Sa che sarà durissima, non è sicura di trovare la forza necessaria. Ma pensare al messaggio di

Christopher le dà forza. Prende il cellulare dalla borsa e lo rilegge velocemente, controlla che i capitoli iniziali del libro siano al sicuro nella cartella denominata *io e te*. Ha una voglia pazza di mandargli un SMS, di dirgli che ha bisogno di parlargli. Vorrebbe avvisarlo di ciò che sta per fare, pregarlo di avere ancora un minimo di pazienza. Dirgli che presto sarà tra le sue braccia, prima di quanto lui possa immaginare, e che finalmente potranno vivere il loro amore. È sicura che Christopher le perdonerà tutto, che la stringerà forte e che le dirà ancora una volta: «Sono qui. Non aver paura, Martina».

Lo sente talmente vicino che ne percepisce quasi la presenza, le sembra lì, nascosto da qualche parte. Non troppo lontano.

Il rumore delle onde, mentre si ritraggono con il loro monotono mormorio sulla battigia, la distrae per qualche secondo.

Scende il crepuscolo, il sole cala velocemente, le giornate iniziano ad accorciarsi e portano con sé una malinconia facile da percepire. Le luci dei lampioni sul lungomare si accendono improvvisamente e la spiaggia riflette le loro ombre sinuose. Il cielo è una moltitudine di sfumature gialle, rosa, rosse e viola. La brezza aumenta e sembra allontanare le nuvole sparse. Martina si muove con passi lenti e regolari sul cemento scaldato dal sole, le mani si muovono nervosamente sulla ringhiera del lungomare come se stessero suonando una melodia al pianoforte.

Con la mano destra ora si accarezza la pancia, movimenti non casuali, ma di protezione, come per prendere coscienza della realtà. Come per convincersi del fatto che è tutto vero, che è capitato proprio a lei, ancora una volta. Proprio quando non ci pensava più, proprio quando aveva deciso di mettersi al centro di tutto, di riprendere in mano la sua vita.

La voce un po' stridula di Emma chiama continuamente: «Mamma, mamma», ma lei sembra ancora distratta, lontana. Non risponde. Continua ad accarezzarsi il ventre, ora con entrambe le mani. La piccola le corre intorno, lei si gira verso il mare rimettendosi gli occhiali.

Una lacrima le scende sulla guancia, ma ci pensa il vento a farla volare via lontano mescolandola con quella massa enorme d'acqua di fronte a lei. È una lacrima di gioia.

Giorgio ed Emma si allontanano. Lei saluta con la mano, tira un lungo respiro e scende la scaletta per arrivare sulla spiaggia. I suoi passi sono lenti, quasi faticasse a camminare; avrebbe voluto restare lì, immobile a guardare il mare e l'orizzonte, godere del tramonto per sempre. Mentre i suoi pensieri vorrebbero trattenerla, i suoi piedi si incamminano e un passo dopo l'altro raggiunge Emma che si butta sulle sue gambe, affondando il viso sorridente nella gonna azzurra, per lei soffice come un cuscino. Anche Giorgio le si avvicina, ma c'è qualcosa di freddo in queste scene: nessun gesto affettuoso tra i due, nessuna carezza, né sguardi, né baci. Come se ci fosse un muro sottile e invisibile, impossibile da oltrepassare.

Lui le sussurra qualcosa all'orecchio poi prende la mano destra della bambina. L'atra mano di Emma è intrecciata a quella di Martina. È ora di cena, insieme vanno a mangiare e a festeggiare la loro giornata.

7

L'ingresso del ristorante è di quelli semplici. Una porta a vetri di legno verniciato d'azzurro a due battenti introduce in un disimpegno coperto da uno zerbino che raffigura il nodo savoia. Alle pareti decine di fotografie di personaggi famosi, tutti in posa insieme al proprietario del locale e ai camerieri. Altre due porte, queste però spalancate, regalano l'accesso al locale. All'ingresso un tavolo di vetro, moderno, sul quale è posato il registratore di cassa, un notebook, uno scrittoio in pelle e un portamatite. Sulla destra un lungo bancone di legno bianco dalla base d'acciaio dietro al quale si può vedere la cucina.

Il ristorante non è grande. È composto da due sale adiacenti, ciascuna con otto tavoli, collegate da un passaggio ad arco sul quale sono appesi numerosi quadri che raffigurano navi, velieri e fari. L'ambiente è elegante e raffinato, giocato su tonalità tenui e sfumature chiare tra il bianco e l'azzurro, il tutto impreziosito da oggetti d'epoca provenienti da vecchie imbarcazioni: ci sono mappamondi di legno, bussole, carte nautiche, timoni e trombe d'ottone. Non è difficile per i clienti lasciarsi trasportare dalla fantasia in viaggi avventurosi verso terre inesplorate e lontane. Un'enorme vetrata, lunga quanto il locale, regala una luminosità particolare all'ambiente. La vetrata dà su una terrazza panoramica dove sono collocati tre tavoli rotondi, apparecchiati in modo più elegante rispetto a quelli interni (molto probabilmente sono dedicati a ricorrenze particolari).

Christopher è seduto ad uno dei tavoli interni, quello più nascosto. È separato dal muro dell'ingresso, ma riesce facilmente a vedere la terrazza. Il lunedì precedente si era recato personalmente a prenotare il tavolo, raccomandandosi con il proprietario di riservargli proprio quello. Sono le 19.10, il locale ha appena aperto ed è ancora vuoto. In cucina fervono i preparativi, i camerieri stanno ultimando di apparecchiare gli ultimi tavoli. Lui è già lì seduto, apparentemente tranquillo, con le mani sul tavolo e lo sguardo perso, perso verso il mare.

8.

Emma entra di corsa nel locale e sbatte addosso ad un cameriere che tiene in mano un vassoio pieno di antipasti. Martina chiede immediatamente scusa al ragazzo e prende con forza il braccio della bambina sgridandola: sa perfettamente che non deve correre e fare confusione nei locali.

Il proprietario del ristorante, un uomo pelato sulla settantina, gli si fa incontro e li saluta affettuosamente, prima abbracciando Giorgio, in modo quasi fraterno, e poi baciando Martina. Quindi accarezza la testa ad Emma mentre i quattro si fermano a chiacchierare vicino all'ingresso per qualche minuto. Poi la famiglia viene fatta accomodare al tavolo a loro riservato.

Christopher osserva la scena a distanza, sicuro di non essere visto. Respira profondamente, credeva di essere pronto a rivedere Martina dopo tutto quel tempo. Evidentemente invece aveva sottovalutato il potere dei ricordi e l'intensità delle emozioni: essere lì, a pochi metri da lei, non è affatto semplice.

È bella. Incredibilmente bella come sempre, forse ancor più di quanto ricordasse.

Sapeva che le donne durante la gravidanza acquisiscono una bellezza particolare e raggiante, ma lei come sempre aveva voluto esagerare. Christopher non può non provare invidia per Giorgio, per quell'uomo felice e in attesa di un altro figlio. Il secondo legame indissolubile con Martina.

La osserva, nella sua semplicità è fantastica. Quel naso leggermente all'insù alla francese, quelle guance con le fossette pronunciate e...quella bocca perfetta, scolpita da chissà quale scultore, con due labbra così rosse e sottili che sembrano fatte apposta per essere baciate. A lungo.

Indossa un vestitino semplice, maniche corte che partono proprio sotto le spalle e che lasciano intravedere le spalline di un reggiseno chiaro a pois. Le pieghe della gonna, che arriva appena sopra il ginocchio, sembrano cambiare tonalità ad ogni movimento. Chiude gli occhi, tenta di rilassarsi. Quando li riapre la ritrova seduta ad uno dei tavoli della terrazza, uno di quelli rotondi. Giorgio è seduto di fronte a lei, e guarda con pazienza quella bambina che sembra non ne voglia proprio sapere di stare seduta.

Le immagini che riesce ad individuare, a causa del via vai di clienti e dei camerieri, non sono più nitide come qualche minuto prima: lei dà le spalle al mare, ha lo sguardo assente, continua ad avere pensieri lontani, come se non riuscisse a percepire ciò che le accade intorno e fosse rinchiusa in una grande bolla di sapone. Come se stesse aspettando il momento giusto per dire o fare qualcosa di importante, a cui ha pensato tanto, troppo tempo.

I suoi gesti sembrano automatici, privi di emozione: osserva il cameriere, ringrazia, toglie il tappo alla bottiglia dell'acqua, apre la lattina di Coca Cola, la versa nel bicchiere di Emma, prende la bottiglia, si riempie il calice e beve. Il suo sguardo rimane a lungo su un punto imprecisato di quella tovaglia bianca e blu che si intona perfettamente con il suo vestito. Finalmente la bambina sembra tranquilla e parla col suo orsacchiotto. Gioca sul tavolo, mentre Giorgio prende la lista dei vini per scegliere con cura la migliore bottiglia per l'occasione. Il cameriere, un ragazzo alto e magro, con i capelli rasati e un piccolo piercing nel lobo sinistro, è immobile in attesa dell'ordinazione. Il suo sguardo si perde oltre il mare: scruta l'orizzonte e si legge nei suoi occhi la voglia di essere altrove, magari a cavalcare le onde su una tavola da surf che quel suo lavoro da cameriere non gli potrà mai permettere. Una voce decisa interrompe il suo breve sogno e lo riporta alla realtà. Scrive velocemente e tenta di accennare un sorriso di falso compiacimento per l'ottima scelta del vino.

Fatte le ordinazioni, Giorgio continua a parlare, ma Martina non sembra nemmeno ascoltarlo. Risponde a malapena e fa lievi cenni con il capo, senza essere minimamente interessata a ciò che le viene detto. Gioca nervosamente con le posate, si morde il labbro, sta per dire finalmente qualcosa, ma il tempo pare rallentato. Poco dopo il cameriere giunge con i piatti: gnocchetti al pomodoro e basilico per Emma, aspic millecolori con gelatina alla birra per Giorgio e blinis con salmone affumicato e panna acida aromatizzata all'aneto per lei che ringrazia con un sorriso mentre invita la figlia a stare seduta composta e a comportarsi educatamente a tavola. Con tutta la dolcezza che possiede, le accarezza il capo arrotolando con il dito un paio di riccioli dietro la sua piccola orecchia. Giorgio continua a parlare come un fiume in piena: non la guarda nemmeno, ma racconta del suo lavoro e dell'idea di cambiare casa. Vorrebbe prenderne una più grande, ora che la famiglia si sta allargando, magari anche con un giardino dove poter tenere un cane. Le spiega l'importanza di una casa più spaziosa, per migliorare la qualità della loro vita, parla della metratura del garage, del colore delle pareti. Lei ascolta in silenzio, osserva Emma, le sistema il tovagliolo, mangia il suo blinis lentamente, quasi volesse concentrarsi soltanto sul sapore di ciò che sta gustando. Chiude gli occhi per qualche secondo. È sempre più lontana, Christopher, lo percepisce e vorrebbe correre da lei, prenderla per mano, portarsela via. Lei d'un tratto si volta verso la bambina e sorride. Anche l'uomo si sofferma ad osservare quella marmocchia ricciolina e sembra compiacersi, soddisfatto di quel quadro perfetto, riprendendo immediatamente il discorso interrotto con quella sua parlantina veloce. Nel frattempo Emma ha finito il suo piatto, alza lo sguardo verso la madre e sorride. Lei ricambia, questa volta è un sorriso vero, la guarda con quel musetto sporco di pomodoro sulle guance, gli occhioni che sprizzano allegria e uno sguardo soddisfatto. E non può fare a meno di sorridere. Ogni muscolo del suo viso si rilassa, gli angoli delle labbra si allungano, le guance si ammorbidiscono. È un'esplosione di amore incondizionato, compiacimento, ricordi, soddisfazione: tutto in un solo, semplice gesto. Sembra aver acquistato la forza che le serve, il coraggio che le è mancato fino ad ora: finalmente è pronta a parlare.

Emma riprende in mano l'orsacchiotto , ma per pochi istanti, finché si gira verso il mare e chiede con insistenza di poter lasciare il tavolo per andare a giocare sulla spiaggia. In quel momento l'uomo guarda per la prima volta la donna negli occhi. Ma ancora una volta nemmeno confondendosi con il suo sguardo i suoi occhi riescono a prendere luce. Il viso di lui si incupisce, come fosse preoccupato: «Cos'hai, devi dirmi qualcosa?».

Lei si rivolge alla figlia, acconsentendo alla sua richiesta di allontanarsi un po' per andare a giocare. Poche semplici raccomandazioni che la bambina non sembra nemmeno ascoltare. L'uomo incalza, le ripete un'altra volta la stessa domanda, ma resta ancora senza risposta. La donna segue sua figlia con lo sguardo dando le spalle al compagno, fino al momento in cui raggiunge la sabbia dopo aver sceso distrattamente la scaletta.

In quel momento Christopher si alza, lascia velocemente il tavolo facendo cadere il tovagliolo per terra. Non si ferma alla cassa, aveva già pagato il conto al cameriere quando gli aveva portato l'ultima birra qualche minuto prima.

Raggiunge la spiaggia attraverso la scala proprio dietro al ristorante.

Il mare è mosso ma, nonostante l'ora, le luci del ristorante illuminano a giorno quella porzione di spiaggia. Christopher si toglie la maglietta e le scarpe mentre i suoi passi veloci si dirigono verso gli scogli.

Respira. Si guarda indietro e osserva a distanza la scena sulla terrazza. Giorgio non appare affatto rilassato e guarda Martina con sguardo cupo e accigliato. Il viso di lei ha ormai perso la serenità di pochi istanti prima: è ora triste, debole, affaticato, ma allo stesso tempo ha mantenuto un'espressione decisa.

Martina abbandona per un attimo il controllo della bambina per voltarsi verso il tavolo. È immobile: si muovono solo le sue labbra. I suoi occhi fermi sull'uomo che non riesce a reggere il suo sguardo. Chissà cosa sta per dirgli, ma dev'essere qualcosa di importante.

«Sì Giorgio, ti devo parlare».

All'improvviso a Christopher manca l'aria, un grigio scuro ha sostituito il rosso del tramonto. Il vento si fa più teso, sente gli schizzi dell'acqua e la sabbia finissima sulla pelle. Il mare mosso si sta trasformando, sembra impazzito, le onde si scagliano sempre più impetuose contro gli scogli e arrivano con forza sulla spiaggia portando via tutto quello che incontrano sulla loro strada.

Emma sta correndo verso il mare per rincorrere un pallone trascinato dal vento e dimenticato da qualcuno chissà quando, chissà dove.

A pochi metri dall'acqua la piccola inciampa cadendo con il viso sulla sabbia bagnata. Lentamente tenta di rialzarsi con le manine che però sprofondano. Un'onda la ributta giù immediatamente, proprio appena era riuscita a mettersi in ginocchio. Christopher non si muove, osserva la scena anche se ormai la conosce a memoria.

Emma inizia a piangere ma i singhiozzi sono coperti dal rumore dell'acqua e del vento. Cade nuovamente e questa volta rotola dentro quell'onda, decisamente più alta della precedente e che la trascina al largo. Il suo esile corpo non si vede più, la schiuma la nasconde.

Christopher inspira a pieni polmoni, aiutandosi con le braccia a prendere fiato. Salta da uno scoglio all'altro, fino ad arrivare ad un centinaio di metri dalla spiaggia dove si butta in mare. L'impatto con l'acqua dà vigore al suo corpo, i jeans pesano come macigni ma non gli impediscono di nuotare. Sott'acqua ad occhi aperti si lascia cullare dal movimento delle onde fino al momento in cui, qualche istante dopo, vede il corpo di Emma andare lentamente verso il fondo.

In spiaggia, nel frattempo, arriva una compagnia di ragazzi carichi di birre e chitarre. Due di loro, dopo aver appoggiato i maglioni sulla sabbia, si tolgono le scarpe e si avvicinano al mare. Si abbracciano e si baciano mentre guardano l'orizzonte e le onde infrangersi.

Christopher riemerge dall'acqua respirando affannosamente, ha afferrato la bambina. Emma gli si aggrappa con forza alle spalle piangendo, tossendo e vomitando. Urla, stringe con tutte le sue forze il corpo di quell'uomo che non conosce ma che le sta salvando la vita. Chiude gli occhi stringendo sempre più la presa, come se con le unghie volesse lasciare un'altra cicatrice sul corpo di Christopher. Lui, a fatica, tenta di tenersi a galla tra un'onda e l'altra muovendo le gambe, cercando di riparare la testa della piccola.

Prova a parlarle per farla smettere di piangere. Le chiede come si chiama, quanti anni ha. Lei risponde singhiozzando, senza smettere di piangere, e continuando a chiedere della sua mamma. Christopher la rassicura dicendole che tra poco sarà con mamma e papà: «Non aver paura, piccola».

Le onde sono sempre più alte e impetuose, Christopher cerca di sincronizzare i movimenti in base al loro andamento. Con qualche bracciata tenta di avvicinarsi alla riva. I due ragazzi sulla spiaggia intravedono le loro sagome in mare e iniziano a gridare e a chiamare aiuto. Entrano un po' di più in acqua prestando attenzione a non cadere. Gli amici nel frattempo corrono a dare una mano.

Le grida si moltiplicano, arrivano alla terrazza del ristorante e i clienti iniziano ad affacciarsi curiosi. In pochi secondi si scatena il panico.

Martina, proprio mentre stava iniziando a parlare, viene raggiunta dal frastuono delle voci e immediatamente un brivido ghiacciato le pervade la schiena. Giorgio si alza impetuosamente facendo cadere la sedia e urtando il tavolo. Martina si porta le mani al viso e urla tutta la sua disperazione gridando a gran voce: «Emma!».

Christopher si avvicina all'orecchio della piccola, sente il suo odore così uguale a quello della mamma, e le sussurra qualcosa mentre tra mille grida riconosce l'urlo disperato di Martina, quello che gli è rimbombato in testa un milione di volte.

Emma lo guarda finalmente senza lacrime, quasi sorridendo e gli dice: «Ok, promesso. Ti voglio bene anche io».
Martina piange disperata, urla e corre velocemente giù dalla scaletta preceduta da Giorgio. Entrambi si dirigono verso il mare e Christopher può sentire il pianto angosciato della donna che le strozza la gola e spezza il suo cuore. Succede tutto così celermente che i due ragazzi in acqua non si accorgono quasi di ritrovarsi tra le braccia una bambina completamente vestita e spaventata. Una creatura che arriva dal mare, accompagnata da un uomo che ora sembra essere scomparso nel nulla.
Giorgio e Martina arrivano affannati e riprendono Emma tra gli applausi della piccola folla che, nel frattempo, si è radunata sulla spiaggia. I tre si stringono in un abbraccio e sembrano quasi non volersi muovere più da lì. I loro visi si sfiorano, le loro labbra affondano sulle pelli bagnate confondendosi con le lacrime. Si riempiono di baci e carezze. Giorgio non molla la presa della donna e della bambina e cerca, a fatica, di tornare in spiaggia senza essere travolto dalle onde.
I tre ricevono le attenzioni della gente e anche alcuni asciugami. Christopher nuota, allontanandosi il più possibile dalla riva, alzandosi e abbassandosi insieme alle onde. Si ferma per osservare il cielo, per ammirarlo un'ultima volta. È pieno di stelle, e nella luna, così luminosa e bella, rivede il viso di Martina. Non si guarda indietro, si è ripromesso di non farlo. Alza le braccia in segno di resa, affrontando un destino crudele ma ora più evidente che mai. Inspira profondamente e, a bocca aperta, si lascia travolgere da un'onda. Quella più violenta. Il suo corpo viene ribaltato, la testa sbatte su uno scoglio aprendo una ferita profonda. L'acqua si colora di rosso e il fascio di luce che filtra dalla superficie si allontana lentamente. Christopher non è più cosciente, gli occhi aperti ma inespressivi possono solo assistere allo spettacolo che finisce, alla vita che sembra sfuggire via.

Non appena Giorgio si accorge che la situazione è ormai sotto controllo, corre alla macchina per recuperare alcuni vestiti asciutti. Non riesce ancora a capire cosa sia successo, come possa essere accaduto tutto così in fretta. Martina stringe tra le braccia la sua bambina e non può trattenere le lacrime dall'emozione. Le persone intorno a lei cercano di capire se quell'uomo può essere ancora lì nelle vicinanze, ma nessuno ha il coraggio di buttarsi in mare per cercarlo. Lo faranno i soccorsi che arriveranno a breve. Qualcuno, parlando a voce alta, sostiene che non è possibile sopravvivere a lungo con quelle onde. Altri dicono che tutto ciò che il mare si prende, prima o poi lo restituisce. Quel corpo lo troveranno presto, quando la mareggiata sarà finita. Martina trema: solo l'idea che qualcuno possa essere morto per salvare sua figlia la inquieta. Non sa cosa pensare, non sa chi ringraziare e soprattutto come farlo.

Non riesce a perdonarsi di essere stata così distratta da perdere di vista sua figlia. Emma racconta con parole semplici quello che le è successo: parla di quell'uomo che l'ha abbracciata e l'ha protetta, che l'ha coccolata e tranquillizzata dicendole di non aver paura, che tutto si sarebbe sistemato. Che le voleva bene e che non sarebbe successo nulla. Ricorda anche perfettamente quelle semplici parole che l'uomo ha voluto farsi promettere di dire alla sua mamma. I pensieri di Martina si affollano numerosi e viaggiano veloci. Ecco cosa il destino le ha riservato ancora una volta per questo giorno: le ha regalato il sorriso di suo figlia, e la possibilità di non perdere il suo per sempre. Non si è dimenticata di quello che stava per dire a Giorgio, ma molto probabilmente il destino ha deciso così, ha voluto che la sua famiglia avesse il sopravvento su tutto.

Vede in lontananza Giorgio tornare con i vestiti in mano e ode i suoni delle sirene, molto probabilmente quelli di un'ambulanza.

Martina guarda Emma, riprende il discorso lasciato qualche istante prima chiedendole:

«Amore cosa ti ha detto di preciso quell'uomo? Cosa gli hai dovuto promettere di dirmi?».

Emma, con quei suoi occhi enormi, sorride e pronuncia due semplice parole:

«Sei bella».

RINGRAZIAMENTI

Non è stato facile portare a termine questo progetto. In quest'ultimo anno ho vissuto momenti creativi ed altri, molto più numerosi, totalmente privi di idee. Se ce l'ho fatta è soprattutto merito di collaboratori fidati e amici preziosi. I loro suggerimenti e le loro critiche mi hanno aiutato a rivedere alcuni aspetti della storia e approfondirne altri. Voglio ringraziarli uno ad uno perché hanno contribuito a realizzare il mio piccolo grande sogno. Un grazie particolare al mio editor, dott. Mario A. Iannaccone, docente della Scuola di Scrittura Creativa Dumas di Milano. L'impegno, la professionalità e il suo stile di scrittura non possono non rappresentare per me un esempio da seguire.

Grazie ad Emanuela Dutto, mi ha regalato tempo e pazienza sopportando i miei sbalzi d'umore. Ha corretto le prime bozze del romanzo, lo ha visto nascere e mi ha spronato quando ero demoralizzato, quando le difficoltà mi sembravano eccessive e la voglia di mollare stava prendendo il sopravvento. La ringrazio perché si è immedesimata nella vita di Cristopher e Martina condividendo con me le loro emozioni.

Grazie a Rossella Picco, bibliotecaria della Biblioteca Civile di Busca. La *custode dei libri,* come mi piace chiamarla. Gli abitanti di Busca, dai più piccoli ai più grandi, sono fortunati ad avere una persona come lei che si prende cura delle loro storie con tanta passione. Ho seguito tutti i suoi preziosi consigli. O meglio, tutti tranne uno. Il lieto fine, però, nella vita reale esiste.

Grazie ad Alessia Quaranta, donna speciale e amica da una vita. Grazie di cuore perché ha trovato il tempo di leggermi nonostante i biberon, i pannolini e le notti insonni.

Grazie ad Antonio Simoncini, accanito ed appassionato lettore. Le sue critiche e riflessioni hanno rappresentato un momento fondamentale nello sviluppo e nella revisione finale del romanzo.

Grazie a Lara Romano e Alessia D'Auria, donne e mamme uniche, amiche sempre presenti. Per me è stato un piacere condividere con loro il mio progetto e soprattutto occupare l'enorme quantità di tempo libero di cui dispongono. Il sentimento che mi lega a loro è difficile da spiegare...vorrei solo vederle più spesso!

Grazie a Francesca Cavese ed Elisa Stancari. Avevo bisogno di complimenti; sapevo perfettamente che da loro non sarebbero arrivate critiche!

Grazie a Pamela Pozzati. Ha rappresentato un meraviglioso ed indimenticabile salto indietro nel tempo; a quando occupavamo gli stessi banchi di scuola. A quando eravamo più spensierati. È sempre stata più brava, più precisa ed organizzata di me. Ora sembra anche decisamente più giovane. Non potevo fare a meno della sua opinione proprio adesso. Sono in debito.

Grazie a Paola Gobbi, donna meravigliosa a cui dedico sempre splendidi aggettivi. Il destino ha voluto fosse proprio lei a consigliarmi di eliminarli drasticamente. Compito eseguito; d'ora in poi li userò solo per lei e non accetterò alcun taglio!

Grazie a Nicoletta Argiolas, la donna che entrerà presto nel Guinness dei primati per numero di libri letti.

Grazie ad Angelica Rinciari e Alessandro Cassala. Il loro supporto e la loro presenza è stata determinante. Non lo dimenticherò.

Grazie alle persone che c'erano e che hanno deciso, per tanti motivi, di non esserci più. La vita è fatta di scelte e, comunque, io farò sempre il tifo per loro.

Grazie alla mia famiglia. Se non hanno ancora perso la testa dietro ai miei progetti, ai miei continui cambiamenti e ai miei sogni è solo per un semplice motivo: mi vogliono veramente bene.

E infine grazie a Christopher e Martina. Mi hanno insegnato, nonostante tutto, a credere nell'amore. L'amore vero, quello che non chiede il permesso, che non bussa alla porta, che non è educato. Quello che entra prepotentemente e mette tutto sottosopra senza pensare alle conseguenze. Se sono riuscito a scrivere una storia come questa è perché, da qualche parte, esistono persone come loro.

INDICE

youcanprint

Finito di stampare nel mese di Maggio 2015
per conto di Youcanprint *Self - Publishing*

Lightning Source UK Ltd.
Milton Keynes UK
UKHW020745271122
412934UK00007B/32

9 788891 188427